傅雷译文集

欧也尼·葛朗台
亚尔培·萨伐龙

［法］巴尔扎克 ◎ 著

傅 雷 ◎ 译

图书在版编目（CIP）数据

欧也尼·葛朗台；亚尔培·萨伐龙/（法）巴尔扎克著；傅雷译.—长春：吉林出版集团股份有限公司，2017.6（2022.8重印）

（名家名译：傅雷系列/杜贞霞主编）

ISBN 978-7-5581-2762-5

Ⅰ.①欧… Ⅱ.①巴… ②傅… Ⅲ.①长篇小说—小说集—法国—近代 Ⅳ.① I565.44

中国版本图书馆CIP数据核字（2017）第128629号

欧也尼·葛朗台　亚尔培·萨伐龙

著　者	［法］巴尔扎克
译　者	傅　雷
策划编辑	杜贞霞
责任编辑	陈瑞瑞
封面设计	老　刀
开　本	650mm×960mm　1/16
字　数	256千
印　张	19.5
版　次	2017年7月第1版
印　次	2022年8月第3次印刷

出版发行	吉林出版集团股份有限公司
电　话	总编办：010-63109269
	发行部：010-63109269
印　刷	天津画中画印刷有限公司

ISBN 978-7-5581-2762-5　　　　　　　　定价：48.00元

版权所有　侵权必究

目 录

欧也尼·葛朗台 ················· 1
  中产阶级的面目 ················· 3
  巴黎的堂兄弟 ·················· 34
  内地的爱情 ··················· 53
  吝啬鬼许的愿·情人起的誓 ············ 89
  家庭的苦难 ··················· 133
  如此人生 ···················· 167
  结　局 ····················· 188

亚尔培·萨伐龙 ················· 191

欧也尼·葛朗台

Ou Ye Ni Ge Lang Tai

中产阶级的面目

某些内地城市里面,有些屋子看上去像最阴沉的修道院,最荒凉的旷野,最凄凉的废墟,令人悒郁不欢。修道院的静寂,旷野的枯燥,和废墟的衰败零落,也许这类屋子都有一点。里面的生活起居是那么幽静,要不是街上一有陌生的脚声,窗口会突然探出一个脸孔像僧侣般的人,一动不动的,黯淡而冰冷的目光把生客瞪上一眼的话,外地客人可能把那些屋子当做没有人住的空屋。

索漠城里有一所住宅,外表就有这些凄凉的成分。一条起伏不平的街,直达城市高处的古堡,那所屋子便在街的尽头。现在已经不大有人来往的那条街,夏天热,冬天冷,有些地方暗得很,可是颇有些特点:小石子铺成的路面,传出清脆的回声,永远清洁,干燥;街面窄而多曲折;两旁的屋子非常幽静,坐落在城脚下,属于老城的部分。

上了三百年的屋子,虽是木造的,还很坚固,各种不同的格式别有风光,使索漠城的这一个区域特别引起考古家与艺术家的注意。你走过这些屋子,不能不欣赏那些粗大的梁木,两头雕出古怪的形象，盖在大多数的底层上面，成为一条黝黑的浮雕。

　　有些地方，屋子的横木盖着石板，在不大结实的墙上勾勒出蓝色的图案，木料支架的屋顶，年深日久，往下弯了；日晒雨淋，椽子已经腐烂，翘曲。有些地方，露出破旧黝黑的窗槛，细巧的雕刻已经看不大清，穷苦的女工放上一盆石竹或蔷薇，窗槛似乎就承受不住那棕色的瓦盆。再往前走，有的门上钉着粗大的钉子，我们的祖先异想天开地，刻上些奇形怪状的文字，意义是永远没法知道的了：或者是一个新教徒在此表明自己的信仰，或者是一个旧教徒为反对新教而诅咒亨利四世。也有一般布尔乔亚刻些徽号，表示他们是旧乡绅，掌握过当地的行政。这一切中间就有整部法兰西历史的影子。一边是墙壁粉得很粗糙的，摇摇欲坠的屋子，还是工匠卖弄手艺的遗物；贴邻便是一座乡绅的住宅，半圆形门框上的贵族徽号，受过了一七八九年以来历次革命的摧残，还看得出遗迹。

　　这条街上，做买卖的底层既不是小铺子，也不是大商店，喜欢中世纪文物的人，在此可以遇到一派朴素简陋的气象，完全像我们上代里的习艺工场①。宽大低矮的店堂，没有铺面，没有摆在廊下的货摊，没有橱窗，可是很深，黑洞洞的，里里外外没有一点儿装潢。满板的大门分做上下两截，简陋的钉了铁皮；上半截往里打开，下半截装有带弹簧的门铃，老是有人开进开出。门旁半人高的墙上，一排厚实的护窗板，白天卸落，夜晚装上，外加铁闩好落锁。这间地窖式的潮湿的屋子，就靠大门的上半截，或者窗洞与屋顶之间的空间，透进一些空气与阳光。半人高的墙壁下面，是陈列商品的地位。招徕顾客的玩艺，这儿是绝对没有

---

①　当初教会设立来救济贫苦妇女的。

的。货色的种类要看铺子的性质：或者摆着两三桶盐和鳘鱼，或者是几捆帆布与绳索，楼板的橡木上挂着黄铜索，靠墙放一排桶箍，再不然架上放些布匹。

你进门吧，一个年轻漂亮的姑娘，干干净净的，戴着白围巾，手臂通红，立刻放下编织物，叫唤她的父亲或母亲来招呼你，也许是两个铜子也许是两万法郎的买卖，对你或者冷淡，或者殷勤，或者傲慢，那得看店主的性格了。

你可看到一个做酒桶木材的商人，两只大拇指绕来绕去的，坐在门口跟邻居谈天。表面上他只有些起码的酒瓶架或两三捆薄板；但是安育地区所有的箍桶匠，都是向他码头上存货充足的工场购料的。他知道如果葡萄的收成好，他能卖掉多少桶板，估计的准确最多是一两块板上下。一天的好太阳教他发财，一场雨水教他亏本：酒桶的市价，一个上午可以从十一法郎跌到六法郎。

这个地方像都兰区域一样，市面是由天气做主的。种葡萄的，有田产的，木材商，箍桶匠，旅店主人，船夫，都眼巴巴的盼望太阳；晚上睡觉，就怕明朝起来听说隔夜结了冰；他们怕风，怕雨，怕旱，一忽儿要下雨水，一忽儿要天时转暖，一忽儿又要满天上云。在天公与尘世的利益之间，争执是没得完的。晴雨表能够轮流的教人愁，教人笑，教人高兴。

这条街从前是索漠城的大街，从这一头到那一头，"黄金一般的好天气"这句话，对每份人家都代表一个收入的数目。而且个个人会对邻居说："是啊，天上落金子下来了。"因为他们知道一道阳光和一场时雨带来多少利益。在天气美好的节季，到了星期六中午，就没法买到一个铜子的东西。做生意的人也有一个葡萄园，一方小园地，全要下乡去忙他两天。买进，卖出，赚头，一切都是预先计算好的，生意人尽可以花大半日的功夫打哈哈，说长道短，刺探旁人的私事。某家的主妇买了一只竹鸡，邻居就要问她的丈夫是否煮得恰到好处。一个年轻的姑娘从窗口探出头来，绝没有办法不让所有的闲人瞧见。因此大家的良心是露天的，那些无从窥测的，又暗又静的屋子，藏不了什么秘密。

一般人差不多老在露天过活：每对夫妇坐在大门口，在那里吃中饭，吃晚饭，吵架拌嘴。街上的行人，没有一个不经过他们的研究。所以从前一个外乡人到内地，免不了到处给人家取笑。许多有趣的故事便是这样来的，安越人的爱寻开心也是这样出名的，因为编这一类的市井笑料是他们的拿手。

早先本地的乡绅全住在这条街上，街的高头都是古城里的老宅子，世道人心都还朴实的时代——这种古风现在是一天天的消灭了——的遗物。我们这个故事中的那所凄凉的屋子，就是其中之一。

古色古香的街上，连偶然遇到的小事都足以唤起你的回忆，全部的气息使你不由自主的沉入遐想。拐弯抹角的走过去，你可以看到一处黑魆魆的凹进去的地方，葛朗台府上的大门便藏在这凹坑中间。

在内地把一个人的家称做府上是有分量的；不知道葛朗台先生的身世，就没法掂出这称呼的分量。

葛朗台先生在索漠城的名望，自有它的前因后果，那是从没在内地耽留过的人不能完全了解的。葛朗台先生，有些人还称他做葛朗台老头，可是这样称呼他的老人越来越少了，他在一七八九年上是一个很富裕的箍桶匠，识得字，能写能算。共和政府在索漠地区标卖教会产业的时候，他正好四十岁，才娶了一个有钱的木板商的女儿。他拿自己的现款和女人的陪嫁，凑成两千金路易，跑到区公所。标卖监督官是一个强凶霸道的共和党人，葛朗台把丈人给的四百路易往他那里一送，就三钱不值两钱的，即使不能算正当，至少是合法的买到了区里最好的葡萄园，一座老修道院，和几块分种田。

索漠的市民很少革命气息，在他们眼里，葛朗台老头是一个激烈的家伙，前进分子，共和党人，关切新潮流的人物；其实箍桶匠只关切葡萄园。上面派他当索漠区的行政委员，于是地方上的政治与商业都受到他温和的影响。

在政治方面，他包庇从前的贵族，想尽方法使流亡乡绅的产业不致被公家标卖；商业方面，他向革命军队承包了一两千桶白酒，代价是把某个女修道院上好的草原，本来留作最后一批标卖的产业，弄到了手。

拿破仑当执政的时代，好家伙葛朗台做了区长，把地方上的公事应付得很好，可是他葡萄的收获更好；拿破仑称帝的时候，他变了光杆儿的葛朗台先生。拿破仑不喜欢共和党人，另外派了一个乡绅兼大地主，一个后来晋封为男爵的人来代替葛朗台，因为他有红帽子嫌疑。葛朗台丢掉区长的荣衔，毫不惋惜。在他任内，为了本城的利益，已经造好几条出色的公路直达他的产业。他的房产与地产登记的时候，占了不少便宜，只完很轻的税。自从他各处的庄园登记之后，靠他不断的经营，他的葡萄园变成地方上的顶尖儿，这个专门的形容词是说这种园里的葡萄能够酿成极品的好酒。总而言之，他简直有资格得荣誉团的勋章。

免职的事发生在一八○六年。那时葛朗台五十七岁，他的女人三十六，他们的独养女儿才十岁。

大概是老天看见他丢了官，想安慰安慰他吧，这一年上葛朗台接连得了三笔遗产，先是他丈母特·拉·古地尼埃太太的，接着是太太的外公特·拉·裴德里埃先生的，最后是葛朗台自己的外婆香蒂埃太太的：这些遗产数目之大，没有一个人知道。三个老人爱钱如命，一生一世都在积聚金钱，以便私下里摩挲把玩。特·拉·裴德里埃老先生把放债叫做挥霍，觉得对黄金看上几眼比放高利贷还实惠。所以他们积蓄的多少，索漠人只能以看得见的收入估计。

于是葛朗台先生得了新的贵族头衔，那是尽管我们爱讲平等也消灭不了的，他成为一州里"纳税最多"的人物。他的葡萄园有一百阿尔邦①，收成好的年份可以出产七八百桶酒，他还有十三处分种田，一座老修道院，修院的窗子，门洞，彩色玻璃，一齐给他从外面堵死了，既可不付捐税，又可保存那些东西。此外还有一百二十七阿尔邦的草原，上面的三千株白杨是一七九三年种下的。他住的屋子也是自己的产业。

这是他看得见的家私。至于他现金的数目，只有两个人知道一个大概。一个是公证人克罗旭，替葛朗台放债的，另外一个是台·格拉桑，索漠城中最有钱的银行家，葛朗台认为合适的时候跟他暗中合作一下，分些好处。在内地要得人信任，要挣家业，行事非机密不可；老克罗旭与台·格拉桑虽然机密透顶，仍免不了当众对葛朗台毕恭毕敬，使旁观的人看出前任区长的资历何等雄厚。

索漠城里个个人相信葛朗台家里有一个私库，一个堆满金路易的密窟，说他半夜里瞧着累累的黄金，快乐得无可形容。一般吝啬鬼认为这是千真万确的事，因为看见那好家伙连眼睛都是黄澄澄的，染上了金子的光彩。一个靠资金赚惯大利钱的人，像色鬼，赌徒，或帮闲的清客一样，眼风自有那种说不出的神气，一

---

① 每个阿尔邦约等于三十至五十一亩，视地域而定。每亩等于一百平方公尺。

派躲躲闪闪的，馋痨的，神秘模样，决计瞒不过他的同道。凡是对什么东西着了迷的人，这些暗号无异帮口里的切口。

葛朗台先生从来不欠人家什么，又是老箍桶匠，又是种葡萄的老手，什么时候需要为自己的收成准备一千只桶，什么时候只要五百只桶，他预算得像天文学家一样准确；投机事业从没失败过一次，酒桶的市价比酒还贵的时候，他老是有酒桶出卖，他能够把酒藏起来，等每桶涨到两百法郎才抛出去，一般小地主却早已在一百法郎的时候脱手了。这样一个人物当然博得大家的敬重。那有名的一八一一年的收成，他乖乖的囤在家里，一点一滴的慢慢卖出去，挣了二十四万多法郎。讲起理财的本领，葛朗台先生是只老虎，是条巨蟒：他会躺在那里，蹲在那里，把俘虏打量个半天再扑上去，张开血盆大口的钱袋，倒进大堆的金银，然后安安宁宁的去睡觉，好像一条蛇吃饱了东西，不动声色，冷静非凡，什么事情都按部就班的。

他走过的时候，没有一个人看见了不觉得又钦佩，又敬重，又害怕。索漠城中，不是个个人都给他钢铁般的利爪干净利落的抓过一下的吗？某人为了买田，从克罗旭那里弄到一笔借款，利率要一分一，某人拿期票向台·格拉桑贴现，给先扣了一大笔利息。市场上，或是夜晚的闲谈中间，不提到葛朗台先生大名的日子很少。有些人认为，这个种葡萄老头的财富简直是地方上的一宝，值得夸耀。不少做买卖的，开旅店的，得意洋洋的对外客说：

"嘿，先生，上百万的咱们有两三家；可是葛朗台先生哪，连他自己也不知道究竟有多少家私！"

一八一六年的时候，索漠城里顶会计算的人，估计那好家伙的地产大概值到四百万；但在一七九三到一八一七中间，平均每年的收入该有十万法郎,由此推算,他所有的现金大约和不动产的价值差不多。因此,打完了一场牌,或是谈了一会葡萄的情形,提到葛朗台的时候,一般自作聪明的人就说:"葛朗台老头吗?……总该有五六百万吧。"要是克罗旭或台·格拉桑听到了,就会说:

"你好厉害,我倒从来不知道他的总数呢!"

遇到什么巴黎客人提到洛岂尔特或拉斐德那般大银行家,索漠人就要问,他们是不是跟葛朗台先生一样有钱。如果巴黎人付之一笑,回答说是的,他们便把脑袋一侧,互相瞪着眼,满脸不相信的神气。

偌大一笔财产把这个富翁的行为都镀了金。假使他的生活起居本来有什么可笑,给人家当话柄的地方,那些话柄也早已消灭得无形无踪了。葛朗台的一举一动都像是钦定的,到处行得通;他的说话,衣著,姿势,瞪眼睛,都是地方上的金科玉律;大家把他仔细研究,像自然科学家要把动物的本能研究出它的作用似的,终于发现他最琐屑的动作,也有深邃而不可言传的智慧。譬如,人家说:

"今年冬天一定很冷,葛朗台老头已经戴起皮手套了:咱们该收割葡萄了吧。"

或者说:

"葛朗台老头买了许多桶板,今年的酒一定不少的。"

葛朗台先生从来不买肉,不买面包。每个星期,那些佃户给他送来一份足够的食物:阉鸡,母鸡,鸡子,牛油,麦子,都是抵租的。他有一所磨坊租给人家,磨坊司条除了缴付租金以外,还得亲自来拿麦子去磨,再把面粉跟麸皮送回来。他独一无二的老妈子,叫做长脚拿侬的,虽然上了年纪,还是每星期六替他做面包。房客之中有种菜的,葛朗台便派他们供应菜蔬。至于水果,收获之多,可以大部分出售。烧火炉用的木材,是把田地四周的篱垣,或烂了一半的老树砍下来,由佃户锯成一段一段的,用小车装进城,他们还有心巴结,替他送进柴房,讨得几声谢。他的开支,据人家知道的,只有教堂里坐椅的租费,圣餐费,太太和女儿的衣著,家里的灯烛,拿侬的工钱,锅子的镀锡,国家的赋税,庄园的修理,和种植的费用。他新近买了六百阿尔邦的一座树林,托一个近邻照顾,答应给一些津贴。自从他置了这个产业之后,他才吃野味。

这家伙动作非常简单,说话不多,发表意见总是用柔和的声音,简短的句子,搬弄一些老生常谈。从他出头露面的大革命时代起,逢到要长篇大论说一番,或者跟人家讨论什么,他便马上结结巴巴的,弄得对方头昏脑涨。这种口齿不清,理路不明,前言不对后语,以及废话连篇把别人的思想弄糊涂了的情形,人家当做是他缺少教育,其实完全是假装的;等会故事中有些情节,就足以解释明白。而且逢到要应付,要解决什么生活上或买卖上的难题,他就搬出四句口诀,像代数公式一样准确,叫做:"我不知道,我不能够,我不愿意,慢慢瞧吧。"

他从来不说一声是或不是,也从来不把黑笔落在白纸上。人家跟他说话,他冷冷的听着,右手托着下巴颏儿,肘子靠在左手背上;无论什么事,他一朝拿定了主意,就永远不变。一点点儿小生意,他也得盘算半天。经过一番钩心斗角的谈话之后,对方自以为心中的秘密保守得密不透风,其实早已吐出了真话。他却回答道:

"我没有跟太太商量过,什么都不能决定。"

给他压得像奴隶般的太太,却是他生意上最方便的遮身牌。

他从来不到别人家里去，不吃人家，也不请人家；他没有一点儿声响，似乎什么都要节省，连动作在内。因为没有一刻不尊重旁人的主权，他绝对不动人家的东西。

可是，尽管他声音柔和，态度持重，仍不免露出箍桶匠的谈吐与习惯，尤其在家里，不像在旁的地方那么顾忌。

至于体格，他身高五尺，臃肿，横阔，腿肚子的圆周有一尺，多节的膝盖骨，宽大的肩膀；脸是圆的，乌油油的，有痘瘢；下巴笔直，嘴唇没有一点儿曲线，牙齿雪白；冷静的眼睛好像要吃人，是一般所谓的蛇眼；脑门上布满皱裥，一块块隆起的肉颇有些奥妙；青年人不知轻重，背后开葛朗台先生玩笑，把他黄而灰白的头发叫做金子里掺白银。葛朗台先生鼻尖肥大，顶着一颗满着血筋的肉瘤，一般人不无理由地说，这颗瘤里全是刁钻促狭的玩艺儿。这副脸相显出他那种阴险的狡猾，显出他有计划的诚实，显出他的自私自利，所有的感情都集中在吝啬的乐趣，和他唯一真正关切的独养女儿欧也尼身上。而且姿势，举动，走路的功架，他身上的一切都表示他只相信自己，这是生意上左右逢源养成的习惯。所以表面上虽然性情和易，很好对付，骨子里他却硬似铁石。

他老是同样的装束，从一七九一年以来始终是那身打扮。笨重的鞋子，鞋带也是皮做的；四季都穿一双呢袜，一条栗色的粗呢短裤，用银箍在膝盖下面扣紧，上身穿一件方襟的闪光丝绒背心，颜色一忽儿黄一忽儿古铜色，外面罩一件衣裾宽大的栗色外套，戴一条黑领带，一顶阔边帽子。他的手套跟警察的一样结实，要用到一年零八个月，为保持清洁起见，他有一个一定的手势，把手套放在帽子边缘上一定的地位。

关于这个人物，索漠人所知道的不过这一些。

城里的居民有资格在他家出入的只有六个。前三个中顶重要的是克罗旭先生的侄子。这个年轻人，自从当了索漠初级裁判所所长之后，在本姓克罗旭之上又加了一个篷风的姓氏，并且极力想叫篷风出名。他的签名已经变做克·特·篷风了。倘使有什么冒失的律师仍旧称他"克罗旭先生"，包管在出庭的时候要后悔他的糊涂。凡是称"所长先生"的，就可博得法官的庇护。对于称他"特·篷风先生"的马屁鬼，他更不惜满面春风的报以微笑。所长先生三十三岁，有一处名叫篷风的田庄，每年有七千法郎进款；他还在那里等两个叔父的遗产，一个是克罗旭公证人，一个是克罗旭神甫，属于都尔城圣·马丁大寺的教士会的；据说这两人都相当有钱。三位克罗旭，房族既多，城里的亲戚也有一二十家，俨然结成一个党，好像从前佛罗棱斯的那些梅迭西斯一样；而且正如梅迭西斯有巴齐一族跟他们对垒似的，克罗旭也有他们的敌党。

台·格拉桑太太有一个二十三岁的儿子，她很热心的来陪葛朗台太太打牌，希望她亲爱的阿道夫能够和欧也尼小姐结婚。银行家台·格拉桑先生，拿出全副精神从旁协助，对吝啬的老头儿不断的暗中帮忙，逢到攸关大局的紧要关头，从来不落人后。这三位台·格拉桑也有他们的帮手，房族，和忠实的盟友。

在克罗旭方面，神甫是智囊，加上那个当公证人的兄弟做后援，他竭力跟银行家太太竞争，想把葛朗台的大笔遗产留给自己的侄儿。克罗旭和台·格拉桑两家暗中为争夺欧也尼斗法，成为索漠城中大家小户热心关切的题目。葛朗台小姐将来嫁给谁呢？所长先生呢还是阿道夫·台·格拉桑？

对于这个问题，有的人的答案是两个都不会到手。据他们说，老箍桶匠野心勃勃，想找一个贵族院议员做女婿，凭他岁收三十万法郎的陪嫁，谁还计较葛朗台过去、现在、将来的那些酒桶？另外一批人却回答说，台·格拉桑是世家，极有钱，阿道夫又是一个俊俏后生，这样一门亲事，一定能教出身低微，索漠城里都眼见拿过斧头凿子，而且还当过革命党的人心满意足，除非他夹袋里有什么教皇的侄子之流。可是老于世故的人提醒你说，克罗旭·特·篷风先生随时可以在葛朗台家进出，而他的敌手只能在星期日受招待。有的认为，台·格拉桑太太跟葛朗台家的女太太们，比克罗旭一家接近得多，久而久之，一定能说动她们，达到她的目的。有的却认为克罗旭神甫的花言巧语是天下第一，拿女人跟出家人对抗，正好势均力敌。所以索漠城中有一个才子说：

"他们正是旗鼓相当，各有一手。"

据地方上熟知内幕的老辈看法，像葛朗台那么精明的人家，决不肯把家私落在外人手里。索漠的葛朗台还有一个兄弟在巴黎，非常有钱的酒商；欧也尼小姐将来是嫁给巴黎葛朗台的儿子的。对这种意见，克罗旭和台·格拉桑两家的羽党都表示异议，说：

"一则两兄弟三十年来没有见过两次面；二则巴黎的葛朗台先生对儿子的期望大得很。他自己是巴黎某区的区长，兼国会议员，禁卫军旅长，商事裁判所推事，自称为跟拿破仑提拔的某公爵有姻亲，早已不承认索漠的葛朗台是本家。"

周围七八十里，甚至在安越到勃洛阿的驿车里，都在谈到这个有钱的独养女儿，七嘴八舌，议论纷纷，当然是应有之事。

一八一七年初，有一桩事情使克罗旭党彰明较著的占了台·格拉桑党上风。法劳丰田产素来以美丽的别庄，园亭，小溪，池塘，森林出名，值到三百万法郎。年轻的法劳丰侯爵急需现款，不得不把这所产业出卖。克罗旭公证人，克罗旭所长，克罗旭神甫，再加上他们的党羽，居然把侯爵分段出售的意思打消了。公证人告诉他，分成小块的标卖，势必要跟投标落选的人打不知多少场官司，才能拿到田价；还不如整块儿让给葛朗台先生，既买得起，又能付现钱。公证人这番话把卖主说服了，做成一桩特别便宜的好买卖。侯爵的那块良田美产，就这样的给张罗着送到了葛朗台嘴里。他出乎索漠人意料之外，竟打了些折扣当场把田价付清。这件新闻一直传播到南德与奥莱昂。

葛朗台先生搭着人家回乡的小车，到别庄上视察。以主人的身份对产业瞥了一眼，回到城里，觉得这一次的投资足足有五厘利，他又马上得了一个好主意，预备把全部的田产并在法劳丰一起。随后，他要把差不多出空了的金库重新填满，决意把他的树木，森林，一齐砍下，再把草原上的白杨也出卖。

葛朗台先生的府上这个称呼，现在你们该明白它的分量了吧。那是一所灰暗，阴森，静寂的屋子，坐落在城区上部，靠着坍毁的城脚。

门框的穿窿与两根支柱，像正屋一样用的混凝土，洛阿河岸特产的一种白石，质地松软，用不到两百年以上的。寒暑的酷烈，把柱头，门洞，门顶，都磨出无数古怪的洞眼，像法国建筑的那种虫蛀样儿，也有几分像监狱的大门。门顶上面，有一长条硬石刻成的浮雕，代表四季的形象已经剥蚀，变黑。浮雕的础石突出在外面，横七竖八的长着野草，黄色的苦菊，五爪龙，旋覆花，车前草，一株小小的樱桃树已经长得很高了。

褐色的大门是独幅的橡木做的，没有油水，到处开裂，看上去很单薄，其实很坚固，因为有一排对花的钉子支持。一边的门上有扇小门，中间开一个小方洞，装上铁栅，排得很密的铁梗锈得发红，铁栅上挂着一个环，上面吊一个敲门用的铁锤，正好敲在一颗奇形怪状的大钉子上。铁锤是长方形的，像古时的钟锤，又像一个肥大的惊叹号；一个玩古董的人仔细打量之下，可以发现锤子当初是一个小丑的形状，但是年深日久，已经磨平了。

那个小铁栅，当初在宗教战争的年代，原是预备给屋内的人探望来客的。现在喜欢东张西望的人，可以从铁栅中间望到黑魆魆的半绿不绿的环洞，环洞底上有几级七零八落的磴级，通上花园：厚实而潮湿的围墙，到处渗出水迹，生满垂头丧气的杂树，倒也另有一番景致。这片墙原是城墙的一部，邻近人家都利用它布置花园。

楼下最重要的房间是那间"堂屋"，从大门内的环洞进出的。在安育、都兰、裴里各地的小城中间，一间堂屋的重要，外方人是不大懂得的。它同时是穿堂，客厅，书房，上房，饭厅；它是日常生活的中心，全家公用的起居室。本区的理发匠，替葛朗台先生一年理两次发是在这里，佃户、教士、县长、磨坊伙计上门的时候，也是在这间屋里。室内有两扇临街的窗，铺着地板；古式嵌线的灰色护壁板从上铺到下，顶上的梁木都露在外面，也漆成灰色；梁木中间的楼板涂着白粉，已经发黄了。

壁炉架上面挂着一面耀出青光的镜子，两旁的边划成斜面，显出玻璃的厚度，一丝丝的闪光照在哥特式的镂花钢框上。壁炉架是粗糙的白石面子，摆着一座黄铜的老钟，壳子上有螺钿嵌成的图案。左右放两盏黄铜的两用烛台，座子是铜镶边的蓝色大理石，矗立着好几支玫瑰花瓣形的灯芯盘；把这些盘子拿掉，座子又可成为一个单独的烛台，在平常日子应用。

古式的坐椅，花绸面子上织着拉·风丹纳的寓言，但不是博学之士，休想认出它们的内容：颜色褪尽，到处是补钉，人物已经看不清楚。四边壁角里放着三角形的酒橱,顶上有几格放零星小件的搁板,全是油腻。两扇窗子中间的板壁下面,有一张嵌木细工的旧牌桌,桌面上画着棋盘。牌桌后面的壁上挂一只椭圆形的晴雨表,黑框子四周有金漆的丝带形花边,苍蝇肆无忌惮的钉在上面张牙舞爪,恐怕不会有多少金漆留下的了。

壁炉架对面的壁上,挂两幅水粉画的肖像,据说一个是葛朗台太太的外公,特·拉·裴德里埃老人,穿着王家禁卫军连长的制服;一个是故香蒂埃太太,挽着一个古式的髻。窗帘用的是都尔红绸,两旁用系有大坠子的丝带吊起。这种奢华的装饰,跟葛朗台一家的习惯很不调和,原来是买进这所屋子的时候就有的,连镜框,座钟,花绸面的家具,红木酒橱等等都是。

靠门的窗洞下面,一张草坐垫的椅子放在一个木座上,使葛朗台太太坐了可以望见街上的行人。另外一张褪色樱桃木的女红台,把窗洞的空间填满了,近旁还有欧也尼的小靠椅。

十五年以来,从四月到十一月,母女俩就在这个位置上安安静静的消磨日子,手里永远拿着活计。十一月初一,她们可以搬到壁炉旁边过冬了。只有到那一天,葛朗台才答应在堂屋里生火,到三月三十一日就得熄掉,不管春寒也不管早秋的凉意。四月和十月里最冷的日子,长脚拿侬想法从厨房里腾出些柴炭,安排一只脚炉,给太太和小姐挡挡早晚的寒气。

全家的内衣被服都归母女俩负责,她们专心一意,像女工一样整天劳作,甚至欧也尼想替母亲绣一方挑花领,也只能腾出睡眠的时间来做,还得想出借口来骗取父亲的蜡烛。多年来女儿与拿侬用的蜡烛,吝啬鬼总是亲自分发的,正如每天早上分发面包和食物一样。

也许只有长脚拿侬受得了她主人的那种专制。索漠城里都羡慕葛朗台夫妇有这样一个老妈子。大家叫她长脚拿侬，因为她身高五尺八寸。她在葛朗台家已经做了三十五年。虽然一年的工薪只有六十法郎，大家已经认为她是城里最有钱的女仆了。一年六十法郎，积了三十五年，最近居然有四千法郎存在公证人克罗旭那儿做终身年金。这笔长期不断的积蓄，似乎是一个了不得的数目。每个女佣看见这个上了六十岁的老妈子有了老年的口粮，都十分眼热，却没有想到这份口粮是辛辛苦苦做牛马换来的。

二十二岁的时候，这可怜的姑娘到处没有人要，她的脸丑得叫人害怕；其实这么说是过分的，把她的脸放在一个掷弹兵的脖子上，还可受到人家称赞哩；可是据说什么东西都要相称。她先是替农家放牛，农家遭了火灾，她就凭着天不怕地不怕的勇气，进城来找事。

那时葛朗台正想自立门户，预备娶亲。他瞥见了这到处碰壁的女孩子。以箍桶匠的眼光判断一个人的体力是准没有错的：她体格像大力士，站在那儿仿佛一株六十年的橡树，根牢固实，粗大的腰围，四方的背脊，一双手像个赶车的，诚实不欺的德性，正如她的贞操一般纯洁无瑕；在这样一个女人身上可以榨取多少利益，他算得清清楚楚。雄赳赳的脸上生满了疣，紫膛膛的皮色，青筋隆起的胳膊，褴褛的衣衫，拿侬这些外表并没吓退箍桶匠，虽然他那时还在能够动心的年纪。他给这个可怜的姑娘衣着、鞋袜、膳宿，出了工钱雇用她，也不过分的虐待、糟蹋。

长脚拿侬受到这样的待遇暗中快活得哭了，就一片忠心的服侍箍桶匠。而箍桶匠当她家奴一般利用。拿侬包办一切：煮饭，蒸洗东西，拿衣服到洛阿河边去洗，担在肩上回来；天一亮就起身，深夜才睡觉；收成时节，所有短工的饭食都归她料理，还不让人家捡取掉在地下的葡萄；她像一条忠心的狗一样保护主人的财产。总之，她对他信服得五体投地，无论他什么想入非非的念头，她都不哼一声的服从。一八一一那有名的一年①收获季节特别辛苦，这时拿侬已经服务了二十年，葛朗台才发狠赏了她一只旧表，那是她到手的唯一礼物。固然他一向把穿旧的鞋子给她（她正好穿得上），但是每隔三个月得来的鞋子，已经那么破烂，不能叫做礼物了。可怜的姑娘因为一无所有，变得吝啬不堪，终于使葛朗台像喜欢一条狗一样的喜欢她，而拿侬也甘心情愿让人家把链条套上脖子，链条上的刺，她已经不觉得痛了。

要是葛朗台把面包割得过分小气了一点，她决不抱怨；这份人家饮食严格，从来没有人闹病，拿侬也乐于接受这卫生的好处。而且她跟主人家已经打成一片：葛朗台笑，她也笑，葛朗台发愁，挨冷，取暖，工作，她也跟着发愁，挨冷，取暖，工作。这样不分彼此的平等，还不算甜蜜的安慰吗？她在树底下吃些杏子，桃子，枣子，主人从来不埋怨。

有些年份的果子把树枝都压弯了，佃户们拿去喂猪，于是葛朗台对拿侬说："吃呀，拿侬，尽吃。"

这个穷苦的乡下女人，从小只受到虐待，人家为了善心才把她收留下来；对于她，葛朗台老头那种教人猜不透意思的笑，真像一道阳光似的。而且拿侬单纯的心，简单的头脑，只容得下一种感情，一个念头。三十五年如一日，她老是看到自己站在葛朗台先生的工场前面，赤着脚，穿着破烂衣衫，听见箍桶匠对她说："你要什么呀，好孩子？"她心中的感激永远是那么新鲜。

有时候，葛朗台想到这个可怜虫从没听见一句奉承的话，完全不懂女人所能获得的那些温情；将来站在上帝前面受审，她比

---

① 该年制成的酒为法国史上有名的佳酿；是年有彗星出现；经济恐慌，工商业破产者累累。所谓有名的一年是总括上列各项事故而言。

圣母玛丽亚还要贞洁。葛朗台想到这些,不禁动了怜悯,望着她说:

"可怜的拿侬!"

老佣人听了,总是用一道难以形容的目光瞧他一下。时常挂在嘴边的这句感叹,久已成为他们之间不断的友谊的连锁,而每说一遍,连锁总多加上一环。出诸葛朗台的心坎,而使老姑娘感激的这种怜悯,不知怎样总有一点儿可怕的气息。这种吝啬鬼的残酷的怜悯,在老箍桶匠是因为想起在佣人身上刮到了多少好处而得意,在拿侬却是全部的快乐。"可怜的拿侬!"这样的话谁不会说?但是说话的音调,语气之间莫测高深的惋惜,可以使上帝认出谁才是真正的慈悲。

索漠有许多家庭待佣人好得多,佣人却仍然对主人不满意。于是又有这样的话流传了:

"葛朗台他们怎么对长脚拿侬的,她会这样的忠心?简直肯替他们拼命!"

厨房临着院子,窗上装有铁栅,老是干净,整齐,冷冰冰的,真是守财奴的灶屋,没有一点儿糟蹋的东西。拿侬晚上洗过碗盏,收起剩菜,熄了灶火,便到跟厨房隔着一条过道的堂屋里绩麻,跟主人们在一块。这样,一个黄昏全家只消点一支蜡烛了。老妈子睡的是过道底上的一个小房间,只消有一个墙洞漏进一些日光;躺在这样一个窝里,她结实的身体居然毫无亏损,她可以听见日夜都静悄悄的屋子里的任何响动,像一条看家狗似的,她竖着耳朵睡觉,一边休息一边守夜。

屋子其余的部分,等故事发展下去的时候再来描写;但全家精华所在的堂屋的景象,已可令人想见楼上的寒伧了。

一八一九年,秋季的天气特别好;到十一月中旬某一天傍晚时分，长脚拿侬才第一次生火。那一天是克罗旭与台·格拉桑两家记得清清楚楚的节日。双方六位人马，预备全副武装，到堂屋里交一交手，比一比谁表示得更亲热。

早上，索漠的人看见葛朗台太太和葛朗台小姐，后边跟着拿侬，到教堂去望弥撒，于是大家记起了这一天是欧也尼小姐的生日。克罗旭公证人，克罗旭神甫，克·特·篷风先生，算准了葛朗台家该吃完晚饭的时候，急急忙忙赶来，要抢在台·格拉桑一家之前，向葛朗台小姐拜寿。三个人都捧着从小花坛中摘来的大束的花。所长那束，花梗上很巧妙的裹着金色穗子的白缎带。

每逢欧也尼的生日和本名节日①，照例葛朗台清早就直闯到女儿床边，郑重其事的把他为父的礼物亲手交代，十三年来的老规矩，都是一枚希罕的金洋。

葛朗台太太总给女儿一件衣衫，或是冬天穿的，或是夏天穿的，看什么节而定。这两件衣衫，加上父亲在元旦跟他自己的节日所赏赐的金洋，她每年小小的收入大概有五六百法郎，葛朗台很高兴的看她慢慢的积起来。这不过是把自己的钱换一只口袋罢了，而且可以从小培养女儿的吝啬。他不时盘问一下她财产的数目——其中一部分是从葛朗台太太的外婆那里来的——盘问的时候总说：

"这是你陪嫁的压箱钱呀。"

所谓压箱钱是一种古老的风俗，法国中部有些地方至今还很郑重的保存在那里。裴里、安育那一带，一个姑娘出嫁的时候，不是娘家便是婆家，总得给她一笔金洋或银洋，或是十二枚，或是一百四十四枚，或是一千二百枚，看家境而定。最穷的牧羊女

---

① 西俗教徒皆以圣者之名命名。凡自己取名的圣者的纪念日，称为本名节日。

出嫁，压箱钱也非有不可，就是拿大铜钱充数也是好的。伊苏屯地方，至今还谈论曾经有一个有钱的独养女儿，压箱钱是一百四十四枚葡萄牙金洋。凯塞琳·特·梅迭西斯嫁给亨利二世，她的叔叔教皇克雷门七世送给她一套古代的金勋章，价值连城。

吃晚饭的时候，父亲看见女儿穿了新衣衫格外漂亮，便喜欢得什么似的，嚷道：

"既然是欧也尼的生日，咱们生起火来，取个吉利吧！"

长脚拿侬撤下饭桌上吃剩的鹅，箍桶匠家里的珍品，一边说：

"小姐今年一定要大喜了。"

"索漠城里没有合适的人家喔。"葛朗台太太接口道，她一眼望着丈夫的那种胆怯的神气，以她的年龄而论，活现出可怜的女人是一向对丈夫服从惯的。

葛朗台端相着女儿，快活的叫道：

"今天她刚好二十三了，这孩子。是咱们操心的时候了。"

欧也尼和她的母亲心照不宣的彼此瞧了一眼。

葛朗台太太是一个干枯的瘦女人，皮色黄黄的像木瓜，举动迟缓，笨拙，就像那些生来受磨折的女人。大骨骼，大鼻子，大额角，大眼睛，一眼望去，好像既无味道又无汁水的干瘪果子。黝黑的牙齿已经不多几颗，嘴巴全是皱襉，长长的下巴颏儿往上钩起，像只木底靴。可是她为人极好，真有裴德里埃家风。克罗旭神甫常常有心借机会告诉她，说她当初并不怎样难看，她居然会相信。性情柔和得像天使，忍耐功夫不下于给孩子们捉弄的虫蚁，少有的虔诚，平静的心境绝对不会骚乱，一片好心，个个人可怜她，敬重她。

丈夫给她的零用，每次从不超过六法郎。虽然相貌奇丑，她的陪嫁与承继的遗产，给葛朗台先生带来三十多万法郎。然而她始终诚惶诚恐，仿佛寄人篱下似的；天性的柔和，使她摆脱不了这种奴性，她既没要求过一个钱，也没对克罗旭公证人教她签字的文件表示过异议。支配这个女人的，只有闷在肚里的那股愚不可及的傲气，以及葛朗台非但不了解还要加以伤害的慷慨的心胸。

葛朗台太太永远穿一件淡绿绸衫，照例得穿上一年；戴一条棉料的白围巾，头上一顶草帽，差不多永远系一条黑纱围身。难得出门，鞋子很省。总之，她自己从来不想要一点儿什么。

有时，葛朗台想起自从上次给了她六法郎以后已经有好久，觉得过意不去，便在出售当年收成的契约上添注一笔，要买主掏出些中金给他太太。向葛朗台买酒的荷兰商人或比国商人，总得破费上百法郎，这就是葛朗台太太一年之中最可观的进款。

可是，她一朝拿到了上百法郎，丈夫往往对她说，仿佛他们用的钱一向是公账似的："借几个子儿给我，好不好？"可怜的女人，老是听到忏悔师说男人是她的夫君是她的主人，所以觉得能够帮他忙是最快活不过的，一个冬天也就还了他好些中金。

葛朗台掏出了做零用、买针线、付女儿衣著的六法郎月费，把钱袋扣上之后，总不忘了向他女人问一声：

"喂，妈妈，你想要一点儿什么吗？"

"呕，那个，慢慢再说罢。"葛朗台太太回答，她觉得做母亲的应该保持她的尊严。

这种伟大真是白费！葛朗台自以为对太太慷慨得很呢。像拿侬、葛朗台太太、欧也尼小姐这等人物，倘使给哲学家碰到了，不是很有理由觉得上帝的本性是喜欢跟人开玩笑吗？

在初次提到欧也尼婚事的那餐晚饭之后，拿侬到楼上葛朗台先生房里拿一瓶果子酒，下来的时候几乎摔了一跤。

"蠢东西。"葛朗台先生叫道，"你也会栽斤斗吗，你？"

"哎哟，先生，那是你的楼梯不行呀。"

"不错。"葛朗台太太接口，"你早该修理了，昨天晚上，欧也尼也险些儿扭坏了脚。"

葛朗台看见拿侬脸色发白，便说：

"好，既然是欧也尼的生日，你又几乎摔跤，就请你喝一杯果子酒压压惊吧。"

"真是，这杯酒是我把命拼来的喔。换了别人，瓶子早已摔掉了；我哪怕碰断肘子，也要把酒瓶擎得老高，不让它砸破呢。"

"可怜的拿侬！"葛朗台一边说一边替她斟酒。

"跌痛没有？"欧也尼很关切的望着她问。

"没有，我挺一挺腰就站住了。"

"得啦，既然是欧也尼的生日。"葛朗台说，"我就去替你们修理踏级吧。你们这般人，就不会拣结实的地方落脚。"

葛朗台拿了烛台，走到烤面包的房里去拿木板、钉子和工具，让太太、女儿、佣人坐在暗里，除了壁炉的活泼的火焰之外，没有一点儿光亮。拿侬听见他在楼梯上敲击的声音，便问：

"要不要帮忙？"

"不用，不用！我会对付。"老箍桶匠回答。

葛朗台一边修理虫蛀的楼梯，一边想起少年时代的事情，直着喉咙打嗯哨。这时候，三位克罗旭来敲门了。

"是你吗，克罗旭先生？"拿侬凑在铁栅上张了一张。

"是的。"所长回答。

拿侬打开大门，壁炉的火光照在环洞里，三位克罗旭才看清了堂屋的门口。拿侬闻到花香，便说：

"啊！你们是来拜寿的。"

"对不起，诸位。"葛朗台听出了客人的声音，嚷道，"我马上就来！不瞒你们说，楼梯的踏级坏了，我自己在修呢。"

"不招呼，不招呼！葛朗台先生。区区煤炭匠，在家也好当市长。"所长引经据典的说完，独自笑开了，却没有人懂得他把成语改头换面，影射葛朗台当过区长。

葛朗台母女俩站了起来。所长趁堂屋里没有灯光，便对欧也尼说道：

"小姐，今天是你的生日，我祝贺你年年快乐，岁岁康强！"

说着他献上一大束索漠城里少有的鲜花；然后抓着独养女儿的肘子，把她脖子两边亲了一下，那副得意的神气把欧也尼羞得什么似的。所长，像一口生锈的大铁钉，自以为这样就是追求女人。

"所长先生，不用拘束啊。"葛朗台走进来说，"过节的日子，照例得痛快一下。"

克罗旭神甫也捧着他的一束花，接口说：

"跟令爱在一块儿，舍侄觉得天天都是过节呢。"

说完话，神甫吻了吻欧也尼的手。公证人克罗旭却不客气地亲了她的腮帮，说：

"哎，哎，岁月催人，又是一年了。"

葛朗台有了一句笑话，轻易不肯放弃，只要自己觉得好玩，会三番四复的说个不休；他把烛台往座钟前面一放，说道：

"既然是欧也尼的生日，咱们就大放光明吧！"

他很小心的摘下灯台上的管子，每根按上了灯芯盘，从拿侬手里接过一根纸卷的新蜡烛，放入洞眼，插妥了，点上了，然后走去坐在太太旁边，把客人，女儿，和两支蜡烛，轮流打量过来。克罗旭神甫矮小肥胖，浑身是肉，茶红的假头发，像是压扁了的，脸孔像个爱开玩笑的老太婆，套一双银搭扣的结实的鞋子，他把脚一伸，问道：

"台·格拉桑他们没有来吗？"

"还没有。"葛朗台回答。

"他们会来吗？"老公证人扭动着那张脚炉盖似的脸，问。

"我想会来的。"葛朗台太太回答。

"府上的葡萄收割完了吗？"特·篷风所长打听葛朗台。

"统统完了！"葛朗台老头说着，站起身来在堂屋里踱步，他把胸脯一挺的那股劲儿，跟"统统完了"四个字一样骄傲。

长脚拿侬不敢闯入过节的场面，便在厨房内点起蜡烛，坐在灶旁预备绩麻。葛朗台从过道的门里瞥见了，踱过去嚷道：

"拿侬，你能不能灭了灶火，熄了蜡烛，上我们这儿来？嘿！这里地方大得很，怕挤不下吗？"

"可是先生，你们那里有贵客哪。"

"怕什么？他们不跟你一样是上帝造的吗？"

葛朗台说完又走过来问所长：

"府上的收成脱手没有？"

"没有。老实说，我不想卖。现在的酒固然好，过两年更好。你知道，地主都发誓要坚持公议的价格。那些比国人这次休想占便宜了。他们这回不买，下回还是要来的。"

"不错，可是咱们要齐心啊。"葛朗台的语调，教所长打了一个寒噤。

"他会不会跟他们暗中谈判呢？"克罗旭心里想。

这时大门上锤子响了一下，报告台·格拉桑一家来了。葛朗台太太和克罗旭神甫才开始的话题，只得搁过一边。

台·格拉桑太太是那种矮小活泼的女人，身材肥胖，皮肤白里泛红，过着修道院式的内地生活，律身谨严，所以在四十岁上还显得年轻。这等女子仿佛过时的最后几朵蔷薇，教人看了舒服，但它们的花瓣有种说不出的冰冷的感觉，香气也淡薄得很了。她穿著相当讲究，行头都从巴黎带来，索漠的时装就把她做标准，而且家里经常举行晚会。

　　她的丈夫在拿破仑的禁卫军中当过连长，在奥斯丹列兹一役受了重伤，退伍了，对葛朗台虽然尊敬，但是爽直非凡，不失军人本色。

　　"你好，葛朗台。"他说着向葡萄园主伸出手来，一副俨然的气派是他一向用来压倒克罗旭的。向葛朗台太太行过礼，他又对欧也尼说："小姐，你老是这样美，这样贤慧，简直想不出祝贺你的话。"

　　然后他从跟班手里接过一口匣子递过去，里面装着一株好望角的铁树，这种花还是最近带到欧洲而极少见的。

　　台·格拉桑太太非常亲热的拥抱了欧也尼，握着她的手说：

　　"我的一点小意思，教阿道夫代献吧。"

　　一个头发金黄，个子高大的青年，苍白，娇弱，举动相当文雅，外表很羞怯，可是最近到巴黎念法律，膳宿之外，居然花掉上万法郎。这时他走到欧也尼前面，亲了亲她的腮帮，献上一个针线匣子，所有的零件都是镀金的；匣面上哥特式的花体字，把欧也尼姓名的缩写刻得不坏，好似做工很精巧，其实全部是骗人的起码货。

　　欧也尼揭开匣子，感到一种出乎意外的快乐，那是使所有的少女脸红，寒颤，高兴得发抖的快乐。她望着父亲，似乎问他可不可以接受。葛朗台说一声："收下罢，孩子！"那强劲有力的音调竟可以使一个角儿成名呢。

　　这样贵重的礼物，独养女儿还是第一遭看见，她的快活与兴奋的目光，使劲盯住了阿道夫·台·格拉桑，把三位克罗旭看呆了。台·格拉桑先生掏出鼻烟壶，让了一下主人，自己闻了一下，把蓝外套钮孔上"荣誉团"丝带上的烟末，抖干净了，旋过头去望着几位克罗旭，神气之间仿佛说："嘿，瞧我这一手！"

　　台·格拉桑太太就像一个喜欢讥笑人家的女子，装做特意寻找克罗旭他们的礼物，把蓝瓶里的鲜花瞅了一眼。在这番微妙的比赛中，大家围坐在壁炉前面；克罗旭神甫却丢下众人，径自和葛朗台踱到堂屋那一头，离台·格拉桑最远的窗洞旁边，咬着守财奴的耳朵说：

　　"这些人简直把钱往窗外扔。"

　　"没有关系，反正是扔在我的地窖里。"葛朗台回答。

　　"你给女儿打把金剪刀也打得起呢。"神甫又道。

　　"金剪刀有什么希罕，我给她的东西名贵得多哩。"

　　克罗旭所长那猪肝色的脸本来就不体面，加上乱蓬蓬的头发，愈显得难看了。神甫望着他，心里想：

　　"这位老侄真是一个傻瓜，一点讨人喜欢的小玩艺儿都想不出来！"

　　这时台·格拉桑太太嚷道：

　　"咱们陪你玩一会儿牌吧，葛朗台太太。"

　　"这么多人，好来两局呢……"

　　"既然是欧也尼的生日，你们不妨来个摸彩的玩艺，让两个孩子也参加。"老箍桶匠一边说一边指着欧也尼和阿道夫，他自己是对什么游戏都从不参加的。

　　"来，拿侬，摆桌子。"

"我们来帮忙，拿侬。"台·格拉桑太太很高兴的说，她因为得了欧也尼的欢心，快活得不得了。那位独养女儿对她说：

"我一辈子都没有这么快乐过，我从没见过这样漂亮的东西。"

台·格拉桑太太便咬着她的耳朵：

"那是阿道夫从巴黎捎来的，他亲自挑的呢。"

"好，好，你去灌迷汤罢，刁钻促狭的鬼女人！"所长心里想，"一朝你家有什么官司落在我手中，不管是你的还是你丈夫的，哼，看你有好结果吧。"

公证人坐在一旁，神色泰然的望着神甫，想道：

"台·格拉桑他们是白费心的。我的家私，我兄弟的，侄子的，合在一起有一百一十万。台·格拉桑最多也不过抵得一半，何况他们还有一个女儿要嫁！好吧，他们爱送礼就送吧！终有一天，独养女儿跟他们的礼物，会一古脑儿落在咱们手里的。"

八点半，两张牌桌端整好了。俊俏的台·格拉桑太太居然能够把儿子安排在欧也尼旁边。各人拿着一块有数目字与格子的纸板，抓着蓝玻璃的码子，开始玩了。这聚精会神的一幕，虽然表面上平淡无奇，所有的角儿装做听着老公证人的笑话——他摸一颗码子，念一个数目，总要开一次玩笑——其实都念念不忘的想着葛朗台的几百万家私。

老箍桶匠踌躇满志的把台·格拉桑太太时髦的打扮，粉红的帽饰，银行家威武的脸相，还有阿道夫，所长，神甫，公证人的脑袋，一个个的打量过来，暗自想道：

"他们都看中我的钱，为了我女儿到这儿来受罪。哼！我的女儿，休想；我就利用这般人替我钓鱼！"

灰色的老客厅里，黑魆魆的只点两支蜡烛，居然也有家庭的欢乐；拿侬的纺车声，替众人的笑声当着伴奏，可是只有欧也妮和她母亲的笑才是真心的；小人的心胸都在关切重大的利益；这位姑娘受到奉承，包围，以为他们的友谊都是真情实意，仿佛一只小鸟全不知道给人家标着高价作为赌注。这种种使那天晚上的情景显得又可笑又可叹。这原是古往今来到处在搬演的活剧，这儿不过表现得最简单罢了。利用两家的假殷勤而占足便宜的葛朗台，是这一幕的主角，有了他，这一幕才有意义。单凭这个人的脸，不是就象征了法力无边的财神，现代人的上帝吗？

人生的温情在此只居于次要地位；它只能激动拿侬、欧也妮和她母亲三颗纯洁的心。而且她们能有这么一点天真，还是因为她们蒙在鼓里，一无所知！葛朗台的财富，母女俩全不知道；她们对人生的看法，只凭一些渺茫的观念，对金钱既不看重也不看轻，她们一向就用不到它。她们的情感虽然无形中受了伤害，依旧很强烈，而且是她们生命的真谛，使她们在这一群唯利是图的人中间别具一格。人类的处境就是这一点可怕！没有一宗幸福不是靠糊涂得来的。

葛朗台太太中了十六个铜子的彩，在这儿是破天荒第一遭的大彩；长脚拿侬看见太太有这许多钱上袋，快活得笑了。正在这时候，大门上砰的一声，锤子敲得那么响，把太太们吓得从椅子里直跳起来。

"这种敲门的气派决不是本地人。"公证人说。

"哪有这样敲法的！"拿侬说，"难道想砸破大门吗？"

"哪个混账东西！"葛朗台咕噜着。

拿侬在两支蜡烛中拿了一支去开门，葛朗台跟着她。

"葛朗台！葛朗台！"他太太莫名其妙的害怕起来，望堂屋门口追上去叫。

牌桌上的人都面面相觑。

"咱们一块儿去怎么样?"台·格拉桑说,"这种敲门有点儿来意不善。"

台·格拉桑才看见一个青年人的模样,后面跟着驿站上的脚夫,扛了两口大箱子,拖了几个铺盖卷,葛朗台便突然转过身来对太太说:

"玩你们的,太太,让我来招呼客人。"

说着他把客厅的门使劲一拉。那些骚动的客人都归了原位,却并没玩下去。台·格拉桑太太问她的丈夫:

"是不是索漠城里的人?"

"不,外地来的。"

"一定是巴黎来的了。"

公证人掏出一只两指厚的老表,形式像荷兰战舰,瞧了瞧说:

"不错,正九点。该死,驿车倒从来不脱班。"

"客人还年轻吗?"克罗旭神甫问。

"年轻。"台·格拉桑答道。"带来的行李至少有三百斤。"

"拿侬还不进来?"欧也尼说。

"大概是府上的亲戚吧。"所长插了句嘴。

"咱们下注吧。"葛朗台太太轻声轻气的叫道,"听葛朗台的声音,他很不高兴;也许他不愿意我们谈论他的事。"

"小姐。"阿道夫对坐在隔壁的欧也尼说,"一定是你的堂兄弟葛朗台,一个挺漂亮的青年,我在纽沁根先生家的跳舞会上见过的。"

阿道夫停住不说了,他给母亲踩了一脚;她高声叫他拿出两个铜子来押,又咬着他的耳朵:

"别多嘴,你这个傻瓜!"

这时大家听见拿侬和脚夫走上楼梯的声音;葛朗台带着客人进了堂屋。几分钟以来,个个人都给不速之客提足了精神,好奇得不得了,所以他的到场,他的出现,在这些人中间,犹如蜂房里掉进了一只蜗牛,或是乡下黝黑的鸡场里闯进了一只孔雀。

"到壁炉这边来坐吧。"葛朗台招呼他。

年轻的陌生人就坐之前,对众人客客气气鞠了一躬。男客都起身还礼,太太们都深深的福了一福。

"你冷了吧,先生?"葛朗台太太说,"你大概从……"

葛朗台捧着一封信在念,马上停下来截住了太太的话:

"嘿!娘儿腔!不用烦,让他歇歇再说。"

"可是父亲,也许客人需要什么呢。"欧也妮说。

"他会开口的。"老头儿厉声回答。

这种情形只有那位生客觉得奇怪。其余的人都看惯了这个家伙的霸道。客人听了这两句问答,不禁站起身子,背对着壁炉,提起一只脚烘烤靴底,一面对欧也妮说:

"大姊,谢谢你,我在都尔吃过晚饭了。"他又望着葛朗台说:"什么都不用费心,我也一点儿不觉得累。"

"你先生是从京里来的吧?"台·格拉桑太太问。

查理(这是巴黎葛朗台的儿子的名字)听见有人插嘴,便拈起用金链挂在项下的小小的手眼镜,凑在右眼上瞧了瞧桌上的东西和周围的人物,非常放肆的把眼镜向台·格拉桑太太一照,他把一切都看清楚了,才回答说:

"是的,太太。"他又回头对葛朗台太太说:"哦,你们在摸彩,伯母。请呀,请呀,玩下去吧,多有趣的玩艺儿,怎么好歇手呢!……"

"我早知道他就是那个堂兄弟。"台·格拉桑太太对他做着媚眼,心里想。

"四十七。"老神甫嚷道,"嗳,台·格拉桑太太,放呀,这不是你的号数吗?"

台·格拉桑先生抓起一个码子替太太放上了纸板。她却觉得预兆不好,一忽儿望望巴黎来的堂兄弟,一忽儿望望欧也尼,想不起摸彩的事了。年轻的独养女儿不时对堂兄弟瞟上几眼,银行家太太不难看出她越来越惊讶,越来越好奇的情绪。

巴黎的堂兄弟

查理·葛朗台,二十二岁的俊俏后生,跟那些老实的内地人正好成为古怪的对照;人家看了他贵族式的举动态度已经心中有气,而且还在加以研究,以便大大的讪笑他一番。这缘故需要说明一下。

在二十二岁上,青年人还很接近童年,免不了孩子气。一百个中间,说不定九十九个都会像查理·葛朗台一样的行事。那天晚上的前几日,父亲吩咐他到索漠的伯父那里住几个月。也许巴黎的葛朗台念头转到欧也妮。初次跑到内地的查理,便想拿出一个时髦青年的骠劲,在州县里摆阔,在地方上开风气,带一些巴黎社会的新玩艺来。总之,一句话说尽,他要在索漠比在巴黎花更多的时间刷指甲,对衣著特别出神入化,下一番苦功,不比有些时候一个风流年少的人倒故意的不修边幅,要显得潇洒。

因此,查理带了巴黎最漂亮的猎装,最漂亮的猎枪,最漂亮的刀子,最漂亮的刀鞘。他也带了全套最新奇的背心:灰的,白的,黑的,金壳虫色的,闪金光的,嵌水钻的,五色条纹的,双叠襟的,高领口的,直领口的,翻领的,钮扣一直扣到脖子的,金钮扣的。还有当时风行的各式硬领与领带,名裁缝蒲伊松做的两套服装，最讲究的内衣。母亲给的一套华丽的纯金梳妆用具也随身带了。凡是花花公子的玩艺儿，都已带全；一只玲珑可爱的小文具盒也没有忘记。这是一个最可爱的——至少在他心目中——他叫做阿纳德的阔太太送的礼物。她此刻正在苏格兰陪着丈夫游历，烦闷不堪，可是为了某些谣言不得不暂时牺牲一下幸福。他也带了非常华丽的信笺，预备每半个月和她通一次信。巴黎浮华生活的行头，简直应有尽有，从决斗开场时用的马鞭起，直到决斗结束时用的镂工细巧的手枪为止，一个游手好闲的青年出门打天下的随身家伙，都包括尽了。父亲吩咐他一个人上路，切勿浪费，所以他包了驿车的前厢，很高兴那辆特地定造、预备六月里坐到巴登温泉与贵族太太阿纳德相会的，轻巧可爱的轿车，不致在这次旅行中糟蹋。

  查理预备在伯父家里碰到上百客人，一心想到他森林中去围猎，过一下宫堡生活。他想不到伯父就在索漠；车子到的时候，他打听去法劳丰的路；等到知道伯父在城里，便以为他住的必是高堂大厦。索漠也罢，法劳丰也罢，初次在伯父家露面非体体面面不行，所以他的旅行装束是最漂亮的，最大方的，用当时形容一个人一件东西美到极点的口语说，是最可爱的。利用在都尔打尖的时间，他叫了一个理发匠把美丽的栗色头发重新烫过；衬衫也换过一件，戴一条黑缎子领带，配上圆领，使那张满面春风的小白脸愈加显得可爱了。一袭小腰身的旅行外套，钮扣只扣了一半，露出一件高领羊毛背心，里面还有第二件白背心。他的表随便纳在一只袋里，短短的金链系在钮孔上。灰色裤子，钮扣都在两旁，加上黑丝线绣成的图案，式样更美观了。他极有风趣的挥动手杖，雕刻精工的黄金柄，并没夺去灰色手套的光泽。最后，他的便帽也是很大方的。

只有巴黎人，一个第一流的巴黎人，才能这样打扮而不至于俗气，才有本领使那些无聊的装饰显得调和；给这些行头做支援的，还有一股骠劲，表示他有的是漂亮的手枪，百发百中的功夫，和那位贵族太太阿纳德。

因此，要了解索漠人与年轻的巴黎人彼此的惊讶，要在堂屋与构成这幅家庭小景的灰暗的阴影中，把来客风流典雅的光彩看个真切的话，就得把几位克罗旭的模样悬想一番。三个人都吸鼻烟，既淌鼻水，又把黄里带红、衣领打皱、褶裥发黄的衬衫胸饰沾满了小黑点：他们久已不在乎这些。软绵绵的领带，一扣上去就缩成一根绳子。衬衫内衣之多，一年只要洗两次，在衣柜底上成年累月的放旧了，颜色也灰了。邋遢与衰老在他们身上合而为一。跟破烂衣服一样的衰败，跟裤子一样的打皱，他们的面貌显得憔悴，硬化，嘴脸都扭做一团。

其余的人也是衣冠不整，七零八落，没有一点儿新鲜气象，跟克罗旭他们的落拓半斤八两。内地的装束大概都是如此，大家不知不觉的只关心一副手套的价钱，而不想打扮给人家看了。只有讨厌时装这一点，台·格拉桑与克罗旭两派的意见是一致的。巴黎客人一拿起手眼镜，打量堂屋里古怪的陈设，楼板的梁木，护壁板的色调，护壁板上数量多得可以标点《日用百科全书》与《政府公报》的苍蝇屎的时候，那些玩摸彩戏的人便立刻扬起鼻子打量他，好奇的神情似乎在看一头长颈鹿。台·格拉桑父子虽然见识过时髦人物，也跟在座的人一样的惊讶，或许是众人的情绪有股说不出的力量把他们感染了，或许他们表示赞成，所以含讥带讽的对大家挤眉弄眼，仿佛说："你们瞧，巴黎人就是这副腔派。"

并且他们尽可从从容容的端详查理，不用怕得罪主人。葛朗台全副精神在对付手里的一封长信，为了看信，他把牌桌上唯一的蜡烛拿开了，既不顾到客人，也不顾到他们的兴致。欧也尼从来没见过这样美满的装束与人品，以为堂兄弟是什么天上掉下来的妙人儿。光亮而鬈曲有致的头发散出一阵阵的香气，她尽量的闻着，嗅着，觉得飘飘然。漂亮精美的手套，她恨不得把那光滑的皮去摸一下。她羡慕查理的小手，皮色，面貌的娇嫩与清秀。这可以说是把风流公子给她的印象做了一个概括的叙述。可是一个没有见过世面的姑娘，只知道缝袜子，替父亲补衣裳，在满壁油腻的屋子里讨生活的——冷静的街上一小时难得看到一个行人——这样一个女子一见这位堂兄弟，自然要神魂颠倒，好像一个青年在英国圣诞画册上看到了那些奇妙的女人，镂刻的精巧、大有吹一口气就会把天仙似的美女从纸上吹走了似的。

查理掏出一条手帕，是在苏格兰游历的阔太太绣的，美丽的绣作正是热恋中怀着满腔爱情做成的；欧也尼望着堂兄弟，看他是否当真拿来用。查理的举动，态度，拿手眼镜的姿势，故意的放肆，还有对富家闺女刚才么喜欢的那个针线匣，他认为毫无价值或俗不可耐而一脸瞧不起的神气，总之，查理的一切，凡是克罗旭与台·格拉桑他们看了刺眼的，欧也尼都觉得赏心悦目，使她当晚在床上老想着那个了不起的堂兄弟，睡不着觉。

摸彩摸得很慢，不久也就歇了。因为长脚拿侬进来高声的说：

"太太，得找被单替客人铺床啦。"

葛朗台太太跟着拿侬走了。台·格拉桑太太便轻轻的说：

"我们把钱收起来，歇了吧。"

各人从缺角的旧碟子内把两个铜子的赌注收起，一齐走到壁炉前面，谈一会儿天。

"你们完了吗？"葛朗台说着，照样念他的信。

"完了，完了。"台·格拉桑太太答着话，挨着查理坐下。欧也尼，像一般初次动心的少女一样，忽然想起了一个念头，离开堂屋，给母亲和拿侬帮忙去了。要是一个手腕高明的忏悔师盘问她，她一定会承认那时既没想到母亲，也没想到拿侬，而是非常急切的要看看堂兄弟的卧房，替他张罗一下，放点儿东西进去，唯恐人家有什么遗漏，样样要想个周到，使他的卧房尽可能的显得漂亮，干净。欧也尼已经认为只有她才懂得堂兄弟的口味与心思。

母亲与拿侬以为一切安排定当，预备下楼了，她却正好赶上，指点给她们看，什么都不行。她提醒拿侬捡一些炭火，弄个脚炉烘被单；她亲手把旧桌子铺上一方小台布，吩咐拿侬这块台布每天早上都得更换。她说服母亲，壁炉内非好好的生一个火不可，又逼着拿侬瞒了父亲搬一大堆木柴放在走廊里。特·拉·裴德里埃老先生的遗产里面，有一个古漆盘子放在堂屋的三角橱上，还有一只六角水晶杯，一只镀金褪尽的小羹匙，一个刻着爱神的古瓶：欧也尼一齐搬了来，得意洋洋的摆在壁炉架上。她这一忽儿的念头，比她出世以来所有的念头还要多。

"妈妈。"她说，"蜡油的气味，弟弟一定受不了。去买一支白烛怎么样？……"说着她像小鸟一般轻盈的跑去，从钱袋里掏出她的月费，一块五法郎的银币，说：

"喂，拿侬，快点儿去。"

她又拿了一个糖壶，赛佛窑烧的旧瓷器，是葛朗台从法劳丰别庄拿来的。葛朗台太太一看到就严重的警告说：

"哎，父亲看了还了得！……再说哪儿来的糖呢？你疯了吗？"

"妈妈，跟白烛一样好叫拿侬去买啊。"

"可是你父亲要怎么说呢？"

"他的侄儿连一杯糖水都没得喝，成什么话？而且他不会留意的。"

"嘿，什么都逃不过他的眼睛。"葛朗台太太侧了侧脑袋。

拿侬犹疑不决，她知道主人的脾气。

"去呀，拿侬，既然今天是我的生日！"

拿侬听见小姐第一次说笑话，不禁哈哈大笑，照她的吩咐去办了。

正当欧也尼跟母亲想法把葛朗台派给侄儿住的卧房装饰得漂亮一些的时候，查理却成为台·格拉桑太太大献殷勤，百般挑引的目标。

"你真有勇气呀，先生。"她对他说，"居然肯丢下巴黎冬天的娱乐，住到索漠来。不过，要是你不觉得我们太可怕的话，你慢慢会看到，这里一样可以玩儿的。"

接着她做了一个十足内地式的媚眼。内地女子的眼风，因为平常矜持到极点，谨慎到极点，反而有一种馋涎欲滴的神气，那是把一切欢娱当做窃盗或罪过的教士特有的眼风。

查理在堂屋里迷惘到万分，意想之中伯父的别庄与豪华的生活，跟眼前种种差得太远了，所以他把台·格拉桑太太仔细瞧过之后，觉得她淡淡的还有一点儿巴黎妇女的影子。她上面那段话，对他好似一种邀请，他便客客气气的接受了，很自然的和她攀谈起来。台·格拉桑太太把嗓子逐渐放低，跟她说的体己话的内容配合。她和查理都觉得需要密谈一下。所以时而调情说笑，时而一本正经的闲扯了一会之后，那位手段巧妙的内地女子，趁其余的人谈论当时全索漠最关心的酒市行情而不注意她的时候，说道：

"先生，要是你肯赏光到舍间来，外子一定跟我一样的高兴。索漠城中，只有在舍间才能同时碰到商界巨头跟阀阅世家。在这两个社会里，我们都有份；他们也只愿意在我们家里见面，因为玩的痛快。我敢骄傲的说一句，旧家跟商界都很敬重我的丈夫。我们一定得给你解解闷。要是你老呆在葛朗台先生家里，哎，天哪！不知你要烦成什么样呢！你的老伯是一个守财奴，一心只想他的葡萄秧；你的伯母是一个理路不清的老虔婆；你的堂姊，不痴不癫，没有教育，没有陪嫁，俗不可耐，整天只晓得缝抹布。"

"她很不错呢，这位太太。"查理这样想着，就跟台·格拉桑太太的装腔作势呼应起来。

"我看，太太，你大有把这位先生包办的意思。"又胖又高的银行家笑着插嘴。

听到这一句，公证人与所长都说了些俏皮话；可是神甫很狡猾的望着他们，吸了一撮鼻烟，拿烟壶向大家让了一阵，把众人的思想归纳起来说：

"除了太太，还有谁能给这位先生在索漠当向导呢？"

"啊，啊！神甫，你这句话是什么意思？"台·格拉桑先生问。

"我这句话，先生，对你，对尊夫人，对索漠城，对这位贵客，都表示最大的好意。"奸猾的老头儿说到末了，转身望着查理。

克罗旭神甫装做全没注意查理和台·格拉桑太太的谈话，其实早已猜透了。

"先生。"阿道夫终于装做随便的样子，对查理说，"不知道你还记得我吗，在纽沁根男爵府上，跳四组舞的时候我曾经跟你照过一面①，并且……"

"啊，不错，先生，不错。"查理回答，他很诧异的发觉个个人都在巴结他。

"这一位是你的世兄吗？"他问台·格拉桑太太。

神甫狡猾的瞅了她一眼。

"是的，先生。"她说。

"那末你很年轻就上巴黎去了？"查理又转身问阿道夫。

"当然喽，先生。"神甫插嘴道，"他们断了奶，咱们就打发他们进京看花花世界了。"

台·格拉桑太太极有深意的把神甫瞪了一眼，表示质问。他却紧跟着说：

"只有在内地，才能看到像太太这样三十多岁的女子，儿子都快要法科毕业了，还是这么娇嫩。"他又转身对着台·格拉桑太太："当年跳舞会里，男男女女站在椅子上争着看你跳舞的光景，还清清楚楚在我眼前呢。你红极一时的盛况仿佛是昨天的事。"

"噢！这个老混蛋！"台·格拉桑太太心里想，"难道他猜到了我的心事吗？"

"看来我在索漠可以大大的走红呢。"查理一边想一边解开上衣的钮扣，把一只手按在背心上，眼睛望着空中，仿英国雕刻家凯脱莱塑的拜伦的姿势。

葛朗台老头的不理会众人，或者不如说他聚精会神看信的神气，逃不过公证人和所长的眼睛。葛朗台的脸这时给烛光照得格外分明，他们想从他微妙的表情中间揣摩书信的内容。老头儿的

---

① 四组舞的格式，两对舞伴在某种姿势中必须互相照面。

神色，很不容易保持平日的镇静。并且像下面这样一封悲惨的信，他念的时候会装做怎样的表情，谁都可以想象得到：

　　大哥，我们分别快二十三年了。最后一次会面是我结婚的时候，那次我们是高高兴兴分手的。当然，我想不到有这么一天，要你独力支撑家庭。你当时为了家业兴隆多么快活。可是这封信到你手里的时候，我已经不在世界上了。以我的地位，我不愿在破产的羞辱之后觍颜偷生。我在深渊边上挣扎到最后一刻，希望能突破难关。可是非倒不可。我的经纪人以及公证人洛庚，他们的破产，把我最后一些资本也弄光了。我欠了近四百万的债，资产只有一百万。囤积的酒，此刻正碰到市价惨跌，因为你们今年丰收，酒质又好。三天之后，全巴黎的人都要说："葛朗台原来是个骗子！"我一生清白，想不到死后要受人唾骂。我既玷污了儿子的姓氏，又侵占了他母亲的一份财产。他还一点儿没有知道呢，我疼爱的这个可怜的孩子！我和他分手的时候，彼此依依不舍。幸而他不知道这次的诀别是我最后一次的发泄热情。将来他会不会咒我呢？大哥，大哥，儿女的诅咒是最可怕的！儿女得罪了我们，可以求告，讨饶；我们得罪了儿女，却永远挽回不了。葛朗台，你是我的兄长，应当保护我：不要让查理在我的坟墓上说一句狠毒的话！大哥，即使我用血泪写这封信，也不至于这样痛苦；因为我可以痛哭，可以流血，可以死，可以没有知觉；但我现在只觉得痛苦，而且眼看着死，一滴眼泪都没有。你如今是查理的父亲了，他没有外婆家的亲戚，你知道为什么。唉，为什么我当时不听从社会的成见呢？为什么我向爱情低头呢？为什么我娶了一个贵人的私生女儿？查理无家可归了。可怜的孩子！孩子！你得知道，葛朗台，我并不为了自己求你；并且你的家产也许还押不到三百万；我求你是为我的儿子呀！告诉你，大哥，我想到你的时候是合着双手哀求的。葛朗台，我临死之前把查理付托给你了。现在我望着手枪不觉得痛苦了，因为想到有你担起为父的责任。查理对我很孝顺，我对他那么慈爱，从来不违拗他，他不会恨我的。并且你慢慢可以看到：他性情和顺像他母亲，决不会有什么事教你难堪。可怜的孩子！他是享福惯的。你我小时候吃着不全的苦处，他完全不知道……而他现在倾家荡产，只有一个人了！一定的，所有的朋友都要回避他，而他的羞辱是我造成的。啊！我恨不得把他一手带上天国，放在他母亲身边，唉，我简直疯了！我还得讲我的苦难，查理的苦难。我打发他到你那儿，让你把我的死讯和他将来的命运婉转的告诉他。希望你做他的父亲，慈爱的父亲。切勿一下子逼他戒绝悠闲的生活，那他会送命的。我愿意跪下来，求他抛弃母亲的遗产，而不要站在我的债权人的地位。可是不必，他有傲气，一定知道他不该站在我的债主一起。你得教他趁早抛弃我的遗产法律规定，抛弃遗产即不负前人债务的责任。我替他造成的艰苦的处境，你得仔细解释给他听；如果他对我的孝心不变，那末替我告诉他，前途并不绝望。咱们俩当初都是靠工作翻身的，将来他也可以靠了工作把我败掉的家业挣回来。如果他肯听我为父的话——为了他，我简直想从坟墓里爬起来——他应该出国，到印度去①！大哥，查理是一个勇敢正直的青年，你给他一批出口货让他经营，他死也不会赖掉你给他的第一笔资本的；你一定得供给他，葛朗台！否则你将来要受良心责备的。啊！要是你对我的孩子不肯帮忙，不加怜爱，我要永久求上帝惩罚你的无情无义。我很想能抢救出一部分财产，因为我有权在他母亲的财产里面留一笔给他，可是月底的开支把我全部的资源分配完了。不知道孩子将来的命运，我是死不瞑目的；我真想握着你温暖的手，听到你神圣的诺言；但是来不及了。在查理赶路的时间，我要把资产负债表造起。我要以业务的规矩诚实，证明我这次的失败既没有过失也没有私弊。这不是为了查理吗！——别了，大哥。我付托给你的监护权，我相信你一定会慷慨的接受，愿上帝为此赐福给你。在彼世界上，永久有一个声音在为你祈祷。那儿我们早晚都要去的，而我已经在那里了。

维克多-安越-琪奥默·葛朗台。

"嗯，你们在谈天吗？"葛朗台把信照原来的折痕折好，放在背心袋里。

他因为心绪不宁，做着种种盘算，便故意装出谦卑而胆怯的神气望着侄儿说：

"烤了火，暖和了吗？"

"舒服得很，伯父。"

---

① 本书所称印度系泛指东印度（即荷属南洋群岛）与西印度（即美洲）。

"哎，娘儿们到哪里去了？"

他已经忘了侄儿是要住在他家里的。

这时欧也尼和葛朗台太太正好回到堂屋。

"楼上什么都端整好了吧？"老头儿的心又定了下来。

"端整好了，父亲。"

"好罢，查理，你觉得累，就教拿侬带你上去。我的妈，那可不是漂亮哥儿住的房间喔！原谅我们种葡萄的穷人，都给捐税刮光了。"

"我们不打搅了，葛朗台。"银行家插嘴道，"你跟令侄一定有话谈。我们走了。明儿见。"

一听这几句话，大家站起身来告别，各人照着各人的派头行礼。老公证人到门口找出灯笼点了，提议先送台·格拉桑一家回去。台·格拉桑太太没料到中途出了事，散得这么早，家里的当差还没有来接。

"太太，肯不肯赏脸，让我搀着你走？"克罗旭神甫对台·格拉桑太太说。

"谢谢你，神甫，有孩子招呼我呢。"她冷冷的回答。

"太太们跟我一块儿走是没有嫌疑的。"神甫说。

"喂，就让克罗旭先生搀着吧。"她的丈夫接口说。

神甫搀着美丽的太太，故意轻快的走在众人前面。

"这青年很不错啊，太太。"他紧紧抓着她的胳膊说。"葡萄割完，篮子没用了！事情吹啦。你休想葛朗台小姐了，欧也尼是给那个巴黎人的喽。除非这个堂兄弟爱上什么巴黎女子，令郎阿道夫遇到了一个最……的敌手……"

"别这么说，神甫。回头他就会发觉欧也尼是一个傻姑娘，一点儿娇嫩都谈不上。你把她打量过没有？今晚上她脸孔黄得像木瓜。"

"这一点也许你已经提醒堂兄弟了？"

"老实不客气……"

"太太，你以后永远坐在欧也尼旁边，那么不用对那个青年人多说他堂姊的坏话，他自己会比较，而且对……"

"他已经答应后天上我们家吃晚饭。"

"啊！要是你愿意的话，太太……"神甫说。

"愿意什么，神甫？是不是想教坏我？天哪，我一生清白，活到了三十九岁，总不成再来糟蹋自己的声名，哪怕是为了得蒙古大皇帝的天下！你我在这个年纪上都知道说话应该有个分寸。以你教士的身份，你的念头真是太不像话了。呸！倒像《福勃拉》①书中的……"

"那末你念过《福勃拉》了？"

"不，神甫，我是说《男子可畏》那部小说。"

"啊！这部书正经多了。"神甫笑道。"你把我当做像现在的青年一样坏！我不过想劝你……"

"你敢说你不是想替我出坏主意吗？事情还不明白？这青年人固然不错，我承认，要是他追求我，他当然不会想到他的堂姊了。在巴黎，我知道，有一般好妈妈为了儿女的幸福跟财产，不惜来这么一手；可是咱们是在内地呀，神甫。"

"对，太太。"

"并且。"她又说，"哪怕是一万万的家私，我也不愿意用这种代价去换，阿道夫也不愿意。"

"太太，我没有说什么一万万。诱惑来的时候，恐怕你我都

---

① 《福勃拉》为描写十八世纪轻狂淫逸的风气的小说。

抵抗不了。不过我认为一个清白的女子，只要用意不差，无伤大雅的调调情也未始不可，交际场中，这也是女人的一种责任……"

"真的吗？"

"太太，我们不是都应当讨人喜欢吗？……对不起，我要擤一下鼻子。真的，太太。"他接下去说，"他拿手眼镜照你，比他照我的时候，神气似乎要来得亲热一些；自然，我原谅他爱美甚于敬老……"

"显而易见。"所长在后面用他粗嘎而宏大的声音说，"巴黎的葛朗台打发儿子到索漠来，完全是为了亲事……"

"那末堂兄弟就不至于来得这么突兀了。"公证人回答。

"那倒不一定。"台·格拉桑先生表示意见，"那家伙一向喜欢藏头露尾的。"

"喂，台·格拉桑。"他太太插嘴道，"我已经请他来吃晚饭了，那小伙子。你再去邀上拉索尼埃夫妇，杜·奥多阿一家，还有那美丽的杜·奥多阿小姐；噢，但愿她那一天穿得像个样子！她母亲真会忌妒，老把她装扮得那么丑！"她又停下脚步对三位克罗旭说："希望你们也赏光。"

"你们到了，太太。"公证人说。

三位克罗旭别了三位台·格拉桑回家，一路上拿出内地人长于分析的本领，把当晚那件大事从各方面推敲了一番。为了这件事，克罗旭和台·格拉桑两家的关系有了变化。支配这些大策略家行事的世故，使双方懂得暂时有联合对付共同敌人的必要。他们不是应该协力同心阻止欧也尼爱上堂兄弟，阻止查理想到堂姊吗？他们要用花言巧语去阴损人家，表面上恭维，骨子里诋毁，时时刻刻说些似乎天真而别有用心的话：那巴黎人是否能够抵抗这些手段，不上他们的当呢？

赶到堂屋里只剩下四个家属的时候，葛朗台对侄儿说道：

"该睡觉了。夜深了，你到这儿来的事不能再谈了；明天再挑个合适的时间吧。我们八点吃早饭；中午随便吃一点水果跟面包，喝一杯白酒；五点吃晚饭，像巴黎人一样。这是我们的规矩。你想到城里城外去玩儿吧，尽管自便。原谅我很忙，没有功夫老是陪你。说不定你会到处听见人家说我有钱：这里是葛朗台先生的，那里又是葛朗台先生的。我让他们说，这些废话不会破坏我的信用。可是我实在没有钱，到了这个年纪，还像做伙计的一样，全部家当只有一双手和一只蹩脚刨子。你不久或者自己会明白，要流着汗去挣一个钱是多么辛苦。喂，拿侬，把蜡烛拿来。"

"侄儿，我想你屋子里用的东西大概都齐了。"葛朗台太太说，"缺少什么，尽管吩咐拿侬。"

"不会吧，伯母，我什么都带齐的！希望你跟大姊都睡得好。"

查理从拿侬手里接过一支点着的白烛，安育城里的货色，铺子里放久了，颜色发黄，初看跟蜡烛差不多；葛朗台根本想不到家里有白烛，也就不曾发觉这件奢侈品。

"我来带路。"他说。

照例应当从大门里边的环洞中出去，葛朗台却郑重其事的，走堂屋与厨房之间的过道上楼。过道与楼梯中间隔着一扇门，嵌着椭圆形的大玻璃，挡一下楼梯洞里的冷气。但是到了冬天，虽然堂屋的门，上下四周都钉着绒布条子，照样有尖利的冷风钻进来，使里面不容易保持相当的温度。

拿侬把大门上锁，关起堂屋，到马房里放出那条声音老是发嗄，仿佛害什么喉头炎似的狼狗。这畜生凶猛无比，只认得拿侬一人。他们都是乡下出身，所以彼此了解。查理看到楼梯间墙壁发黄，到处是烟熏的痕迹，扶手全给虫蛀了的楼梯，在伯父沉重的脚下颤抖，他的美梦更加吹得无影无踪了；他疑心走进了一座鸡棚，不由得转身望望他的伯母与堂姊；她们却是走惯这座楼梯的，根本没有猜到他为什么惊讶，还以为他表示亲热，便对他很愉快的一笑，越发把他气坏了。

"父亲送我到这儿来见什么鬼呀！"他心里想。

到了楼上，他看见三扇土红色的门，没有门框子，嵌在剥落的墙壁里，钉着两头做火舌形的铁条，就像长长的锁眼两端的花纹。正对楼梯的那扇门，一望而知是堵死了的。这间屋正好在厨房上面，只能从葛朗台的卧房进去，是他办事的密室，独一无二的窗洞临着院子，装着粗大的铁栅。

这间房，不用说别人，连葛朗台太太都不准进去，他要独自守在里面，好似炼丹师守护丹炉一般。这儿，他准是很巧妙的安排下什么密窟，藏着田契屋契之类，挂着称金路易的天平，更深夜静的躲在这里写凭据，收条，做种种计算；所以一般生意人永远看到葛朗台样样都有准备，以为他有什么鬼使神差供他驱遣似的。当拿侬打鼾的声音震动楼板，狼狗在院中巡逻，打呵欠，欧也尼母女俩沉沉酣睡的时候，老箍桶匠一定在这儿眯着眼睛观赏黄金，摩挲把玩，装入桶内，加上箍套。密室的墙壁既厚实，护窗也严密。钥匙只有他一个人有。据说他还在这儿研究图样，上面连果树都注明的，他核算他的出产，数字的准确至多是一根葡萄秧一捆柴的上下。

这扇堵死的门对面是欧也尼的房门。楼梯道的尽头是老夫妇俩的卧室，占据了整个前楼的地位。葛朗台太太和女儿的屋子是相连的，中间隔一扇玻璃门。葛朗台和太太的两间卧室，有板壁分隔，密室与他的卧室之间是厚实的墙。

葛朗台老头把侄儿安置在三楼上，那间高爽的顶楼正好在他的卧室上面，如果侄儿高兴起来在房内走动，他可以听得清清楚楚。

欧也妮和母亲走到楼梯道中间，互相拥抱道别；她又对查理说了几句告别的话，在嘴上很冷淡，在姑娘的心里一定是很热的；然后她们各自进房。

"这是你的卧房了，侄儿。"葛朗台一边开门一边说。"要出去，先叫拿侬。没有她，对不起！咱们的狗会一声不响把你吃掉。好好睡罢——再见。嗨！嗨！娘儿们给你生了火啦。"

这时长脚拿侬提着脚炉进来了。

"哦，又是一个！"葛朗台说。"你把我侄儿当做临产的女人吗？把脚炉拿下去，拿侬！"

"先生，被单还潮呢，再说，侄少爷真是娇嫩得像女人一样。"

"也罢，既然你存心讨好他。"葛朗台把她肩膀一推，"可是留神，别失火。"

吝啬鬼一路下楼，不知嘟囔些什么。

查理站在行李堆中愣住了。这间顶楼上的卧房，那种黄地小花球的糊壁纸，像小酒店里用的；粉石的壁炉架，线条像沟槽一般，望上一眼就教你发冷；黄椅子的草坐垫涂过油，似乎不止有四只角；床几的大肚子打开着，容得下一个轻骑兵；稀薄的脚毯上边是一张有顶的床，满是蛀洞的帐幔摇摇欲坠。查理一件件的看过了，又一本正经的望着长脚拿侬，说道：

"嗨！嗨！好嫂子，这当真是葛朗台先生的府上吗，当过索漠区长,巴黎葛朗台先生的哥哥吗?"

"对呀,先生,一个多可爱,多和气,多好的老爷哪。要不要帮你打开箱子?"

"好啊,怎么不要呢,我的兵大爷!你没有在御林军中当过水手吗?"

"噢!噢!噢!"拿侬叫道,"什么?御林军的水手?淡的还是咸的?走水路的吗?"

"来,把钥匙拿去,在这口提箱里替我把睡衣找出来。"

一件金线绣花古式图案的绿绸睡衣,把拿侬看呆了。

"你穿了这个睡觉吗?"

"是呀。"

"哎哟!圣母玛丽亚!披在祭坛上做桌围才合适呢。我的好少爷,把它捐给教堂吧,包你上天堂,要不然你的灵魂就没有救啦。噢!你穿了多好看。我要叫小姐来瞧一瞧。"

"喂,拿侬,别嚷,好不好?让我睡觉,我明儿再来整东西;你看中我的睡衣,就让你拿去救你的灵魂吧。我是诚心的基督徒,临走一定留下来,你爱怎办就怎办吧。"

拿侬呆呆的站在那里,端相着查理,不敢相信他的话。

"把这件漂亮衣衫给我?"她一边走一边说,"他已经在说梦话了,这位少爷。明儿见。"

"明儿见,拿侬。"查理入睡之前又想:"我到这儿来干什么呢?父亲不是一个呆子,教我来必有目的。好罢,正经事,明儿想,不知哪个希腊的笨伯说的。"

欧也妮祈祷的时候忽然停下来想道:"圣母玛丽亚,多漂亮呀,这位堂兄弟!"这天晚上她的祷告就没有做完。

葛朗台太太临睡的时候一点念头都没有。从板壁正中的小门中间，她听见老头儿在房内踱来踱去。像所有胆小的女人一样，她早已识得老爷的脾气。海鸥预知雷雨，她也能从微妙莫测的征兆上面，预感到葛朗台心中的风暴，于是就像她自己所说的，她装着假死。

葛朗台望着那扇里边有铁板的密室的门，想：

"亏我兄弟想得出，把儿子送给我！嘿，这笔遗产才有趣哩！我可是没有一百法郎给他。而且一百法郎对这个花花公子中什么用？他拿手眼镜照我晴雨表的气概，就像要放一把火把它烧掉似的。"

葛朗台想着那份痛苦的遗嘱可能发生的后果，心绪也许比兄弟写的时候还要乱。

"我真的会到手这件金线衣衫吗？……"拿侬自言自语的说。她睡熟的时候，已经穿上了祭坛的桌围，破天荒第一遭的梦见许多鲜花，地毯，绫罗绸缎，正如欧也妮破天荒第一遭的梦见爱情。

内地的爱情

少女们纯洁而单调的生活中,必有一个美妙的时间,阳光会流入她们的心坎,花会对她们说话,心的跳动会把热烈的生机传给头脑,把意念融为一种渺茫的欲望;真是哀而不怨,乐而忘返的境界!儿童睁眼看到世界就笑,少女在大自然中发现感情就笑,像她儿时一样的笑。要是光明算得人生第一个恋爱对象,那末恋爱不就是心的光明吗?欧也妮终于到了把世界上的东西看明白的时候了。

跟所有内地姑娘一样,她起身很早,祷告完毕,开始梳妆,从今以后梳妆是一件有意义的事情了。她先把栗色的头发梳光,很仔细的把粗大的辫子盘上头顶,不让零星短发从辫子里散出来,发髻的式样改成对称,越发烘托出她一脸的天真与娇羞;头饰的简朴与面部线条的单纯配得很调和。拿清水洗了好几次手,那是平日早已浸得通红,皮肤也变得粗糙了的,她望着一双滚圆的胳膊,私忖堂兄弟怎么能把手养得又软又白,指甲修得那么好看。她换上新袜,套上最体面的鞋子;一口气束好了胸,一个眼子都没有跳过。总之,她有生以来第一次希望自己显得漂亮,第一次懂得有一件裁剪合身、使她惹人注目的新衣衫的乐趣。

穿扮完了,她听见教堂的钟声,很奇怪的只数到七下,因为想要有充分的时间梳妆,不觉的起得太早了。她既不懂一卷头发可以做上十来次,来研究它的效果,就只能老老实实抱着手臂,坐在窗下望着院子,小园,和城墙上居高临下的平台;一派凄凉的景色,也望不到远处,但也不无那种神秘的美,为冷静的地方或荒凉的野外所特有的。

厨房旁边有口井,围着井栏,辘轳吊在一个弯弯的铁杆上。绕着铁杆有一株葡萄藤,那时枝条已经枯萎,变红;蜿蜒曲折的蔓藤从这儿爬上墙,沿着屋子,一直伸展到柴房顶上。堆在那里的木柴,跟藏书家的图书一样整齐。院子里因为长着青苔、野草,无人走动,日子久了,石板都是黑黝黝的。厚实的墙上披着绿荫,波浪似的挂着长长的褐色枝条。院子底上,通到花园门有八级向上的石磴,东倒西歪,给高大的植物掩没了,好似十字军时代一个寡妇埋葬她骑士的古墓。剥落的石基上面,竖着一排腐烂的木栅,一半已经毁了,却还布满各种藤萝,乱七八糟的扭做一团。栅门两旁,伸出两株瘦小的苹果树桠枝。园中有三条平行的小径,铺有细砂;小径之间是花坛,四周种了黄杨,借此堵住花坛的泥土;园子底上是一片菩提树荫,靠在平台脚下。一头是些杨梅树,另一头是一株高大无比的胡桃树,树枝一直伸到箍桶匠的密室外面。那日正是晴朗的天气,碰上洛阿河畔秋天常有的好太阳,使铺在幽美的景物、墙垣、院子和花园里树木上的初霜,开始溶化。

欧也尼对那些素来觉得平淡无奇的景色,忽而体会到一种新鲜的情趣。千思百念,渺渺茫茫的在心头涌起,外界的阳光一点点的照开去,胸中的思绪也越来越多。她终于感到一阵模糊的、说不出的愉快把精神包围了,犹如外界的物体给云雾包围了一样。她的思绪，跟这奇特的风景连细枝小节都配合上了，心中的和谐与自然界的融成一片。

一堵墙上挂着浓密的凤尾草，草叶的颜色像鸽子的颈项一般时刻变化。阳光照到这堵墙上的时候，仿佛天国的光明照出了欧也尼将来的希望。从此她就爱这堵墙，爱看墙上的枯草，褪色的花，蓝的灯笼花，因为其中有她甜蜜的回忆，跟童年往事一样。有回声的院子里，每逢她心中暗暗发问的时候，枝条上每张落叶的声响就是回答。她可能整天呆在这儿，不觉得时光飞逝。

然后她又心中乱糟糟的骚动起来，不时站起身子，走过去照镜子，好比一个有良心的作家打量自己的作品，想吹毛求疵的挑剔一番。

"我的相貌配不上他！"

这是欧也尼的念头，又谦卑又痛苦的念头。可怜的姑娘太瞧不起自己了；可是谦虚，或者不如说惧怕，的确是爱情的主要德性之一。像欧也尼那样的小布尔乔亚，都是身体结实，美得有点儿俗气的；可是她虽然跟弥罗岛上的爱神①相仿，却有一股隽永的基督徒气息，把她的外貌变得高雅，净化，有点儿灵秀之气，为古代雕刻家没有见识过的。她的脑袋很大，前额带点儿男相，可是很清秀，像斐狄阿斯②的邱比特雕像；贞洁的生活使她灰色的眼睛光芒四射。圆脸上娇嫩红润的线条，生过天花之后变得粗糙了，幸而没有留下痘瘢，只去掉了皮肤上绒样的那一层，但依旧那么柔软细腻，会给妈妈的亲吻留下一道红印。她的鼻子大了一点，可是配上朱红的嘴巴倒很合适；满是纹缕的嘴唇，显出无

---

① 弥罗岛的爱神为希腊众多爱神雕像之一，特点在于体格健美，表情宁谧。

② 纪元前五世纪希腊大雕刻家。

限的深情与善意。脖子是滚圆的。遮得密不透风的饱满的胸部，惹起人家的注意与幻想。当然她因为装束的关系，缺少一点儿妩媚；但在鉴赏家心目中，那个不甚灵活的姿态也别有风韵。所以，高大壮健的欧也尼并没有一般人喜欢的那种漂亮，但她的美是一望而知的，只有艺术家才会倾倒的。有的画家希望在尘世找到圣洁如玛丽亚那样的典型：眼神要像拉斐尔所揣摩到的那么不亢不卑；而理想中的线条，又往往是天生的，只有基督徒贞洁的生活才能培养，保持。醉心于这种模型的画家，会发现欧也尼脸上就有种天生的高贵，连她自己都不曾觉察的：安静的额角下面，藏着整个的爱情世界；眼睛的模样，眼皮的动作，有股说不出的神明的气息。她的线条，面部的轮廓，从没有为了快乐的表情而有所改变、而显得疲倦，仿佛平静的湖边，水天相接之处那些柔和的线条。恬静、红润的脸色，光彩像一朵盛开的花，使你心神安定，感觉到它那股精神的魅力，不由不凝眸注视。

欧也尼还在人生的边上给儿童的幻象点缀得花团锦簇，还在天真烂漫的，采朵雏菊占卜爱情的阶段。她并没知道什么叫做爱情，只照着镜子想："我太丑了，他看不上我的！"

随后她打开正对楼梯的房门，探着脖子听屋子里的声音。她听见拿侬早上例有的咳嗽，走来走去，打扫堂屋，生火，缚住狼狗，在牛房里对牲口说话。她想：

"他还没有起来呢。"

她立刻下楼，跑到正在挤牛奶的拿侬前面。

"拿侬，好拿侬，做些乳酪给堂兄弟喝咖啡吧。"

"嗳，小姐，那是要隔天做起来的。"拿侬大笑着说。"今天我没法做乳酪了。哎，你的堂兄弟生得标致，标致，真标致。你没瞧见他穿了那件金线纺绸睡衣的模样呢。嗯，我瞧见了。他细洁的衬衫跟本堂神甫披的白祭衣一样。"

"拿侬，那末咱们弄些千层饼吧。"

"烤炉用的木柴谁给呢？还有面包，还有牛油？"拿侬说。她以葛朗台先生的总管资格，有时在欧也尼母女的心目中特别显得有权有势。"总不成为了款待你的堂兄弟，偷老爷的东西。你可以问他要牛奶，面粉，木柴，他是你的爸爸，会给你的。哦，他下楼招呼食粮来啦……"

欧也尼听见楼梯在父亲脚下震动，吓得往花园里遛了。一个人快乐到极点的时候，往往——也许不无理由——以为自己的心思全摆在脸上，给人家一眼就会看透；这种过分的羞怯与心虚，对欧也尼已经发生作用。可怜的姑娘终于发觉了自己的屋子冷冰冰的一无所有，怎么也配不上堂兄弟的风雅，觉得很气恼。她很热烈的感到非给他做一点儿什么不可；做什么呢？不知道。天真，老实，她听凭纯朴的天性自由发挥，并没对自己的印象和情感有所顾虑。一看见堂兄弟，女性的倾向就在她心中觉醒了，而且来势特别猛烈。因为到了二十三岁，她的智力与欲望都已经达到高峰。她第一次见了父亲害怕，悟出自己的命运原来操在他的手里，认为有些心事瞒着他是一桩罪过。她脚步匆忙的在那儿走，很奇怪的觉得空气比平时新鲜，阳光比平时更有生气，给她精神上添了些暖意，给了她新生命。

她正在想用什么计策弄到千层饼，长脚拿侬和葛朗台却斗起嘴来。他们之间的吵架是像冬天的燕子一样少有的。老头儿拿了钥匙预备分配当天的食物，问拿侬：

"昨天的面包还有得剩吗！"

"连小屑子儿都没有了，先生。"

葛朗台从那只安育地方做面包用的平底篮里，拿出一个糊满

干面的大圆面包,正要动手去切,拿侬说:

"咱们今儿是五个人吃饭呢,先生。"

"不错。"葛朗台回答。"可是这个面包有六磅重,还有得剩呢。这些巴黎人简直不吃面包,你等会瞧吧。"

"他们只吃馅子吗?"拿侬问。

在安育一带,俗语所说的馅子,是指涂在面包上的东西,包括最普通的牛油到最贵族化的桃子酱。凡是小时候舐光了馅子把面包剩下来的人,准懂得上面那句话的意思。

"不。"葛朗台回答,"他们既不吃馅子,也不吃面包,就像快要出嫁的姑娘一样。"

他吩咐了几样顶便宜的菜,关起杂货柜正要走向水果房,拿侬把他拦住了说:

"先生,给我一些面粉跟牛油,替孩子们做一个千层饼吧。"

"为了我的侄儿,你想毁掉我的家吗?"

"为你的侄儿,我并不比为你的狗多费什么心,也不见得比你自己多费心……你瞧,你只给我六块糖!我要八块呢。"

"哎唷!拿侬,我从来没看见你这个样子,这算什么意思?你是东家吗?糖,就只有六块。"

"那末侄少爷的咖啡里放什么?"

"两块喽,我可以不用的。"

"在你这个年纪不用糖?我掏出钱来给你买吧。"

"不相干的事不用你管。"

那时糖虽然便宜,老箍桶匠始终觉得是最珍贵的舶来品,要六法郎一磅。帝政时代大家不得不节省用糖,在他却成了牢不可破的习惯。

所有的女人,哪怕是最蠢的,都会用手段来达到她们的目的：拿侬丢开了糖的问题，来争取千层饼了。

"小姐。"她隔着窗子叫道，"你不是要吃千层饼吗？"

"不要，不要。"欧也尼回答。

"好吧，拿侬。"葛朗台听见了女儿的声音，"拿去吧。"

他打开面粉柜舀了一点给她，又在早先切好的牛油上面补了几两。

"还要烤炉用的木柴呢。"拿侬毫不放松。

"你要多少就拿多少吧。"他无可奈何的回答，"可是你得给我们做一个果子饼，晚饭也在烤炉上煮，不用生两个炉子了。"

"嘿！那还用说！"

葛朗台用着差不多像慈父一般的神气，对忠实的管家望了一眼。

"小姐。"厨娘嚷道，"咱们有千层饼吃了。"

葛朗台捧了许多水果回来，先把一盆的量放在厨房桌上。

"你瞧，先生。"拿侬对他说，"侄少爷的靴子多好看，什么皮呀！多好闻哪！拿什么东西上油呢？要不要用你鸡蛋清调的鞋油？"

"拿侬，我怕蛋清要弄坏这种皮的。你跟他说不会擦摩洛哥皮就是了……不错，这是摩洛哥皮；他自己会到城里买鞋油给你的；听说那种鞋油里面还掺白糖，叫它发亮呢。"

"这么说来，还可以吃的了？"拿侬把靴子凑近鼻尖，"呦！呦！跟太太的科隆水一样香！好玩！"

"好玩！靴子比穿的人还值钱，你觉得好玩？"

他把果子房锁上，又回到厨房。

"先生。"拿侬问，"你不想一礼拜来一两次砂锅，款待款待你的……"

"行。"

"那末我得去买肉了。"

"不用,你慢慢给我们炖个野味汤,佃户不会让你闲着的。不过我得关照高诺阿莱打几只乌鸦,这个东西煮汤再好没有了。"

"可是真的,先生,乌鸦是吃死人的?"

"你这个傻瓜,拿侬!它们还不是跟大家一样有什么吃什么。难道我们就不吃死人了吗?什么叫做遗产呢?"

葛朗台老头没有什么吩咐了,掏出表来,看到早饭之前还有半点钟功夫,便拿起帽子拥抱了一下女儿,对她说:

"你高兴上洛阿河边遛遛吗,到我的草原上去?我在那边有点儿事。"

欧也尼跑去戴上系有粉红缎带的草帽,然后父女俩走下七转八弯的街道,直到广场。

"一大早往哪儿去呀?"公证人克罗旭遇见了葛朗台问。

"有点儿事。"老头儿回答,心里也明白为什么他的朋友清早就出门。

当葛朗台老头有点儿事的时候,公证人凭以往的经验,知道准可跟他弄到些好处,因此就陪了他一块儿走。

"你来,克罗旭。"葛朗台说,"你是我的朋友,我要给你证明,在上好的土地上种白杨是多么傻……"

"这么说来,洛阿河边那块草原给你挣的六万法郎,就不算一回事吗?"克罗旭眨巴着眼睛问。"你还不够运气?……树木砍下的时候,正碰上南德城里白木奇缺,卖到三十法郎一株。"

欧也尼听着,可不知她已经临到一生最重大的关头,至高至上的父母之命,马上要由公证人从老人嘴里逼出来了。

葛朗台到了洛阿河畔美丽的草原上,三十名工人正在收拾从前种白杨的地方，把它填土，挑平。

"克罗旭先生，你来看一株白杨要占多少地。"他提高嗓门唤一个工人："约翰，拿尺来把四……四……四边量……量……一下！"

工人量完了说："每边八尺。"

"那就是糟蹋了三十二尺地。"葛朗台对克罗旭说，"这一排上从前我有三百株白杨，是不是？对了，……三百……乘三……三十二……尺……就……就……就是五……五……五百棵干草；加上两旁的，一千五；中间的几排又是一千五。就……就算一千堆干草吧。"

"像这类干草。"克罗旭帮着计算道，"一千堆值到六百法郎。"

"算……算……算它一千两百法郎，因为割过以后再长出来的，还好卖到三四百法郎。那末，你算算一年一千……千……两百法郎，四十年……下……下……下来该有多多多多少，加上你……你知道的利……利……利上滚利。"

"一起总该有六万法郎吧。"公证人说。

"得啦！只……只有六万法郎是不是？"老头儿往下说，这一回可不再结结巴巴了。"不过，两千株四十年的白杨还卖不到五万法郎，这不就是损失？给我算出来喽。"葛朗台说到这里，大有自命不凡之概。"约翰，你把窟窿都填平，只留下河边的那一排，把我买来的白杨种下去。种在河边，它们就靠公家长大了。"他对克罗旭补上这句，鼻子上的肉瘤微微扯动一下，仿佛是挖苦得最凶的冷笑。

"自然喽，白杨只好种在荒地上。"克罗旭这么说，心里给葛朗台的算盘吓住了。

"可不是，先生！"老箍桶匠带着讥讽的口吻。

欧也尼只顾望着洛阿河边奇妙的风景，没有留神父亲的计算，可是不久克罗旭对她父亲说的话，引起了她的注意：

"哎，你从巴黎招了一个女婿来啦，全索漠都在谈论你的侄儿。快要叫我立婚书了吧，葛老头？"

"你……你……你清……清……清早出来，就……就……就是要告诉我这个吗？"葛朗台说这句话的时候，扯动着肉瘤。"那末，老……老兄，我不瞒你，你……你要知……知道的，我可以告诉你。我宁可把……把……女……女……女儿丢在洛阿河里，也……也不愿把……把她给……给她的堂……堂……堂兄弟；你不……不……不妨说给人人……人……人家听。啊，不必；让他……他们去胡……胡……胡扯吧。"

这段话使欧也尼一阵眼花。遥远的希望刚刚在她心里萌芽，就开花，长成，结成一个花球，现在她眼看着剪成一片片的，扔在地下。从隔夜起，促成两心相契的一切幸福的联系，已经使她舍不得查理；从今以后，却要由苦难来加强他们的结合了。苦难的崇高与伟大，要由她来担受，幸运的光华与她无缘，这不就是女子的庄严的命运吗？父爱怎么会在她父亲心中熄灭的呢？查理犯了什么滔天大罪呢？不可思议的问题！她初生的爱情已经够神秘了，如今又包上了一团神秘。她两腿哆嗦着回家，走到那条黝黑的老街，刚才是那么喜气洋洋的，此刻却一片荒凉，她感到了时光流转与人事劳劳留在那里的凄凉情调。爱情的教训，她一桩都逃不了。

到了离家只有几步路的地方，她抢着上前敲门，在门口等父亲。葛朗台瞥见公证人拿着原封未动的报纸，便问：

"公债行情怎么样？"

"你不肯听我的话，葛朗台。"克罗旭回答说。"赶紧买吧，两年之内还有二成可赚，并且利率很高，八万法郎有五千息金。行市是八十法郎五十生丁。"

"慢慢再说吧。"葛朗台摸着下巴。

公证人展开报纸，忽然叫道："我的天！"

"什么事？"葛朗台这么问的时候，克罗旭已经把报纸送在他面前，说："你念吧。"

> 巴黎商界巨子葛朗台氏，昨日照例前往交易所，不料返寓后突以手枪击中脑部，自杀殒命。死前曾致书众议院议长及商事裁判所所长，辞去本兼各职。闻葛氏破产，系受经纪人苏希及公证人洛庚之累。以葛氏地位及平素信用而论，原不难于巴黎商界中获得支援，徐图挽救；讵一时情急，遽尔出此下策，殊堪惋惜……

"我早知道了。"老头儿对公证人说。

克罗旭听了这话抽了一口冷气。虽然当公证人的都有镇静的功夫，但想到巴黎的葛朗台也许央求过索漠的葛朗台而被拒绝的时候，他不由得背脊发冷。

"那末他的儿子呢？昨天晚上还多么高兴……"

"他还没有知道。"葛朗台依旧很镇定。

"再见，葛朗台先生。"克罗旭全明白了，立刻去告诉特·篷风所长叫他放心。

回到家里，葛朗台看到早饭预备好了。葛朗台太太已经坐在那张有木座的椅子上，编织冬天用的毛线套袖。欧也尼跑过去拥抱母亲，热烈的情绪，正如我们憋着一肚子说不出的苦恼的时候一样。

"你们先吃吧。"拿侬从楼梯上连奔带爬的下来说,"他睡得像个小娃娃。闭着眼睛,真好看!我进去叫他,嗨,他一声也不回。"

"让他睡吧。"葛朗台说,"他今天起得再晚,也赶得上听他的坏消息。"

"什么事呀?"欧也尼问,一边把两小块不知有几公分的糖放入咖啡。那是老头儿闲着没事的时候切好在那里的。葛朗台太太不敢动问,只望着丈夫。

"他父亲一枪把自己打死了。"

"叔叔吗?……"欧也尼问。

"可怜这孩子哪。"葛朗台太太嚷道。

"对啦,可怜。"葛朗台接着说,"他一个钱都没有了。"

"可是他睡的模样,好像整个天下都是他的呢。"拿侬声调很温柔的说。

欧也尼吃不下东西。她的心给揪紧了,就像初次对爱人的苦难表示同情,而全身都为之波动的那种揪心。她哭了。

"你又不认识叔叔,哭什么?"她父亲一边说,一边饿虎般的瞪了她一眼,他瞪着成堆的金子时想必也是这种眼睛。

"可是,先生。"拿侬插嘴道,"这可怜的小伙子,谁见了不替他难受呢?他睡得像木头一样,还不知道飞来横祸呢。"

"拿侬,我不跟你说话,别多嘴。"

欧也尼这时才懂得一个动了爱情的女子永远得隐瞒自己的感情。她不做声了。

"希望你,太太。"老头儿又说,"我出去的时候对他一字都不用提。我要去把草原上靠大路一边的土沟安排一下。我中饭时候回来跟侄儿谈。至于你，小姐，要是你为了这个花花公子而哭，这样也够了。他马上要到印度去，休想再看见他。"

父亲从帽子边上拿起手套，像平时一样不动声色的戴上，交叉着手指把手套扣紧，出门了。

欧也尼等到屋子里只剩她和母亲两个的时候，嚷道：

"啊！妈妈，我要死了。我从来没有这么难受过。"

葛朗台太太看见女儿脸色发白，便打开窗子教她深呼吸。

"好一点了。"欧也尼过了一会说。

葛朗台太太看到素来很冷静很安定的欧也尼，一下子居然神经刺激到这个田地，她凭着一般母亲对于孩子的直觉，马上猜透了女儿的心。事实上，欧也尼母女俩的生命，比两个肉体连在一块的匈牙利孪生姊妹①还要密切，她们永远一块儿坐在这个窗洞底下，一块儿上教堂，睡在一座屋子里，呼吸着同样的空气。

"可怜的孩子！"葛朗台太太把女儿的头搂在怀里。

欧也尼听了这话，仰起头来望了望母亲，揣摩她心里是什么意思，末了她说：

"干么要送他上印度去？他遭了难，不是正应该留在这儿吗？他不是我们的骨肉吗？"

"是的，孩子，应该这样。可是父亲有父亲的理由，应当尊重。"

母女俩一声不响的坐着，重新拿起活计，一个坐在有木座子的椅上，一个坐在小靠椅里。欧也尼为了感激母亲深切的谅解，吻着她的手说：

"你多好，亲爱的妈妈！"

---

① 匈牙利孪生姊妹生于一七〇一年，在欧洲各地展览，后送入修院，到二十一岁上死去。

这两句话使母亲那张因终身苦恼而格外憔悴的老脸，有了一点儿光彩。

"你觉得他长的体面吗？"欧也尼问。

葛朗台太太只微微笑了一下；过了一会她轻轻的说：

"你已经爱上他了是不是？那可不好。"

"不好？为什么不好？"欧也尼说。"你喜欢他，拿侬喜欢他，干么我不能喜欢他？喂，妈妈，咱们摆起桌子来预备他吃早饭吧。"

她丢下活计，母亲也跟着丢下，嘴里却说：

"你疯了！"

但她自己也跟着发疯，仿佛证明女儿并没有错。

欧也尼叫唤拿侬。

"又是什么事呀，小姐？"

"拿侬，乳酪到中午可以弄好了吧？"

"啊！中午吗？行，行。"老妈子回答。

"还有，他的咖啡要特别浓，我听见台·格拉桑说，巴黎人都喝挺浓的咖啡。你得多放一些。"

"哪儿来这么些咖啡？"

"去买呀。"

"给先生碰到了怎么办？"

"不会，他在草原上呢。"

"那末让我快点儿去吧。不过番查老板给我白烛的时候，已经问咱们家里是不是三王来朝了。这样的花钱，满城都要知道喽。"

"你父亲知道了。"葛朗台太太说，"说不定要打我们呢。"

"打就打吧，咱们跪在地下挨打就是。"

葛朗台太太一言不答，只抬起眼睛望了望天。拿侬戴上头巾，出去了。欧也尼铺上白桌布，又到顶楼上把她好玩地吊在绳上的葡萄摘下几串。她在走廊里蹑手蹑脚的，唯恐惊醒了堂兄弟，又禁不住把耳朵贴在房门上，听一听他平匀的呼吸，心里想：

"真叫做无事家中卧，祸从天上来。"

她从葡萄藤上摘下几张最绿的叶子，像侍候筵席的老手一般，把葡萄装得那么惹看，然后得意洋洋的端到饭桌上。在厨房里，她把父亲数好的梨全部掳掠了来，在绿叶上堆成一座金字塔。她走来走去，蹦蹦跳跳，恨不得把父亲的家倾箱倒箧的搜刮干净；可是所有的钥匙都在他身上。拿侬揣着两个鲜蛋回来了。欧也尼一看见蛋，简直想跳上拿侬的脖子。

"我看见朗特的佃户篮里有鸡子，就问他要，这好小子，为了讨好我就给我了。"

欧也尼把活计放下了一二十次，去看煮咖啡，听堂兄弟的起床和响动；这样花了两小时的心血，她居然端整好一顿午餐，很简单，也不多花钱，可是家里的老规矩已经破坏完了。照例午餐是站着吃的，各人不过吃一些面包，一个果子，或是一些牛油，外加一杯酒。现在壁炉旁边摆着桌子，堂兄弟的刀叉前面放了一张靠椅，桌上摆了两盆水果，一个蛋盅，一瓶白酒，面包，衬碟内高高的堆满了糖：欧也尼望着这些，想到万一父亲这时候回家瞪着她的那副眼光，不由得四肢哆嗦。因此她一刻不停的望着钟，计算堂兄弟是否能够在父亲回来之前用完早餐。

"放心，欧也尼，要是你爸爸回来，一切归我担当。"葛朗台太太说。

欧也尼忍不住掉下一滴眼泪，叫道：

"哦！好妈妈，怎么报答你呢？"

查理哼呀唱呀，在房内不知绕了多少转，终于下楼了，还好，时间不过十一点。这巴黎人！他穿扮的花俏，仿佛在苏格兰的那位贵妇人爵府上做客。他进门时那副笑盈盈的怪和气的神情，配上青春年少多么合式，教欧也尼看了又快活又难受。意想中伯父的行宫别墅，早已成为空中楼阁，他却嘻嘻哈哈的满不在乎，很高兴的招呼他的伯母：

"伯母，你昨夜睡得好吗？还有你呢，大姊？"

"很好，侄少爷，你自己呢？"葛朗台太太回答。

"我么？睡得好极了。"

"你一定饿了，弟弟。"欧也尼说，"来用早点吧。"

"中午以前我从来不吃东西，那时我才起身呢。不过路上的饭食太坏了，不妨随便一点，而且……"

说着他掏出勃莱甘造的一只最细巧的平底表。

"咦，只有十一点，我起早了。"

"早了？……"葛朗台太太问。

"是呀，可是我要整东西。也罢，有东西吃也不坏，随便什么都行，家禽喽，鹧鸪喽。"

"啊，圣母玛丽亚！"拿侬听了不禁叫起来。

"鹧鸪。"欧也尼心里想，她恨不得把全部私蓄去买一只鹧鸪。

"这儿坐吧。"伯母招呼他。

花花公子懒洋洋的倒在靠椅中，好似一个漂亮女子摆着姿势坐在一张半榻上。欧也尼和母亲端了两张椅子在壁炉前面，坐在他旁边。

"你们终年住在这儿吗？"查理问。他发觉堂屋在白天比在灯光底下更丑了。

"是的。"欧也尼望着他回答,"除非收割葡萄的时候,我们去帮一下拿侬,住在诺阿伊哀修道院里。"

"你们从来不出去遛遛吗?"

"有时候,星期日做完了晚祷,天晴的话。"葛朗台太太回答,"我们到桥边去,或者在割草的季节去看割草。"

"这儿有戏院没有?"

"看戏!"葛朗台太太嚷道,"看戏子!哎哟,侄少爷,难道你不知道这是该死的罪孽吗?"

"喂,好少爷。"拿侬捧着鸡子进来说,"请你尝尝带壳子鸡。"

"哦!新鲜的鸡子?"查理叫道。他正像那些惯于奢华的人一样,已经把他的鹧鸪忘掉了。"好极了!可有些牛油吗,好嫂子?"

"啊!牛油!那末你们不想吃千层饼了?"老妈子说。

"把牛油拿来,拿侬!"欧也尼叫道。

少女留神瞧着堂兄弟把面包切成小块,觉得津津有味,正如巴黎最多情的女工,看一出好人得胜的戏一样。查理受过极有风度的母亲教养,又给一个时髦女子琢磨过了,的确有些爱娇而文雅的小动作,颇像一个风骚的情妇。少女的同情与温柔,真有磁石般的力量。查理一看见堂姊与伯母对他的体贴,觉得那股潮水般向他冲来的感情,简直没法抗拒。他对欧也尼又慈祥又怜爱的瞧了一眼,充满了笑意。把欧也尼端相之下,他觉得纯洁的脸上线条和谐到极点,态度天真,清朗有神的眼睛闪出年轻的爱情,只有愿望而没有肉欲的成分。

"老实说,亲爱的大姊,要是你盛装坐在巴黎歌剧院的花楼里，我敢保证伯母的话没有错，你要教男人动心，教女人妒忌，他们全得犯罪呢。"

这番恭维虽然使欧也尼莫名其妙，却把她的心抓住了，快乐得直跳。

"噢！弟弟，你取笑我这个可怜的乡下姑娘。"

"要是你识得我的脾气，大姊，你就知道我是最恨取笑的人：取笑会使一个人的心干枯，伤害所有的情感。"

说罢他有模有样的吞下一小块涂着牛油的面包。

"对了，大概我没有取笑人家的聪明，所以吃亏不少。在巴黎，'他心地好呀'这样的话，可以把一个人羞得无处容身。因为这句话的意思是'其蠢似牛'。但是我，因为有钱，谁都知道我拿起随便什么手枪，三十步外第一下就能打中靶子，而且还是在野地里，所以没有人敢开我玩笑。"

"侄儿，这些话就证明你的心好。"

"你的戒指漂亮极了。"欧也尼说，"给我瞧瞧不妨事吗？"

查理伸手脱下戒指，欧也尼的指尖，和堂兄弟粉红的指甲轻轻碰了一下，马上脸红了。

"妈妈，你看，多好的手工。"

"噢！多少金子啊。"拿侬端了咖啡进来，说。

"这是什么？"查理笑着问，他指着一个又高又瘦的土黄色的陶壶，上过釉彩，里边搪瓷的，四周堆着一圈灰土；里面的咖啡冲到面上又往底下翻滚。

"煮滚的咖啡呀。"拿侬回答。

"啊！亲爱的伯母，既然我在这儿住，至少得留下些好事做纪念。你们太落伍了！我来教你们怎样用夏伯太咖啡壶来煮成好咖啡。"

接着他解释用夏伯太咖啡壶的一套方法。

"哎唷,这样麻烦。"拿侬说,"要花上一辈子的功夫。我才不高兴这样煮咖啡呢。不是吗,我煮了咖啡,谁给咱们的母牛割草呢?"

"我来割。"欧也尼接口。

"孩子!"葛朗台太太望着女儿。

这句话,把马上要临到这可怜的青年头上的祸事,提醒了大家,三个妇女一齐闭口,不胜怜悯的望着他,使他大吃一惊。

"什么事,大姊?"

欧也尼正要回答,被母亲喝住了:

"嘘!孩子,你知道父亲会对先生说的……"

"叫我查理罢。"年轻的葛朗台说。

"啊!你名叫查理?多美丽的名字!"欧也尼叫道。

凡是预感到的祸事,差不多全会来的。拿侬,葛朗台太太和欧也尼,想到老箍桶匠回家就会发抖的,偏偏听到那么熟悉的门锤声响了一下。

"爸爸来了!"欧也尼叫道。

她在桌布上留下了几块糖,把糖碟子收了。拿侬把盛鸡蛋的盘子端走。葛朗台太太笔直的站着,像一头受惊的小鹿。这一场突如其来的惊慌,弄得查理莫名其妙。他问:

"嗨,嗨,你们怎么啦?"

"爸爸来了呀。"欧也尼回答。

"那又怎么样?……"

葛朗台进来,尖利的眼睛望了望桌子,望了望查理,什么都明白了。

"啊!啊!你们替侄儿摆酒,好吧,很好,好极了!"他一点都不口吃的说。"猫儿上了屋，耗子就在地板上跳舞啦。"

"摆酒？……"查理暗中奇怪。他想象不到这份人家的伙食和生活习惯。

"把我的酒拿来，拿侬。"老头儿吩咐。

欧也尼端了一杯给他。他从荷包里掏出一把面子很阔的牛角刀，割了一块面包，拿了一些牛油，很仔细的涂上了，就地站着吃起来。这时查理正把糖放入咖啡。葛朗台一眼瞥见那么些糖，便打量着他的女人，她脸色发白的走了过来。他附在可怜的老婆耳边问。

"哪儿来的这么些糖？"

"拿侬上番查铺子买的，家里没有了。"

这默默无声的一幕使三位女人怎样的紧张，简直难以想象。拿侬从厨房里跑出来，向堂屋内张望，看看事情怎么样。查理尝了尝咖啡，觉得太苦，想再加些糖，已经给葛朗台收起了。

"侄儿，你找什么？"老头儿问。

"找糖。"

"冲些牛奶，咖啡就不苦了。"葛朗台回答。

欧也尼把父亲藏起的糖碟子重新拿来放上桌子，声色不动的打量着父亲。真的，一个巴黎女子帮助情人逃走，用娇弱的胳膊拉住从窗口挂到地下的丝绳那种勇气，也不见得胜过把糖重新放上桌子时欧也尼的勇气。可是巴黎女子是有酬报的，美丽的手臂上每根受伤的血管，都会由情人用眼泪与亲吻来滋润，用快乐来治疗；欧也尼被父亲霹雳般的目光瞪着，惊慌到心都碎了，而这种秘密的痛苦，查理是永远不会得知的。

"你不吃东西吗，太太？"葛朗台问他的女人。

可怜的奴隶走过来恭恭敬敬切了块面包，捡了一只梨。欧也尼大着胆子请父亲吃葡萄：

"爸爸，尝尝我的干葡萄吧！弟弟，也吃一点好不好？这些美丽的葡萄，我特地为你摘来的。"

"哦！再不阻止的话，她们为了你要把索漠城抢光呢，侄儿。你吃完了，咱们到花园里去；我有事跟你谈，那可是不甜的喽。"

欧也尼和母亲对查理瞅了一眼，那种表情，查理马上懂得了。

"你是什么意思呢，伯父？自从我可怜的母亲去世以后……（说到母亲二字他的声音软了下来），不会再有什么祸事的了……"

"侄儿，谁知道上帝想用什么灾难来磨炼我们呢？"他的伯母说。

"咄，咄，咄，咄！"葛朗台叫道，"又来胡说八道了——侄儿，我看到你这双漂亮雪白的手真难受。"

他指着手臂尽处那双羊肩般的手。

"明明是生来捞钱的手！你的教养，却把我们做公事包放票据用的皮，穿在你脚上。不行哪！不行哪！"

"伯父，你究竟什么意思？我可以赌咒，简直一个字都不懂。"

"来吧。"葛朗台回答。

吝啬鬼把刀子折起，喝干了杯中剩下的白酒，开门出去。

"弟弟，拿出勇气来呀！"

少女的声调教查理浑身冰冻，他跟着好厉害的伯父出去，焦急得要命。拿侬和欧也尼母女，抑捺不住好奇心，一齐跑到厨房，偷偷瞧着两位演员，那幕戏就要在潮湿的小花园中演出了。伯父跟侄儿先是不声不响的走着。

说出查理父亲的死讯，葛朗台并没觉得为难，但知道查理一个钱都没有了，倒有些同情，私下想怎样措辞才能把悲惨的事实弄得和缓一些。"你父亲死了"这样的话，没有什么大不了。为父的总死在孩子前面。可是"你一点家产都没有了"这句话，却包括了世界上所有的苦难。老头儿在园子中间格格作响的砂径上已经走到了第三转。在一生的重要关头，凡是悲欢离合之事发生的场所，总跟我们的心牢牢的粘在一块。所以查理特别注意到小园中的黄杨，枯萎的落叶，剥落的围墙，奇形怪状的果树，以及一切别有风光的细节；这些都将成为他不可磨灭的回忆，和这个重大的时间永久分不开。因为激烈的情绪有一种特别的记忆力。

葛朗台深深呼了一口气：

"天气真热，真好。"

"是的，伯父，可是为什么？……"

"是这样的，孩子。"伯父接着说，"我有坏消息告诉你。你父亲危险得很……"

"那末我还在这儿干吗？"查理叫道，"拿侬，上驿站去要马！我总该在这里弄到一辆车吧。"他转身向伯父补上一句。可是伯父站着不动。

"车呀马呀都不中用了。"葛朗台瞅着查理回答，查理一声不出，眼睛发呆了。"是的，可怜的孩子，你猜着了。他已经死了。这还不算，还有更严重的事呢，他是用手枪自杀的……"

"我的父亲？……"

"是的。可是这还不算。报纸上还有名有分的批评他呢。呃，你念吧。"

葛朗台拿出问克罗旭借来的报纸，把那段骇人的新闻送在查理眼前。可怜的青年这时还是一个孩子，还在极容易流露感情的年纪，他眼泪涌了出来。

"啊，好啦。"葛朗台私下想，"他的眼睛吓了我一跳。现在他哭了，不要紧了。"

"这还不算一回事呢，可怜的侄儿。"葛朗台高声往下说，也不知道查理有没有在听他，"这还不算一回事呢，你慢慢会忘掉的，可是……"

"不会！永远不会！爸爸呀！爸爸呀！"

"他把你的家败光了，你一个钱也没有了。"

"那有什么相干？我的爸爸呢？……爸爸！"

围墙中间只听见嚎哭与抽噎的声音凄凄惨惨响成一片，而且还有回声。三个女人都感动得哭了：眼泪跟笑声一样会传染的。查理不再听他的伯父说话了，他冲进院子，摸到楼梯，跑到房内横倒在床上，把被窝蒙着脸，预备躲开了亲人痛哭一场。

"让第一阵暴雨过了再说。"葛朗台走进堂屋道。这时欧也尼和母亲急匆匆的回到原位，抹了抹眼泪，颤危危的手指重新做起活计来。"可是这孩子没有出息，把死人看得比钱还重。"

欧也尼听见父亲对最圣洁的感情说出这种话，不禁打了个寒噤。从此她就开始批判父亲了。查理的抽噎虽然沉了下去，在这所到处有回声的屋子里仍旧听得清清楚楚；仿佛来自地下的沉痛的呼号，慢慢的微弱，到傍晚才完全止住。

"可怜的孩子！"葛朗台太太说。

这句慨叹可出了事。葛朗台老头瞅着他的女人，瞅着欧也尼和糖碟子，记起了请倒楣侄儿吃的那顿丰盛的早餐，便站在堂屋中央，照例很镇静的说：

"啊！葛朗台太太，希望你以后不要再乱花钱。我的钱不是给你买糖喂那个小混蛋的。"

"不关母亲的事。"欧也尼说,"是我……"

"你成年了就想跟我闹别扭是不是?"葛朗台截住了女儿的话,"欧也尼,你该想一想……"

"父亲,你弟弟的儿子在你家里总不成连……"

"咄,咄,咄,咄!"老箍桶匠这四个字全是用的半音阶,"又是我弟弟的儿子呀,又是我的侄儿呀。哼,查理跟咱们什么相干?他连一个子儿,半个子儿都没有;他父亲破产了。等这花花公子称心如意的哭够了,就叫他滚蛋;我才不让他把我的家搅得天翻地覆呢。"

"父亲,什么叫做破产?"

"破产。"父亲回答说,"是最丢人的事,比所有丢人的事还要丢人。"

"那一定是罪孽深重罗。"葛朗台太太说,"我们的弟弟要入地狱了吧。"

"得了吧,你又来婆婆妈妈的。"他耸耸肩膀。"欧也尼,破产就是窃盗,可是有法律保护的窃盗。人家凭了琪奥默·葛朗台的信用跟清白的名声,把口粮交给他,他却统统吞没了,只给人家留下一双眼睛落眼泪。破产的人比路劫的强盗还要不得:强盗攻击你,你可以防卫,他也拼着脑袋;至于破产的人……总而言之,查理是丢尽了脸。"

这些话一直响到可怜的姑娘心里,全部说话的分量压在她心头。她天真老实的程度,不下于森林中的鲜花娇嫩的程度,既不知道社会上的教条,也不懂似是而非的论调,更不知道那些骗人的推理;所以她完全相信父亲的解释,不知他是有心把破产说得那么卑鄙,不告诉她有计划的破产跟迫不得已的破产是不同的。

"那末父亲,那桩倒楣事儿你没有法子阻拦吗?"

"兄弟并没有跟我商量;而且他亏空四百万呢。"

"什么叫做一百万,父亲?"她那种天真,好像一个要什么就有什么的孩子。

"一百万吗?"葛朗台说,"那就是一百万个二十铜子的钱,五个二十铜子的钱才能凑成五法郎。"

"天哪!天哪!叔叔怎么能有四百万呢?法国可有人有这么几百万几百万的吗?"

葛朗台老头摸摸下巴,微微笑着,肉瘤似乎胀大了些。

"那末堂兄弟怎么办呢?"

"到印度去,照他父亲的意思,他应该想法在那儿发财。"

"他有没有钱上那儿去呢?"

"我给他路费……送他到……是的,送他到南德。"

欧也尼跳上去勾住了父亲的脖子。

"啊!父亲,你真好,你!"

她拥抱他的那股劲儿,差一点教葛朗台惭愧,他的良心有些不好过了。

"赚到一百万要很多时候吧?"她问。

"呕。"箍桶匠说,"你知道什么叫做一块拿破仑①吧;一百万就得五万拿破仑。"

"妈妈,咱们得替他念'九天经'吧?"

"我已经想到了。"母亲回答。

"又来了!老是花钱。"父亲嚷道,"啊!你们以为家里几千几百的花不完吗?"

这时顶楼上传来一声格外凄惨的悲啼,把欧也尼和她的母亲

---

① 拿破仑为一种金洋,值二十或四十法郎。

吓呆了。

"拿侬，上去瞧瞧：别让他自杀了。"葛朗台这句话把母女俩听得脸色发白，他却转身吩咐她们："啊！你们，别胡闹。我要走了，跟咱们的荷兰客人打交道去，他们今天动身。过后我得去看克罗旭，谈谈这些事。"

他走了。葛朗台带上大门，欧也尼和母亲呼吸都自由了。那天以前，女儿在父亲前面从来不觉得拘束；但几小时以来，她的感情跟思想时时刻刻都在变化。

"妈妈，一桶酒能卖多少法郎？"

"你父亲的价钱是一百到一百五十，听说有时卖到两百。"

"那末他有一千四百桶收成的时候……"

"老实说，孩子，我不知道那可以卖到多少；你父亲从来不跟我谈他的生意。"

"这么说来，爸爸应该有钱哪。"

"也许是吧。不过克罗旭先生跟我说，他两年以前买了法劳丰。大概他现在手头不宽。"

欧也尼对父亲的财产再也弄不清了。她的计算便至此为止。

"他连看也没看我，那小少爷！"拿侬下楼说。"他躺在床上像条小牛，哭得像玛特兰纳，真想不到！这可怜的好少爷干么这样伤心呀？"

"我们赶快去安慰安慰他吧，妈妈；等敲门，我们就下楼。"

葛朗台太太抵抗不了女儿那么悦耳的声音。欧也尼变得伟大了，已经是成熟的女人了。

两个人心里忐忑的上楼，走向查理的卧房。房门打开在那里。查理什么都没有看见，什么都没有听见。他浸在泪水中间，不成音节的在那里哼哼唧唧。

"他对他父亲多好！"欧也尼轻轻的说。

这句话的音调，明明显出她不知不觉已经动了情，存着希望。葛朗台太太慈祥的望了女儿一眼，附在她耳边悄悄的说：

"小心，你要爱上他了。"

"爱他！"欧也尼答道，"你没有听见父亲说的话呢！"

查理翻了一个身，看见了伯母跟堂姊。

"父亲死了，我可怜的父亲！要是他把心中的苦难告诉我，我跟他两个可以想法子挽回啊。我的上帝！我的好爸爸！我以为不久就会看到他的，临走对他就没有什么亲热的表示……"

他一阵呜咽，说不下去了。

"我们为他祷告就是了。"葛朗台太太说，"你得听从主的意思。"

"弟弟，勇敢些！父亲死了是挽回不来的；现在应该挽回你的名誉……"

女人的本能和乖巧，对什么事都很机灵，在安慰人家的时候也是如此；欧也尼想教堂兄弟关切他自己，好减轻一些痛苦。

"我的名誉？"他猛的把头发一甩，抱着胳膊在床上坐起。

"啊！不错。伯父说我父亲是破产了。"

他凄厉的大叫一声，把手蒙住了脸。

"你走开，大姊，你走开！我的上帝，我的上帝！饶恕我的父亲吧；他已经太痛苦了。"

年轻人真实的、没有计算、没有作用的痛苦的表现，真是又惨又动人。查理挥手教她们走开的时候，欧也尼和母亲两颗单纯的心，都懂得这是一种不能让旁人参与的痛苦。她们下楼，默默的回到窗下的座位上，不声不响的工作了一小时。凭着少女们一眼之间什么都看清了的眼睛，欧也尼早已瞥见堂兄弟美丽的梳妆用具，金镶的剪刀和剃刀之类。在痛苦的气氛中看到这种奢华气派，使她对比之下更关切查理。母女俩一向过的平静与孤独的生活，从来没有一桩这样严重的事，一个这样惊心动魄的场面，刺激过她们的幻想。

"妈妈。"欧也尼说，"咱们应该替叔叔戴孝吧。"

"你父亲会决定的。"葛朗台太太回答。

她们又不做声了。欧也尼一针一针缝着，有规律的动作很可使一个旁观的人觉察她内容丰富的冥想。这可爱的姑娘第一个愿望，是想跟堂兄弟一起守丧。

四点光景，门上来势汹汹的敲了一声，把葛朗台太太骇得心儿直跳，对女儿说：

"你父亲什么事呀？"

葛朗台高高兴兴的进来，脱下手套，两手拼命的搓，几乎把皮肤都擦破，幸而他的表皮像俄国皮那样上过硝似的，只差没有加过香料。他踱来踱去，一刻不停的看钟。临了他心头的秘密泄漏了，一点也不口吃的说：

"告诉你，太太，他们都中了我的计。咱们的酒卖掉了！荷兰人跟比国人今儿动身，我在广场上闲荡，在他们旅馆前面，装做无聊的神气。你认识的那家伙就来找我。所有出产好葡萄的人都压着货不肯卖，我自然不去阻拦他们。咱们的比国人可是慌了。我看得清清楚楚。结果是两百法郎一桶成交，一半付现。收到的货款全是黄金。合同已经签下，这六个路易是给你的佣金①。再过三个月，酒价一定要跌。"

他说最后一句的时候语气很镇静，可是话中带刺。索漠的人

---

① 一路易约值二十法郎。

这时挤在广场上，葛朗台的酒脱手的消息已经把他们吓坏了，要是再听到上面的话，他们一定会气得发抖。人心的慌乱可能使酒价跌去一半。

"今年你不是有一千桶酒吗，父亲？"欧也尼问。

"是啊，小乖乖。"

这个称呼是老箍桶匠快乐到了极点的表示。

"可以卖到二十万法郎喽？"

"是的，葛朗台小姐。"

"这样，父亲，你很容易帮查理的忙了。"

当初巴比仑王拜太查，看到神秘的手在墙上预告他的死亡时，他的愤怒与惊愕也不能跟这时葛朗台的怒火相比。他早已把侄儿忘得一干二净，却发觉侄儿始终盘踞在女儿心里，在女儿的计算之中。

"啊，好！这个花花公子一进了我的家，什么都颠倒了。你们摆阔，买糖果，花天酒地的请客。我可不答应。到了这个年纪，我总该知道怎么做人了吧！并且也轮不到女儿，轮不到谁来教训我。应该怎样对付我的侄儿，我就怎样对付。不用你们管。至于你，欧也尼。"他转过身子对她说，"再不许提到他，要不，我把你跟拿侬一起送到诺阿伊哀修院去，看我做得到做不到；你再哼一声，明天就打发你走。他在哪儿，这孩子？下过楼没有？"

"没有，朋友。"葛朗台太太回答。

"他在干什么？"

"哭他的父亲哪。"欧也尼回答。

葛朗台瞪着女儿，想不出话来。他好歹也是父亲哪。在堂屋里转了两下，他急急忙忙上楼，躲进密室去考虑买公债的计划。连根砍掉的两千阿尔邦的林木，卖到六十万法郎；加上白杨，上年和当年的收入，以及最近成交的二十万法郎买卖，总数大概有九十万。公债行情是七十法郎，短时期内好赚二分利，他很想试一试。他拿起记载兄弟死讯的那张报纸，写下数目计算起来，虽然听到侄儿的呻吟，也没有听进耳朵。

拿侬跑来敲敲墙壁请主人下楼，晚饭已经预备好了。走到穹窿下面楼梯的最后一级，葛朗台心里想：

"既然有八厘利，我一定做这笔生意。两年以后可以有一百五十万金洋从巴黎提回来——哎，侄儿在哪里？"

"他说不要吃饭。"拿侬说，"真是不顾身体。"

"省省我的粮食也好。"主人回答。

"是啵。"她说。

"嘿！他不会永远哭下去的。肚子饿了，树林里的狼也躲不住呢。"

晚饭时候，大家好古怪的不出一声。等到桌布拿掉了，葛朗台太太才说：

"好朋友，咱们该替兄弟戴孝吧。"

"真是，太太，你只晓得想出花钱的玩艺儿。戴孝在乎心，不在乎衣服。"

"可是兄弟的孝不能不戴，教会吩咐我们……"

"就在你六个路易里支出，买你们的孝服罢。我只要一块黑纱就行。"

欧也妮抬起眼睛向上望了望，一言不发。她慷慨的天性素来潜伏着，受着压制，第一遭觉醒了，又时时刻刻受到伤害。

这一晚，表面上跟他们单调生活中无数的夜晚一样，但确是最难受的一晚。欧也妮头也不抬的做她的活计，也不动用隔夜给查理看得一文不值的针线匣。葛朗台太太编织她的套袖。葛朗台坐在一边把大拇指绕动了四小时,想着明天会教索漠全城吃惊的计算,出神了。

那晚谁也没有上门。满城都在谈论葛朗台的那一下辣手,他兄弟的破产,和侄子的到来。为了需要对共同的利益唠叨一番,索漠城内所有中上阶级的葡萄园主,都挤在台·格拉桑府上,对前任区长破口大骂。

拿侬照例绩麻,堂屋的灰色的楼板下面,除了纺车声,便没有别的声响。

"嗳,嗳,咱们都爱惜舌头,舍不得用哪。"她说着,露出一排又白又大的牙齿,像光杏仁。

"是呀,什么都得爱惜。"葛朗台如梦方醒似的回答。

他远远里看到三年以后的八百万家私,他在一片黄金的海上载沉载浮。

"咱们睡觉吧。我代表大家去向侄儿说一声晚安,顺便瞧瞧他要不要吃点东西。"

葛朗台太太站在二层楼的楼梯台上,想听听老头儿跟查理说些什么。欧也尼比母亲大胆,更走上两级。

"喂,侄儿,你心里难受是不是?好吧,你哭吧,这是常情。父亲总是父亲。可是我们遇到苦难就耐心忍受。你在这里哭,我却在替你打算。你瞧,做伯父的对你多好。来,拿出勇气来。要不要喝一小杯酒呢?"

索漠的酒是不值钱的:请人喝酒就像印度人请喝茶。

"哎。"葛朗台接着说,"你没有点火。要不得,要不得!做什么事都得看个清楚啊。"

说着他走到壁炉架前面。

"呦!这不是白烛么?哪儿来的白烛?娘儿们为了替这个孩

子煮鸡蛋,把我的楼板都会拆掉呢!"

一听到这几句,母女俩赶紧回房,钻在床上,像受惊的耗子逃回老窠一样快。

"葛朗台太太,你有金山银山不是?"丈夫走进妻子的卧房问。

"朋友,我在祷告,等一会好不好?"可怜的母亲声音异样的回答。

"见他的鬼,你的好天爷!"葛朗台咕噜着说。

凡是守财奴都只知道眼前,不相信来世。葛朗台这句话,把现在这个时代赤裸裸的暴露了出来。金钱控制法律,控制政治,控制风俗,到了前所未有的程度。学校,书籍,人物,主义,一切都在破坏对来世的信仰,破坏这一千八百年以来的社会基础。如今坟墓只是一个无人惧怕的阶段。死后的未来,给提到现在来了。不管什么义与不义,只要能够达到尘世的天堂,享尽繁华之福,化心肝为铁石,胼手胝足的去争取暂时的财富,像从前的殉道者为了未来的幸福而受尽苦难一样。这是今日最普遍的,到处都揭橥着的思想,甚至法律上也这样写着。法律不是问立法者"你想些什么"?而是问"你出多少代价"?等到这种主义从布尔乔亚传布到平民大众的时候,真不知我们的国家要变成什么模样。

"太太,你完了没有?"老箍桶匠问。

"朋友,我还在为你祈祷呢。"

"好吧!再见。明儿早上再谈。"

可怜的女人睡下时,仿佛小学生没有念熟功课,深怕醒来看到老师生气的面孔。正当她怀着鬼胎钻入被窝,蒙住耳朵时,欧也尼穿着衬衣,光着脚,跑到床前,吻着她的前额说:

"噢！好妈妈，明天我跟他说，一切都是我做的。"

"不行，他会送你到诺阿伊哀。还是让我来对付，他不会把我吃掉的。"

"你听见没有，妈妈？"

"什么？"

"他老是在哭哪。"

"去睡觉吧，孩子。你光着脚要受凉了，地砖潮得很呢。"

这一天重大的日子就这样过去了。有钱而可怜的独养女儿，一辈子都忘不了这一日；从今以后，她的睡眠再没有从前那么酣畅那么深沉了。

人生有些行为，虽然千真万确，但从事情本身看，往往像是不可能的。大概我们对于一些自发的决心，从没加以心理的剖析，对于促成那些行为的神秘的原因，没有加以说明。欧也尼深刻的热情，也许要在她最微妙的组织中去分析；因为她的热情，如一般爱挖苦的人所说的，变成了一种病，使她终身受到影响。许多人宁可否认事情的结局，不愿估计一下把许多精神现象暗中联系起来的关系、枢纽、和连锁的力量。在懂得观察人性的人，看了欧也尼的过去，就知道她会天真到毫无顾忌，会突如其来的流露感情。她过去的生活越平静，女子的怜悯，这最有机智的情感，在她心中就发展得越猛烈。所以被白天的事情扰乱之下，她夜里惊醒了好几次，探听堂兄弟的声息，以为又听到了从隔天起一直在她心中响着的哀叹；忽而她看见他悲伤得闭住了气，忽而梦见他差不多要饿死了。黎明时分，她确实听到一声可怕的呼喊，便立刻穿衣，在晨光中蹑手蹑脚的赶到堂兄弟房里。房门打开着，白烛一直烧到烛盘底上。查理疲倦之极，在靠椅中和衣睡着，脑袋倒在床上。他像一般空肚子的人一样做着梦。欧也尼此时尽可哭个痛快,尽可仔细鉴赏这张年轻秀美的脸,脸上刻划着痛苦的痕迹,眼睛哭肿了,虽然睡着,似乎还在流泪。查理睡梦中受到精神的感应,觉得欧也尼来了,便睁开眼睛,看见她满脸同情的站在面前。

"噢,大姊,对不起。"他显然不知道什么时间,也不知道身在何处。

"弟弟,这里还有几颗真诚的心听到你的声音,我们以为你需要什么呢。你该好好的睡,这样坐着太累了。"

"是的。"

"那末再见吧。"

她赶紧遛走,觉得跑到这儿来又高兴又害臊。只有天真才会做出这种冒失的事。要是心里明白的话,连德性也会像罪恶一般做种种计较的。欧也尼在堂兄弟面前并没发抖,一回到自己屋里却两腿站不直了。浑浑噩噩的生活突然告终,她左思右想的考虑起来,把自己大大的埋怨了一番。"他对我要怎么想呢?以为我爱上了他吧。"其实这正是她最希望的。坦白的爱情自有它的预感,知道爱能生爱。幽居独处的姑娘,居然偷偷跑进一个青年的屋子,真是何等的大事!在爱情中间,有些思想有些行为,对某些心灵不就等于神圣的婚约吗?

一小时以后,她走进母亲房内,像平时一样服侍她起床。然后她们俩坐在窗下老位置上等候葛朗台,焦急的情绪正如一个人害怕责骂与惩戒的时候,心发冷发热,或者揪紧或者膨胀,看各人的气质而定。这种情绪也很自然,连家畜也感觉到:它们自己不小心而受了伤可以不哼一声,犯了过失挨了打,一点儿痛苦就会使它们号叫。老头儿下楼了,心不在焉的跟太太说话,拥抱了一下欧也尼,坐上饭桌,仿佛已经忘记了隔夜恐吓的话。

"侄儿怎么啦？这孩子倒不打搅人。"

"先生，他睡着呢。"拿侬回答。

"再好没有，他用不到白烛了。"葛朗台用讥讽的口气说。

这种反常的宽大，带些讽刺的高兴，使葛朗台太太不胜惊奇，留神瞧着她的丈夫。老头儿……（这儿似乎应当提醒读者，在都兰、安育、博爱都、布勒塔尼这些区域，老头儿这个名称——我们已经好几次用来称呼葛朗台了——用于最淳厚的人，同时也用于最残忍的人，只要他们到了相当的年龄。所以这个称呼对个人的慈悲仁厚毫无关系。）老头儿拿起帽子，手套，说：

"我要到广场上去遛达一下，好碰到咱们的几位克罗旭。"

"欧也尼，你父亲心中一定有事。"母亲对女儿说。

的确，不大需要睡眠的葛朗台，夜里大半时间都在做种种初步的盘算。这些盘算，使他的见解、观察、计划，特别来得准确，而且百发百中，做一样成功一样，教索漠人惊叹不已。人类所有的力量，只是耐心加上时间的混合。所谓强者是既有意志，又能等待时机。守财奴的生活，便是不断的运用这种力量为自我效劳。他只依赖两种情感：自尊心与利益。但利益既是自尊心的实际表现，并且是真正优越的凭据，所以自尊心与利益是一物的两面，都从自私自利来的。因此，凡是守财奴都特别耐人寻味，只要有高明的手段把他烘托出来。这种人物涉及所有的情感，可以说集情感之大成，而我们个个人都跟他们一脉相通。哪里有什么全无欲望的人？而没有金钱，哪个欲望能够满足？

葛朗台的确心中有事，照他妻子的说法。像所有的守财奴一样，他非跟人家钩心斗角，把他们的钱合法的赚过来不可，这在他是一种无时或已的需要。搜刮旁人，岂非施展自己的威力，使自己老是可以有名有分的瞧不起那些过于懦弱的，给人吃掉的人吗？躺在上帝面前的那平安恬静的羔羊，真是尘世的牺牲者最动人的写照，象征了牺牲者在彼世界的生活，证明懦弱与受苦受到何等的光荣。可是这些微言奥旨有谁懂得？守财奴只知道把这头羔羊养得肥肥的，把它关起来，宰它，烤它，吃掉它，轻蔑它。金钱与鄙薄，才是守财奴的养料。

　　夜里，老头儿的念头换了一个方向；这是他表示宽大的缘故。他想好了一套阴谋诡计，预备开巴黎人的玩笑，折磨他们，捉弄他们，把他们捻一阵捏一阵，叫他们奔来，奔去，流汗，希望，急得脸色发白；是啊，他这个老箍桶匠，在灰色的堂屋底里，在索漠家中虫蛀的楼梯上走的时候，就能这样的玩弄巴黎人。他一心想着侄儿的事，他要挽回亡弟的名誉，可无须他或他的侄儿花一个钱。他的现金马上要存放出去，三年为期，现在他只消管理田地了；所以非得找些材料让他施展一下狡狯的本领不可，而兄弟的破产就是现成的题目。手里没有旁的东西可以挤压，他就想把巴黎人捏成齑粉，让查理得些实惠，自己又一文不花的做了个有义气的哥哥。他的计划中根本没有什么家庭的名誉，他的好意有如赌徒的心情，喜欢看一场自己没有下注的赌博赌得精彩。克罗旭是他必不可少的帮手，他却不愿意去找他们，而要他们来找他。他决心把刚才想好的计划当晚就开始搬演，以便下一天早上，不用花一个小钱，教全城的人喝他的彩。

吝啬鬼许的愿·情人起的誓

父亲不在家,欧也尼就不胜欣喜的可以公然关切她心爱的堂兄弟,可以放心大胆把胸中蕴蓄着的怜悯,对他尽量发泄了。怜悯是女子胜过男子的德性之一,是她愿意让人家感觉到的唯一的情感,是她肯让男人挑逗起来而不怨怪的唯一的情感。欧也尼跑去听堂兄弟的呼吸,听了三四次,要知道他睡着还是醒了;之后,他起床了,于是咖啡,乳酪,鸡子,水果,盘子,杯子,一切有关早餐的东西,都成为她费心照顾的对象。她轻快的爬上破旧的楼梯,听堂兄弟的响动。他是不是在穿衣呀?他还在哭吗?她一直跑到房门外面。

"喂,弟弟!"

"嗳,大姊!"

"你喜欢在哪儿用早餐,堂屋里还是你房里?"

"随便。"

"你好吗?"

"大姊,说来惭愧,我肚子饿了。"

这段隔着房门的谈话,在欧也尼简直是小说之中大段的穿插。

"那末我们把早餐端到你房里来吧,免得父亲不高兴。"

她身轻如燕的跑下厨房。

"拿侬,去替他收拾卧房。"

这座上上下下不知跑了多少次的楼梯,一点儿声音就会格格作响的,在欧也尼眼中忽然变得不破旧了;她觉得楼梯明晃晃的,会说话,像她自己一样年轻,像她的爱情一样年轻,同时又为她的爱情服务。还有她母亲,慈祥而宽容的母亲,也乐意受她爱情的幻想驱遣。查理的卧房收拾好了,她们俩一齐进去,替不幸的孩子做伴:基督教的慈悲,不是教人安慰受难者吗?两个女子在宗教中寻出许多似是而非的怪论,为她们有乖体统的行为做借口。

因此查理·葛朗台受到最亲切最温柔的款待。他为了痛苦而破碎的心,清清楚楚的感到这种体贴入微的友谊,这种美妙的同情的甜蜜;那是母女俩被压迫的心灵,在痛苦的领域——它们的日常天地——内能有一刻儿自由就会流露的。既然是至亲骨肉,欧也尼就不妨把堂兄弟的内衣,和随身带来的梳妆用具整理一下,顺便把手头捡到的小玩艺儿,镂金镂银的东西,称心如意的逐件玩赏,并且以察看做工为名,拿在手里不放。查理看到伯母堂姊对他古道热肠的关切,不由得大为感动;他对巴黎社会有相当的认识,知道以他现在的处境,照例只能受人冷淡。他发觉欧也尼那种特殊的美,光艳照人;隔夜他认为可笑的生活习惯,从此他赞美它的纯朴了。所以当欧也尼从拿侬手中接过一只珐琅的碗,满满盛着咖啡和乳酪,很亲热的端给堂兄弟,不胜怜爱的望了他一眼时,查理便含着泪拿起她的手亲吻。

"哎哟,你又怎么啦?"她问。

"哦!我感激得流泪了。"

欧也尼突然转身跑向壁炉架拿烛台。

"拿侬。"她说,"来,把烛台拿走。"

她回头再瞧堂兄弟的时候,脸上还有一片红晕,但眼神已经镇定,不致把衷心洋溢的快乐泄露了;可是两人的目光都表现同样的情绪,正如他们的心灵交融在同一的思想中:未来是属于他们的了。

这番柔情,查理特别觉得甘美,因为他遭了大难,早已不敢存什么希望。大门上锤子响了一下,立刻把两个女子召归原位。幸而她们下楼相当快,在葛朗台进来的时候,手里已经拿上活计;如果他在楼下环洞那边碰到她们是准会疑心的。老头儿急急忙忙吃完午餐之后,来了法劳丰田上看庄子的,早先说好的津贴至今没拿到。他带来一头野兔,几只鹧鸪,都是大花园里打到的,还有磨坊司务欠下的鳗鱼与两条梭鱼。

"嗳!嗳!来得正好,这高诺阿莱。这东西好吃吗,你说?"

"好吃得很呢,好心的先生;打下来有两天了。"

"喂,拿侬,快来!"好家伙说。"把这些东西拿去,做晚饭菜;我要请两位克罗旭吃饭呢。"

拿侬瞪着眼发呆,对大家望着。

"可是。"她说,"叫我哪儿来的肥肉跟香料呢?"

"太太。"葛朗台说,"给拿侬六法郎。等会我要到地窖里去找好酒,别忘了提醒我一声。"

看庄子的久已预备好一套话,想解决工资问题:

"这么说来,葛朗台先生⋯⋯"

"咄,咄,咄,咄!"葛朗台答道,"我知道你的意思,你是一个好小子。今天我忙得很,咱们明儿谈吧。太太,先给他五法郎。"

他说完赶紧跑了。可怜的女人觉得花上十一法郎求一个清静，高兴得很。她知道葛朗台把给她的钱一个一个逼回去之后，准有半个月不寻事。

"嗳，高诺阿莱。"她把十法郎塞在他手里说，"回头我们再重重谢你吧。"

高诺阿莱没有话说，走了。拿侬戴上黑头巾，抓起篮子说：

"太太，我只要三法郎就够了，多下的你留着吧。行了，我照样会对付的。"

"拿侬，饭菜弄好一些呀，堂兄弟下来吃饭的呢。"欧也尼吩咐。

"真是，家里有了大事了。"葛朗台太太说。"我结婚到现在，这是你父亲第三次请客。"

四点左右，欧也尼和母亲摆好了六个人的刀叉，屋主把内地人那么珍视的旧藏佳酿，提了几瓶出来，查理也进了堂屋。他脸色苍白，举动，态度，目光，说话的音调，在悲苦中别有一番妩媚。他并没假装悲伤，他的难受是真实的，痛苦罩在他脸上的阴影，有一副为女子特别喜爱的神情。欧也尼因之愈加爱他了。或许苦难替欧也尼把他拉近了些。查理不再是那个高不可攀的、有钱的美少年，而是一个遭难的穷亲戚了。苦难生平等。救苦救难是女子与天使相同的地方。查理和欧也尼彼此用眼睛说话，靠眼睛了解；那个落难公子，可怜的孤儿，躲在一边不出一声，沉着，高傲；但堂姊温柔慈爱的目光不时落在他身上，逼他抛开愁苦的念头，跟她一起神游于未来与希望之中，那是她最乐意的事。

葛朗台请克罗旭吃饭的消息，这时轰动了全城；他前一天出售当年的收成，对全体种葡萄的背信的罪行，倒没有把人心刺激得这么厉害。苏格拉底的弟子阿契皮阿特，为了惊世骇俗，曾经把自己的狗割掉尾巴；如果这老奸巨猾的葡萄园主以同样的心思请客，或许他也可成为一个大人物；可是他老是玩弄城里的人，没有遇到过一个对手，所以从不把索漠人放在心上。台·格拉桑他们，知道了查理的父亲暴卒与可能破产的新闻，决意当天晚上就到他们的主顾家吊唁一番，慰问一番，同时探听一下他们为什么事，在这种情形之下请几位克罗旭吃饭。

五点正，特·篷风所长跟他的老叔克罗旭公证人，浑身上下穿得齐齐整整的来了。大家立刻入席，开始大嚼。葛朗台严肃，查理静默，欧也尼一声不出，葛朗台太太不比平时多开口，真是一顿款待吊客的丧家饭。

大家离席的时候，查理对伯父伯母说：

"对不起，我先告退了，有些极不愉快的长信要写。"

"请罢请罢，侄儿。"

他一走，葛朗台认为查理一心一意的去写信，什么都听不见的了，便狡狯的望着妻子说：

"太太，我们要谈的话，对你们简直是天书，此刻七点半，还是钻进你们的被窝去吧。明儿见，欧也尼。"

他拥抱了女儿，两位女子离开了堂屋。葛朗台与人交接的结果，早已磨练得诡计多端，使一般被他咬得太凶的人常常暗里叫他老狗。那天晚上，他比平生任何时候都运用更多的机巧。倘使索漠前任区长的野心放得远大一些，再加机缘凑巧，爬上高位，奉派到国际会议中去，把他保护私人利益的长才在那里表现一番的话，毫无疑问他会替法国立下大功。但也说不定一离开索漠，老头儿只是一个毫无出息的可怜虫。有些人的头脑，或许像有些动物一般，从本土移到了另一个地方，离开了当地的水土，就没法繁殖。

"所……所长……先……先……先生，你你你……说……说说说过破破破产……"

他假装了多少年而大家久已当真的口吃，和他在雨天常常抱怨的耳聋，在这个场合使两位克罗旭难受死了，他们一边听一边不知不觉的扯动嘴脸，仿佛要把他故意卷在舌尖上的字眼代为补足。在此我们应当追叙一下葛朗台的口吃与耳聋的故事。

在安育地区，对当地的土话懂得那么透彻，讲得那么清楚的，谁都比不上这狡狯的葡萄园主。但他虽是精明透顶，从前却上过一个犹太人的当。在谈判的时候，那犹太人老把两手捧着耳朵，假装听不清，同时结结巴巴的口吃得厉害，永远说不出适当的字眼，以致葛朗台竟吃了善心的亏，自动替狡猾的犹太人寻找他心中的思想与字眼，结果把犹太人的理由代说了，他说的话倒像是该死的犹太人应该说的，他终于变了犹太人而不是葛朗台了。那场古怪的辩论所做成的交易，是老箍桶匠平生唯一吃亏的买卖。但他虽然经济上受了损失，精神上却得了一次很好的教训，从此得益不浅。葛朗台临了还祝福那个犹太人，因为他学会了一套本领，在生意上教敌人不耐烦，逼对方老是替我这方面打主意，而忘掉他自身的观点。

那天晚上所要解决的问题，的确最需要耳聋与口吃，最需要莫名其妙的兜圈子，把自己的思想深藏起来：第一他不愿对自己的计划负责；第二他不愿授人话柄，要人家猜不透他的真主意。

"特·篷……篷……篷风先生。"

葛朗台称克罗旭公证人的侄子为篷风先生，三年以来这是第二次。所长听了很可能当做那奸刁的老头儿已经选定他做女婿。

"你你你……真的说……说破破破产，在……在某某……某些情形中可……可可以……由……由……"

"可以由商事裁判所出面阻止。这是常有的事。"特·篷风先生这么说，自以为把葛朗台老头的思想抓住了，或者猜到了，预备诚诚恳恳替他解释一番，便又道："你听我说。"

"我听……听……听着。"老头儿不胜惶恐的回答，狡猾的神气，像一个小学生面上装做静听老师的话，暗地里却在讪笑。

"一个受人尊敬而重要的人物，譬如像你已故的令弟……"

"舍弟……是的。"

"有周转不灵的危险……"

"那……那那叫……叫做……周周周转不灵吗？"

"是的。……以致免不了破产的时候，有管辖权的（请你注意）商事裁判所，可以凭它的判决，委任几个当事人所属的商会中人做清理委员。清理并非破产，懂不懂？一个破产的人名誉扫地，但宣告清理的人是清白的。"

"那相相差……太大了，要是……那……那并并并不……花……花……花更……更……更多的钱。"葛朗台说。

"可是即使没有商事裁判所帮忙，仍旧可以宣告清理的，因为。"所长吸了一撮鼻烟，接着说："你知道宣告破产要经过怎样的手续吗？"

"是呀，我从来没有想……想……想过。"葛朗台回答。

"第一。"法官往下说，"当事人或者他的合法登记的代理人，要亲自造好一份资产负债表，送往法院书记室。第二，由债权人出面声请。可是如果当事人不提出资产负债表，或者债权人不声请法院把当事人宣告破产，那末怎么办呢？"

"对……对对对啦，怎……怎……怎么办呢？"

"那末死者亲族，代表人，承继人，或者当事人自己，如果他没有死，或者他的朋友，如果他避不见面，可以办清理。也许你想把令弟的债务宣告清理吧？"所长问。

"啊！葛朗台！"公证人嚷道，"那可好极了。我们偏僻的内地还知道名誉的可贵。要是你保得身家清白，因为这的确与你的身家有关，那你真是大丈夫了……"

"伟大极了！"所长插嘴道。

"当……当然。"老头儿答道，"我兄兄兄弟姓……姓……姓葛朗台，跟……跟我我……我……我一样，还……还……还还用说吗？我……我……我……我没有说不。清清……清……清清理，在在……无……无论何……何种情……情形之下，从从……各各……各……方面看看看，对我侄……侄……侄儿是很……很……很有有有利的，侄……侄侄儿又又又是我……我喜……喜欢的。可是先……先要弄清楚。我不认……认……认得那些巴黎的坏蛋。我……我是在索……索漠，对不对？我的葡葡葡萄秧，沟沟渠，总总……总之，我有我的事事事情。我从没出过约……约……约期票。什么叫做约期票？我收收收……收到过很……很多，从来没有……出……出给人家。我只……只……只知道约期票可……可可可以兑现，可……可可以贴贴贴现。听……听说约……约……约期票可可以赎赎赎回……"

"是的。"所长说，"约期票可以打一个折扣从市场上收回来。你懂吗？"

葛朗台两手捧着耳朵，所长把话再说了一遍。

"那末。"老头儿答道，"这些事情也……也有好有坏喽？我……我……我老了，这这这些都……都弄弄……弄不清。我得留……留在这儿看……看……看守谷子。谷子快……快收了，咱们靠……靠……靠谷子开……开开销。最要紧的是，看……看好收成，在法劳丰我我……我有重……重要的收入。我不能放……放……放弃了家去去对对……对付那些鬼……鬼……鬼……鬼事，我又搅搅不清。你你说……要避免破产，要办办……办清……清……清理，我得去巴黎。一个人又不不……不是一头鸟，怎怎……怎么能同时在……在……在两个地方……"

"我明白你的意思。"公证人嚷道。"可是老朋友，你有的是朋友，有的是肯替你尽心出力的朋友。"

"得啦。"老头儿心里想，"那末你自己提议呀！"

"倘使派一个人到巴黎去，找到令弟琪奥默最大的债主，对他说……"

"且慢。"老头儿插嘴道，"对他说……说什么？是……是不是这……这样：'索漠的葛朗台长，……索漠……的葛朗台短，他爱他的兄弟，爱他的侄……侄……侄子。葛朗台是一个好哥……哥哥，有一番很好的意思。他的收……收……收成卖了好价。你们不要宣告破……破……破……破产，你们集集集合起来，委……委……委托几个清……清……清理人。那那时葛朗台再……再……再瞧着办。与其让法院里的人沾……沾……沾手，不如清理来……来……来得上算……'嗯，是不是这么说？"

"对！"所长回答。

"因为，你瞧，篷……篷……篷……篷风先生，我们要三……三思而行。做……做不到总……总是做……做不到。凡是花……花……花钱的事，先得把收支搞清楚，才才才不至于倾……倾……倾家荡产。嗯，对不对？"

"当然喽。"所长说。"我吗，我认为花几个月的时间，出一笔钱，以协议的方式付款，可以把债券全部赎回。啊，啊！你手里拿块肥肉，那些狗还不跟你跑吗？只要不宣告破产，把债权证件抓在你手里,你就是白璧无瑕。"

"白……白……白璧?"葛朗台又把两手捧着耳朵。"我不懂什么白……白……白璧。"

"哎。"所长嚷道,"你听我说呀。"

"我……我我听着。"

"债券是一种商品,也有市价涨落。这是根据英国法学家虞莱弥·朋撒姆关于高利贷的理论推演出来的。他曾经证明,大家谴责高利贷的成见是荒谬的。"

"嗯!"好家伙哼了一声。

"据朋撒姆的看法,既然原则上金钱是一种商品,代表金钱的东西也是一种商品,既然是商品,就免不了市价涨落;那末契据这种商品,有某人某人签字的文件,也像旁的货物一样,市场上会忽而多忽而少,它们的价值也就忽而高忽而低,法院可以要人家……(呕,我多糊涂,对不起……)我认为你可以把令弟的债券打个二五扣赎回来。"

"他叫……叫……叫做虞……虞……虞莱弥·朋……"

"朋撒姆,是个英国人。"

"这个虞莱弥,使我们在生意上再用不到怨气冲天。"公证人笑着说。

"这些英国人有……有……有时真讲情……情理。"葛朗台说。"那末,照朋……朋……朋撒姆的看法,要是我兄弟的债券值……值……值多少……实际是并不值!我我……我……我说得对不对?我觉得明白得很……债主可能……不,不可能……我懂……懂懂得。"

"让我解释给你听吧。"所长说。"在法律上要是你拿到葛朗台号子所有欠人的债券,令弟和他的继承人就算跟大家两讫了,行了。"

"行了。"老头儿也跟着说了一遍。

"以公道而论，要是令弟的债券，在市场上谈判好（谈判，你明白这两个字的意思吗？）谈判好打多少折扣；要是你朋友中有人在场收买了下来，既然债权人自愿出售而并没受暴力胁迫，那末令弟的遗产就光明正大的没有什么负债了。"

"不错……生……生……生意是生意，这是老话。"箍桶匠说。"可是，你明……明……明……明白，这很……很……很难。我……我……我没有钱钱钱，也……也……也没有空，没有空也没……"

"是的，你不能分身。那末我代你上巴黎（旅费归你，那是小意思）。我去找那些债权人，跟他们谈，把债券收回，把付款的期限展缓，只要在清算的总数上多付一笔钱，一切都好商量的。"

"咱咱咱们再谈，我不……不……不……能，我不愿随……随……随便答应，在在在……没……没有……，做……做不到，总是做……做不到。你你你明白？"

"那不错。"

"你跟……跟……跟我讲……讲……讲的这一套，把我……我……我头都涨……涨……涨昏了。我活到现在，第……第……第一次要想……想到这这……"

"对，你不是法学家。"

"不过是一个可……可……可怜的种葡萄的，你……你……你刚才说的，我一点儿不知道；我……我……我得研……研……研究一一一下。"

"那末……"所长似乎想把他们的谈话归纳出一个结论来。

公证人带着埋怨的口吻插嘴道：

"老侄！……"

"哦，叔叔？"

"你应当让葛朗台先生说明他的意思。委托这样一件事不是小事。咱们的朋友应当把范围说清……"

大门上一声锤子，报告台·格拉桑一家来了，他们的进场和寒暄，打断了克罗旭的话。这一打岔，公证人觉得很高兴，葛朗台已经在冷眼觑他，肉瘤颤危危的表示心中的激动。可是第一，小心谨慎的公证人认为一个初级裁判所所长根本不宜于上巴黎去钓债权人上钩，牵入与法律抵触而不清不白的阴谋中去；其次，葛朗台老头肯不肯出钱还一点没有表示，侄儿就冒冒失失的参与，也使公证人莫名其妙的觉得害怕。所以他趁台·格拉桑他们进来的当儿，抓着所长的胳膊，把他拉到一个窗洞下面：

"老侄，你的意思表示得够了；献殷勤也应当适可而止。你想他的女儿想昏了。不要见鬼，没头没脑的乱冲乱撞。现在让我来把舵，你只要从旁边助我一臂就行。难道你值得以堂堂法官之尊，去参与这样一件……"

他没有说完，听见台·格拉桑向老箍桶匠伸着手说：

"葛朗台，我们知道府上遭了不幸，琪奥默·葛朗台的号子出了事，令弟去世了，我们特地来表示哀悼。"

公证人插嘴道：

"最不幸的是二爷的死。要是他想到向兄长求救，就不至于自杀了。咱们的老朋友爱名誉，连指甲缝里都爱到家，他想出面清理巴黎葛朗台的债务呢。舍侄为免得葛朗台在这桩涉及司法的交涉中找麻烦，提议立刻代他去巴黎跟债权人磋商，使他们相当的满足。"

欧也尼·葛朗台

这段话，加上葡萄园主摸着下巴的态度，教三位台·格拉桑诧异到万分，他们一路来的时候还在称心如意的骂葛朗台守财奴，差不多认为兄弟就是给他害死的。这时银行家却望着他的太太嚷道：

"啊！我早知道的！喂，太太，我路上跟你怎么说的？葛朗台连头发根里都是爱惜名誉的，决不肯让他们的姓氏有一点儿玷污。有钱而没有名誉是一种病。咱们内地还有人爱名誉呢！葛朗台，你这个态度好极了，好极了。我是一个老军人，装不了假，只晓得把心里的话直说。这真是，我的天！伟大极了。"说着银行家热烈的握着他的手。

"可可可是伟……伟……伟大要花大……大……大钱呀。"老头儿回答。

"但是，亲爱的葛朗台。"台·格拉桑接着说，"请所长先生不要生气，这纯粹是件生意上的事，要一个生意上的老手去交涉的。什么回复权，预支，利息的计算，全得内行。我有些事上巴黎去，可以附带代你……"

"咱们俩慢慢的来考虑，怎怎……怎么样想出一个可……可……可能的办法，使我不……不……不至于贸贸然答……答……答应我……我……我不愿愿愿意做的事。"葛朗台结结巴巴的回答，"因为，你瞧，所长先生当然要我负担旅费的。"说这最后几句时他不口吃了。台·格拉桑太太便说：

"嗳！到巴黎去是一种享受，我愿意自己花旅费去呢。"

她对丈夫丢了一个眼风，似乎鼓励他不惜代价把这件差事从敌人手里抢过来；她又带着嘲弄的神气望望两位脸色沮丧的克罗旭。

于是葛朗台抓住了银行家的衣钮，拉他到一边对他说：

"在你跟所长中间，我自然更信托你。而且。"他的肉瘤牵动了几下，"其中还有文章呢。我想买公债，大概有好几万法郎的数目，可是只预备出八十法郎的价钱。据说月底行市会跌。你是内行，是不是？"

"嘿！岂敢！这样说来，我得替你收进几万法郎的公债罗？"

"嘘！开场小做做。我玩这个，谁都不让知道。你可以买月底的期货；可是不能教克罗旭他们得知，他们会不高兴。既然你上巴黎去，请你替我可怜的侄儿探探风色。"

"就这样吧。"台·格拉桑提高了嗓子。"明天我搭驿车动身，几点钟再来请示细节呢？"

"明天五点吧，吃晚饭以前。"葡萄园主搓着手。

两家客人又一起坐了一会。台·格拉桑趁谈话停顿的当儿拍拍葛朗台的肩膀说：

"有这样的同胞兄弟，教人看了也痛快……"

"是呀是呀。"葛朗台回答说，"表面上看不出，我可是极重骨……骨肉之情。我对兄弟很好，可以向大家证明，要是花……花……花钱不……不多……"银行家不等他说完，很识趣的插嘴道：

"咱们告辞了，葛朗台。我要提早动身的话，还得把事情料理料理。"

"好，好，为了刚才和你谈的那件事，我……我要进……进……进我的'评评……评……评议室'去，像克罗旭所长说的。"

"该死！一下子我又不是特·篷风先生了。"法官郁郁不乐的想，脸上的表情好像在庭上给辩护律师弄得不耐烦似的。

两家敌对的人物一齐走了。早上葛朗台出卖当地葡萄园主的行为，都给忘掉了，彼此只想刺探对方：对于好家伙在这件新发生的事情上存什么心，是怎么一个看法；可是谁也不肯表示。

"你跟我们上特·奥松华太太家去吗？"台·格拉桑问公证人。

"咱们过一会去。"所长回答。"要是家叔允许的话，我答应特·格里鲍果小姐到她那边转一转的，我们要先上那儿。"

"那末再见罗，诸位。"台·格拉桑太太说。

他们别过了两位克罗旭，才走了几步，阿道夫便对他的父亲说：

"他们这一下可冒火呢，嗯？"

"别胡说，孩子。"他母亲回答道，"他们还听得见。而且你的话不登大雅，完全是法科学生的味儿。"

法官眼看台·格拉桑一家走远之后，嚷道：

"喂，叔叔！开场我是特·篷风所长，结果仍旧是光杆儿的克罗旭。"

"我知道你会生气；不过风向的确对台·格拉桑有利。你聪明人怎么糊涂起来了！葛朗台老头'咱们再谈'那一套，由他们去相信吧。孩子，你放心，欧也尼还不一样是你的？"

不多一会，葛朗台慷慨的决心同时在三份人家传布开去，城里的人只谈着这桩手足情深的义举。葛朗台破坏了葡萄园主的誓约而出卖存酒的事，大家都加以原谅，一致佩服他的诚实，赞美他的义气，那是出于众人意料之外的。法国人的性格，就是喜欢捧一时的红角儿，为新鲜事儿上劲。那些群众竟是健忘得厉害。

葛朗台一关上大门，就叫唤拿侬：

"你别把狗放出来，等会儿睡觉，咱们还得一起干事呢。十一点钟的时候，高诺阿莱会赶着法劳丰的破车到这儿来。你留心听着，别让他敲门，叫他轻轻的进来。警察局不许人家黑夜里高声大气的闹。再说,乡邻也用不到知道我出门。"

说完之后,葛朗台走进他的工作室,拿侬听着他走动,找东西,来来去去,可是小心得很。显而易见他不愿惊醒太太和女儿,尤其不愿惹起侄儿的注意。他瞧见侄儿屋内还有灯光,已经在私下咒骂了。

半夜里,一心想着堂兄弟的欧也尼,似乎听见一个快要死去的人在那里呻吟,而这个快要死去的人,对她便是查理。他和她分手的时候脸色不是那么难看,那么垂头丧气吗?也许他自杀呢!她突然之间披了一件有风兜的大氅想走出去。先是她房门的隙缝中透进一道强烈的光,把她吓了一跳,以为是失了火;后来她放心了,因为听见拿侬沉重的脚步与说话的声音,还夹着好几匹马嘶叫的声音。她极其小心的把门打开一点,免得发出声响,但开到正好瞧见甬道里的情形。她心里想:"难道父亲把堂兄弟架走不成?"

冷不防她的眼睛跟父亲的眼睛碰上了,虽然不是瞧着她,而且也毫不疑心她在门后偷看,欧也尼却骇坏了。老头儿和拿侬两个,右肩上架着一支又粗又短的棍子,棍子上系了一条绳索,扣着一只木桶,正是葛朗台闲着没事的辰光在面包房里做着玩的那种。

"圣母玛丽亚!好重噢!先生。"拿侬轻声的说。

"可惜只是一些大铜钱!"老头儿回答,"当心碰到烛台。"

楼梯扶手的两根柱子中间,只照着一支蜡烛。

"高诺阿莱。"葛朗台对那个虚有其名的看庄子的说,"你带了手枪没有?"

"没有,先生。嘿!你那些大钱怕什么?……"

"噢!不怕。"葛朗台回答。

"再说，我们走得很快。"看庄子的又道，"你的佃户替你预备了最好的马。"

"行，行。你没有跟他们说我上哪儿去吗？"

"我压根儿不知道。"

"好吧。车子结实吗？"

"结实？嘿，好装三千斤。你那些破酒桶有多重？"

"呕，那我知道！"拿侬说，"总该有一千八百斤。"

"别多嘴，拿侬！跟太太说我下乡去了，回来吃夜饭——高诺阿莱，快一点儿，九点以前要赶到安越。"

车子走了。拿侬锁上大门，放了狗，肩头酸痛的睡下，街坊上没有一个人知道葛朗台出门，更没有人知道他出门的目的。老头儿真是机密透顶。在这座堆满黄金的屋子里，谁也没有见过一个大钱。早晨他在码头上听见人家闲话，说南德城里接了大批装配船只的生意，金价涨了一倍，投机商都到安越来收买黄金，他听了便向佃户借了几匹马，预备把家里的藏金装到安越去抛售，拿回一笔库券，作为买公债的款子，而且趁金价暴涨的机会又好赚一笔外快。

"父亲走了。"欧也尼心里想，她在楼梯高头把一切都听清楚了。

屋子里又变得寂静无声，逐渐远去的车轮声，在万家酣睡的索漠城中已经听不见了。这时欧也尼在没有用耳朵谛听之前，先在心中听到一声呻吟从查理房中传来，一直透过她卧房的板壁。三楼门缝里漏出一道像刀口一般细的光，横照在破楼梯的栏杆上。她爬上两级，心里想：

"他不好过哩。"

第二次的呻吟使她爬到了楼梯高头，把虚掩着的房门推开了。查理睡着，脑袋倒在旧靠椅外面；笔已经掉下，手几乎碰到了地。他在这种姿势中呼吸困难的模样，教欧也尼突然害怕起来，赶紧走进卧房。

"他一定累死了。"她看到十几通封好的信，心里想。她看见信封上写着——法莱-勃莱曼车行——蒲伊松成衣铺，等等。

"他一定在料理事情，好早点儿出国。"

她又看到两封打开的信，开头写着"我亲爱的阿纳德……"几个字，使她不由得一阵眼花，心儿直跳，双脚钉在地下不能动了。

"他亲爱的阿纳德！他有爱人了，有人爱他了！没有希望喽！……他对她说些什么呢？"

这些念头在她脑子里心坎里闪过，到处都看到这几个像火焰一般的字，连地砖上都有。

"没有希望了！我不能看这封信。应当走开……可是看了又怎么呢？"

她望着查理，轻轻的把他脑袋安放在椅背上，他像孩子一般听人摆布，仿佛睡熟的时候也认得自己的母亲，让她照料，受她亲吻。欧也尼也像做母亲的一样，把他垂下的手拿起，轻轻的吻了吻他的头发。"亲爱的阿纳德！"仿佛有一个鬼在她耳畔叫着这几个字。她想：

"我知道也许是不应该的，可是那封信，我还是要看。"

欧也尼转过头去，良心在责备她。善恶第一次在她心中照了面。至此为止，她从没做过使自己脸红的事。现在可是热情与好奇心把她战胜了。每读一句，她的心就膨胀一点，看信时身心兴奋的情绪，把她初恋的快感刺激得愈加尖锐了：

亲爱的阿纳德，什么都不能使我们分离，除了我这次遭到的大难，那是尽管谨慎小心也是预料不到的。我的父亲自杀了，我和他的财产全部丢了。由于我所受的教育，在这个年纪上我还是一个孩子，可是已经成了孤儿：虽然如此，我得像成人一样从深渊中爬起来。刚才我花了半夜功夫做了一番盘算。要是我愿意清清白白的离开法国——我一定得办到这一点——我还没有一百法郎的钱好拿了上印度或美洲去碰运气。是的，可怜的阿娜，我要到气候最恶劣的地方去找发财的机会。据说在那些地方，发财又快又稳。留在巴黎吗，根本不可能。一个倾家荡产的人，一个破产的人的儿子，天哪，亏空了两百万！……一个这样的人所能受到的羞辱，冷淡，鄙薄，我的心和我的脸都受不了的。不到一星期，我就会在决斗中送命。所以我决不回巴黎。你的爱，一个男人从没受到过的最温柔最忠诚的爱，也不能摇动我不去巴黎的决心。可怜啊！我最亲爱的，我没有旅费上你那儿，来给你一个，受你一个最后的亲吻，一个使我有勇气奔赴前程的亲吻……

——可怜的查理，幸亏我看了这封信！我有金子，可以给他啊，欧也尼想。

她抹了抹眼泪又念下去：

我从没想到过贫穷的苦难。要是我有了必不可少的一百路易旅费，就没有一个铜子买那些起码货去做生意。不要说一百路易，连一个路易也没有。要等我把巴黎的私债清偿之后，才能知道我还剩多少钱。倘使一文不剩，我也就心平气和的上南德，到船上当水手，一到那里，我学那些苦干的人的榜样，年轻时身无分文的上印度，变了巨富回来。从今儿早上起，我把前途冷静的想过了。那对我比对旁人更加可怕，因为我受过母亲的娇养，受过最慈祥的父亲的疼爱，刚踏进社会又遇到了阿娜的爱！我一向只看见人生的鲜花，而这种福气是不会长久的。可是亲爱的阿纳德，我还有足够的勇气，虽然我一向是个无愁无虑的青年，受惯一个巴黎最迷人的女子的爱抚，享尽家庭之乐，有一个百依百顺的父亲……哦！阿纳德，我的父亲，他死了啊……

是的，我把我的处境想过了，也把你的想过了。二十四小时以来，我老了许多。亲爱的阿娜，即使为了把我留在巴黎，留在你身旁，而你牺牲一切豪华的享受，牺牲你的衣著，牺牲你在歌剧院的包厢，咱们也没法张罗一笔最低的费用，来维持我挥霍惯的生活。而且我不能接受你那么多的牺牲。因此咱们俩今天只能诀别了。

——他离开她了，圣母玛丽亚！哦，好运气！

欧也尼快乐得跳起来。查理身子动了一下，把她骇得浑身发冷；幸而他并没有醒。她又往下念：

我什么时候回来？不知道。印度的气候很容易使一个欧洲人衰老，尤其是一个辛苦的欧洲人。就说是十年吧。十年以后，你的女儿十八岁，已经是你的伴侣，会刺探你的秘密了。对你，社会已经够残酷，而你的女儿也许对你更残酷。社会的批判，少女的忘恩负义，那些榜样我们已看得不少，应当有所警惕。希望你像我一样，心坎里牢牢记着这四年幸福的回忆，别负了你可怜的朋友，如果可能的话。可是我不敢坚决要求，因为亲爱的阿纳德，我必须适应我的处境，用平凡的眼光看人生，一切都得打最实际的算盘。所以我要想到结婚，在我以后的生涯中那是一项应有的节目。而且我可以告诉你，在这里，在我索漠的伯父家里，我遇到一个堂姊，她的举动，面貌，头脑，心地，都会使你喜欢的，并且我觉得她……

欧也尼看到信在这里中断，便想："他一定是疲倦极了，才没有写完。"

她替他找辩护的理由！当然，这封信的冷淡无情，教这个无邪的姑娘怎么猜得透？在虔诚的气氛中长大的少女，天真，纯洁，一朝踏入了迷人的爱情世界，便觉得一切都是爱情了。她们徜徉于天国的光明中，而这光明是她们的心灵放射的，光辉所布，又照耀到她们的爱人。她们把胸中如火如荼的热情点染爱人，把自己崇高的思想当做他们的。女人的错误，差不多老是因为相信善，或是相信真。"我亲爱的阿纳德，我最亲爱的"这些字眼，传到欧也尼心中竟是爱情的最美的语言，把她听得飘飘然，好像童年听到大风琴上再三奏着"来啊，咱们来崇拜上帝"这几个庄严的音符，觉得万分悦耳一样。并且查理眼中还噙着泪水，更显出他的心地高尚，而心地高尚是最容易使少女着迷的。

她又怎么知道查理这样的爱父亲，这样真诚的哭他，并非出于什么了不得的至情至性，而是因为做父亲的实在太好的缘故。

在巴黎，一般做儿女的，对父母多少全有些可怕的打算，或者看到了巴黎生活的繁华，有些欲望有些计划老是因父母在堂而无法实现，觉得苦闷。琪奥默·葛朗台夫妇却对儿子永远百依百顺，让他穷奢极侈的享尽富贵，所以查理才不至于对父母想到那些可怕的念头。父亲不惜为了儿子挥金如土，终于在儿子心中培养起一点纯粹的孝心。然而查理究竟是一个巴黎青年，当地的风气与阿纳德的陶养，把他训练得对什么都得计算一下；表面上年轻，他实际已经是一个深于世故的老人。他受到巴黎社会的可怕的教育，眼见一个夜晚在思想上说话上所犯的罪，可能比重罪法庭所惩罚的还要多；信口雌黄，把最伟大的思想诋毁无余，而美其名曰妙语高论；风气所播，竟以目光准确为强者之道；所谓目光准确，乃是全无信念，既不信情感，也不信人物，也不信事实，而从事于假造事实。在这个社会里，要目光准确就得每天早上把朋友的钱袋掂过斤两，对任何事情都得像政客一般不动感情；眼前对什么都不能钦佩赞美，既不可赞美艺术品，也不可赞美高尚的行为；对什么事都应当把个人的利益看做高于一切。那位贵族太太，美丽的阿纳德，在疯疯癫癫调情卖俏之后，教查理一本正经的思索了：她把香喷喷的手摩着他的头发，跟他讨论他的前程；一边替他重做发卷，一边教他为人生打算。她把他变成女性化而又实际化。那是从两方面使他腐化，可是使他腐化的手段，做得高雅巧妙，不同凡俗。

"查理，你真傻。"她对他说。"教你懂得人生，真不容易。你对台·吕博先生的态度很不好。我知道他是一个不大高尚的人；可是等他失势之后你再称心如意的鄙薄他呀。你知道刚榜太太的教训吗？——孩子们，只要一个人在台上，就得尽量崇拜他；一朝下了台，赶快把他拖上垃圾堆。有权有势的时候，他等于上帝；给人家挤倒了，还不如石像被塞在阴沟里的玛拉①，因为玛拉已经死了，而他还活着。人生是一连串纵横捭阖的把戏，要研究，要时时刻刻的注意，一个人才能维持他优越的地位。"

以查理那样的一个时髦人物，父母太溺爱他，社会太奉承他，根本谈不到有何伟大的情感。母亲种在他心里的一点点真金似的品性，散到巴黎这架螺旋机中去了；这点品性，他平时就应用得很浅薄，而且多所摩擦之后，迟早要磨蚀完的。但那时查理只有二十一岁。在这个年纪上，生命的朝气似乎跟心灵的坦白还分不开。声音，目光，面貌，都显得与情感调和。所以当一个人眼神清澈如水，额上还没有一道皱痕的时候，纵使最无情的法官，最不轻信人的讼师，最难相与的债主，也不敢贸然断定他的心已老于世故，工于计算。巴黎哲学的教训，查理从没机会实地应用过，至此为止，他的美是美在没有经验。可是不知不觉之间，他血里已经种下了自私自利的疫苗。巴黎人的那套政治经济，已经潜伏在他心头，只要他从悠闲的旁观者一变而为现实生活中的演员，这些潜在的根苗便会立刻开花。

几乎所有的少女都会相信外貌的暗示，以为人家的心地和外表一样的美；但即使欧也尼像某些内地姑娘一样的谨慎小心，一样的目光深远，在堂兄弟的举动、言语、行为，与心中憧憬还内外一致的时候，欧也尼也不见得会防他。一个偶然的机会，对欧也尼是致命伤，使她在堂兄弟年轻的心中，看到他最后一次的流露真情，听到他良心的最后几声叹息。

她把这封她认为充满爱情的信放下，心满意足的端相着睡熟的堂兄弟：她觉得这张脸上还有人生的新鲜的幻象；她先暗暗发

---

① 玛拉为法国大革命的领袖之一，死后他的石像曾被群众塞在蒙玛德的阴沟里。

誓要始终不渝的爱他。末了她的眼睛又转到另一封信上，再也不觉得这种冒昧的举动有什么了不得了。并且她看这封信，主要还是想对堂兄弟高尚的人格多找些新证据；而这高尚的人格，原是她像所有的女子一样推己及人的假借给爱人的：

> 亲爱的阿风斯，你读到这封信的时候，我已经没有朋友了；可是我尽管怀疑那般满口友谊的俗人，却没有怀疑你的友谊。所以我托你料理事情，相信你会把我所有的东西卖得好价。我的情形，想你已经知道。我一无所有了，想到印度去。刚才我写信给所有我有些欠账的人，凭我记忆所及，附上清单一纸，我的藏书，家具，车辆，马匹等等，大概足以抵偿我的私债。凡是没有什么价值的玩艺儿，可以作为我做买卖的底子的，都请留下。亲爱的阿风斯，为出售那些东西，我稍缓当有正式的委托书寄上，以免有人异议。请你把我全部的枪械寄给我。至于勃列东，你可以留下自用。这匹骏马是没有人肯出足价钱的，我宁愿送给你，好像一个临死的人把常戴的戒指送给他的遗嘱执行人一样。法莱-勃莱曼车行给我造了一辆极舒服的旅行车，还没有交货，你想法教他们留下车子，不再要我补偿损失。倘使不肯，另谋解决也可以，总以不损害我目前处境中的名誉为原则。我欠那个岛国人六路易赌债，不要忘记还给他……

"好弟弟。"欧也尼暗暗叫着，丢下了信，拿了蜡烛踮着小步遛回卧房。

到了房里，她快活得什么似的打开旧橡木柜的抽斗——文艺复兴期最美的家具之一，上面还模模糊糊看得出法朗梭阿一世的王徽。她从抽斗内拿出一只金线坠子金银线绣花的红丝绒钱袋，外祖母遗产里的东西。然后她很骄傲的掂了掂钱袋的分量，把她已经忘了数目的小小的积蓄检点一番。

她先理出簇新的二十枚葡萄牙金洋，一七二五年约翰五世铸造，兑换率是每枚值葡币五元，或者据她父亲说，等于一百六十八法郎六十四生丁，但一般公认的市价可以值到一百八十法郎，因为这些金洋是罕有之物，铸造极精，黄澄澄的光彩像太阳一般。

其次，是热那亚币一百元一枚的金洋五枚，也是稀见的古钱，每枚值八十七法郎，古钱收藏家可以出到一百法郎。那是从外曾祖特·拉·裴德里埃那儿来的。

其次，是三枚西班牙金洋，一七二九年斐列浦五世铸造。香蒂埃太太给她的时候老是说："这小玩艺儿，这小人头，值到九十八法郎！好娃娃，你得好好保存，将来是你私库里的宝物。"

其次，是她父亲最看重的一百荷兰杜加，一七五六年铸造，每枚约值十三法郎。成色是二十三开又零，差不多是十足的纯金。

其次，是一批罕见的古物……一般守财奴最珍视的金徽章，三枚刻着天平的卢比，五枚刻着圣母的卢比①，都是二十四开的纯金，蒙古大帝的货币，本身的价值是每枚三十七法郎四十生丁，玩赏黄金的收藏家至少可以出到五十法郎。

其次，是前天才拿到，她随便丢在袋里的四十法郎一枚的拿破仑。

---

① 按此处所称卢比，系指印度东部之货币。

这批宝物中间，有的是全新的、从未用过的金洋，真正的艺术品，葛朗台不时要问到，要拿出来瞧瞧，以便向女儿指出它们本身的美点，例如边缘的做工如何细巧，底子如何光亮，字体如何丰满，笔划的轮廓都没有磨蚀分毫等等。但欧也尼那天夜里既没想到金洋的珍贵，也没想到父亲的癖性，更没想到把父亲这样珍爱的宝物脱手是如何危险；不，她只想到堂兄弟，计算之下——算法上自然不免有些小错——她终于发觉她的财产大概值到五千八百法郎，照一般的市价可以卖到六千法郎。

看到自己这么富有，她不禁高兴得拍起手来，有如一个孩子快活到了极点，必须用肉体的动作来发泄一下。这样，父女俩都盘过了自己的家私：他是为了拿黄金去卖；欧也尼是为了把黄金丢入爱情的大海。

她把金币重新装入钱袋，毫不迟疑的提了上楼。堂兄弟瞒着不给人知道的窘况，使她忘了黑夜，忘了体统，而且她的良心，她的牺牲精神，她的快乐，一切都在壮她的胆。

正当她一手蜡烛一手钱袋，踏进门口的时候，查理醒了，一看他的堂姊，便愣住了。欧也尼进房把烛火放在桌上，声音发抖的说：

"弟弟，我做了一桩非常对不起你的事；但要是你肯宽恕的话，上帝也会原谅我的罪过。"

"什么事呀？"查理擦着眼睛问。

"我把这两封信都念过了。"

查理脸红了。

"怎么会念的。"她往下说，"我为什么上楼的，老实说，我现在都想不起了。可是我念了这两封信觉得也不必后悔，因为我识得了你的灵魂，你的心，还有……"

"还有什么?"查理问。

"还有你的计划,你需要一笔款子……"

"亲爱的大姊……"

"嘘,嘘,弟弟,别高声,别惊动了人。"她一边打开钱袋一边说,"这是一个可怜的姑娘的积蓄,她根本没有用处。查理,你收下罢。今天早上,我还不知道什么叫做金钱,是你教我弄明白了,钱不过是一种工具。堂兄弟就跟兄弟差不多,你总可以借用姊姊的钱吧?"

一半还是少女一半已经成人的欧也尼,不曾防到他会拒绝,可是堂兄弟一声不出。

"嗳,你不肯收吗?"欧也尼问。静寂中可以听到她的心跳。

堂兄弟的迟疑不决使她着了慌;但他身无分文的窘况,在她脑海里愈加显得清楚了,她便双膝跪下,说道:

"你不收,我就不起来!弟弟,求你开一声口,回答我呀!让我知道你肯不肯赏脸,肯不肯大度包容,是不是……"

一听到这高尚的心灵发出这绝望的呼声,查理不由得落下泪来,掉在欧也尼手上,他正握着她的手不许她下跪。欧也尼受到这几颗热泪,立刻跳过去抓起钱袋,把钱倒在桌上。

"那末你收下了,嗯?"她快活得哭着说。"不用怕,弟弟,你将来会发财的,这些金子对你有利市的;将来你可以还我;而且我们可以合伙;什么条件都行。可是你不用把这笔礼看得那么重啊。"

这时查理才能够把心中的情感表白出来:"是的,欧也尼,我再不接受,未免太小心眼了。可是不能没有条件,你信托我,我也得信托你。"

"什么意思?"她害怕的问。

"听我说,好姊姊,我这里有……"

他没有说完,指着衣柜上装在皮套里的一口方匣子。

"你瞧,这里有一样东西,我看得和性命一样宝贵。这匣子是母亲给我的。从今天早上起我就想到,要是她能从坟墓里走出来,她一定会亲自把这匣上的黄金卖掉,你看她当初为了爱我,花了多少金子;但要我自己来卖,真是太亵渎了。"

欧也尼听到最后一句,不禁颤危危的握着堂兄弟的手。

他们静默了一会,彼此用水汪汪的眼睛望着,然后他又说:

"不,我既不愿把它毁掉,又不愿带着去冒路上的危险。亲爱的欧也尼,我把它交托给你。朋友之间,从没有交托一件比这个更神圣的东西。你瞧过便知道。"

他过去拿起匣子,卸下皮套,揭开盖子,伤心的给欧也尼看。手工的精巧,使黄金的价值超过了本身重量的价值,把欧也尼看得出神了。

"这还不算希罕。"他说着揿了一下暗钮,又露出一个夹底。"瞧,我的无价之宝在这里呢。"

他掏出两张肖像,都是特·弥尔贝夫人①的杰作,四周镶满了珠子。

"哦!多漂亮的人!这位太太不就是你写信去……"

"不。"他微微一笑,"是我的母亲,那是父亲,就是你的叔父叔母。欧也尼,我真要跪着求你替我保存这件宝物。要是我跟你小小的家私一齐断送了,这些金子可以补偿你的损失;两张肖像我只肯交给你,你才有资格保留;可是你宁可把它们毁掉,决不能落在第二个人手中……"

---

① 特·弥尔贝夫人为当时有名的小型肖像画家。

欧也尼一声不出。

"那末你答应了，是不是？"他妩媚地补上一句。

听了堂兄弟这些话，她对他望了一眼，那是钟情的女子第一次瞧爱人的眼风，又爱娇又深沉；查理拿她的手吻了一下。

"纯洁的天使！咱们之间，钱永远是无所谓的，是不是？只有感情才有价值，从今以后应当是感情高于一切。"

"你很像你的母亲。她的声音是不是像你的一样温柔？"

"哦！温柔多哩……"

"对你是当然喽。"她垂下眼皮说。"喂，查理，睡觉罢，我要你睡，你累了。明儿见。"

他拿着蜡烛送她，她轻轻的把手从堂兄弟手里挣脱。两人一齐走到门口，他说：

"啊！为什么我的家败光了呢？"

"不用急，我父亲有钱呢，我相信。"她回答说。

查理在房内走前了一步，背靠着墙壁：

"可怜的孩子，他有钱就不会让我的父亲死了，也不会让你日子过得这么苦，总之他不是这么生活的。"

"可是他有法劳丰呢。"

"法劳丰能值多少？"

"我不知道，可是他还有诺阿伊哀。"

"一些起码租田！"

"还有葡萄园跟草原……"

"那更谈不上了。"查理满脸瞧不起的神气。"只要你父亲一年有两万四千法郎收入，你还会住这间又冷又寒酸的卧房吗？"他一边说一边提起左脚向前走了一步。"我的宝贝就得藏在这里面吗？"他指着一口旧箱子问，借此掩饰一下他的思想。

"去睡罢。"她不许他走进凌乱的卧房。

查理退了出去,彼此微微一笑,表示告别。

两人做着同样的梦睡去,从此查理在守丧的心中点缀了几朵蔷薇。

下一天早上,葛朗台太太看见女儿在午饭之前陪着查理散步。他还是愁容满面,正如一个不幸的人堕入了忧患的深渊、估量到苦海的深度、感觉到将来的重担以后的表情。

欧也尼看见母亲脸上不安的神色,便说:

"父亲要到吃晚饭的时候才回来呢。"

欧也尼的神色,举动,显得特别温柔的声音,都表示她与堂兄弟精神上有了默契。也许爱情的力量双方都没有深切的感到,可是他们的精神已经热烈地融成一片。查理坐在堂屋里暗自忧伤,谁也不去惊动他。三个女子都有些事情忙着。葛朗台忘了把事情交代好,家中来了不少人。瓦匠,铅管匠,泥水匠,土方工人,木匠,种园子的,管庄稼的,有的来谈判修理费,有的来付田租,有的来收账。葛朗台太太与欧也尼不得不来来往往,跟唠叨不已的工人与乡下人答话。拿侬把人家送来抵租的东西搬进厨房。她老是要等主人发令,才能知道哪些该留在家里,哪些该送到菜场上去卖。葛朗台老头的习惯,和内地大多数的乡绅一样,喝的老是坏酒,吃的老是烂果子。

傍晚五点光景,葛朗台从安越回来了,他把金子换了一万四千法郎,荷包里藏着王家库券,在没有拿去购买公债以前还有利息可拿。他把高诺阿莱留在安越,照顾那几匹累得要死的马,等它们将养好了再慢慢赶回。

"太太,我从安越回来呢。"他说。"我肚子饿了。"

"从昨天到现在没有吃过东西吗?"拿侬在厨房里嚷着问。

"没有。"老头儿回答。

拿侬端上菜汤。全家正在用饭,台·格拉桑来听取他主顾的指示了。葛朗台老头简直没有看到他的侄儿。

"你先吃饭罢,葛朗台。"银行家说。"咱们等会再谈。你知道安越的金价吗?有人特地从南德赶去收买。我想送一点儿去抛售。"

"不必了。"好家伙回答说,"已经到了很多。咱们是好朋友,不能让你白跑一趟。"

"可是金价到了十三法郎五十生丁呢。"

"应当说到过这个价钱。"

"你鬼使神差的又从哪儿来呀?"

"昨天夜里我到了安越。"葛朗台低声回答。

银行家惊讶得打了一个寒噤。随后两人咬着耳朵交谈,谈话中,台·格拉桑与葛朗台对查理望了好几次。大概是老箍桶匠说出要银行家买进十万法郎公债的时候吧,台·格拉桑又做了一个惊讶的动作。他对查理说:

"葛朗台先生,我要上巴黎去;要是你有什么事教我办……"

"没有什么事,先生,谢谢你。"查理回答。

"能不能再谢得客气一点,侄儿?他是去料理琪奥默·葛朗台号子的事情的。"

"难道还有什么希望吗?"查理问。

"哎。"老箍桶匠骄傲的神气装得逼真,"你不是我的侄儿吗?你的名誉便是我们的。你不是姓葛朗台吗?"

查理站起来,抓着葛朗台老头拥抱了,然后脸色发白的走了出去。欧也尼望着父亲,钦佩到了万分。

"行了,再会吧,好朋友;一切拜托,把那般人灌饱迷汤再说。"

两位军师握了握手；老箍桶匠把银行家一直送到大门；然后关了门回来，埋在安乐椅里对拿侬说：

"把果子酒拿来！"

但他过于兴奋了，没法坐下，起身瞧了瞧特·拉·裴德里埃先生的肖像，踏着拿侬所谓的舞步，嘴里唱起歌来：

法兰西的御林军中哎
我有过一个好爸爸……

拿侬，葛朗台太太，欧也尼，不声不响的彼此瞪了一眼。老头儿快乐到极点的时候，她们总有些害怕。

晚会不久就告结束。先是葛朗台老头要早睡；而他一睡觉，家里便应当全体睡觉：正好像奥古斯德一喝酒，波兰全国都该醉倒①。其次，拿侬，查理，欧也尼，疲倦也不下于主人。至于葛朗台太太，一向是依照丈夫的意志睡觉，吃喝，走路的。可是在饭后等待消化的两小时中间，从来没有那么高兴的老箍桶匠，发表了他的不少怪论，我们只要举出一二句，就可见出他的思想。他喝完了果子酒，望着杯子说：

"嘴唇刚刚碰到，杯子就干了！做人也是这样。不能要了现在，又要过去。钱不能又花出去又留在你袋里。要不然人生真是太美了。"

他说说笑笑，和气得很。拿侬搬纺车来的时候，他说：

"你也累了，不用绩麻了。"

---

① 系指十七至十八世纪时的奥古斯德二世，上述二句系形容奥古斯德好宴饮的俗谚。

"啊，好！……不过我要厌烦呢。"女佣人回答。

"可怜的拿侬，要不要来一杯果子酒？"

"啊！果子酒，我不反对；太太比药剂师做得还要好。他们卖的哪里是酒，竟是药。"

"他们糖放的太多，一点酒味儿都没有了。"老头儿说。

下一天早上八点钟，全家聚在一块用早餐的时候，第一次有了融融泄泄的气象。苦难已经使葛朗台太太，欧也尼，和查理精神上有了联系，连拿侬也不知不觉的同情他们。四个人变了一家。至于葛朗台老头，吝啬的欲望满足了，眼见花花公子不久就要动身，除了到南德的旅费以外不用他多花一个钱，所以虽然家里住着这个客，他也不放在心上了。他听让两个孩子——对欧也尼与查理他是这样称呼的——在葛朗台太太监督之下自由行动；关于礼教的事，他是完全信任太太的。草原与路旁的土沟要整理，洛阿河畔要种白杨，法劳丰和庄园有冬天的工作，使他没有功夫再管旁的事。从此，欧也尼进入了爱情里的春天。自从她半夜里把财宝送给了堂兄弟之后，她的心也跟着财宝一起去了。两人怀着同样的秘密，彼此瞧望的时候都表示出心心相印的了解，把他们的情感加深了，更亲密，更相契，使他们差不多生活在另一个世界上。亲族之间不作兴有温柔的口吻与含情的目光么？因此欧也尼竭力使堂兄弟领略爱情初期的、儿童般的欢喜，来忘掉他的痛苦。

爱情的开始与生命的开始，颇有些动人的相似之处。我们不是用甜蜜的歌声与和善的目光催眠孩子吗？我们不是对他讲奇妙的故事，点缀他的前程吗？希望不是对他老展开着光明的翅翼吗？他不是忽而乐极而涕，忽而痛极而号吗？他不是为了一些无聊的小事争吵吗，或是为了造活动宫殿的石子，或是为了摘下来就忘掉的鲜花?他不是拼命要抓住时间,急于长大吗?恋爱是我们第二次的脱胎换骨。在欧也尼与查理之间,童年与爱情简直是一桩事情:初恋的狂热,附带着一切应有的疯癫,使原来被哀伤包裹的心格外觉得苏慰。

这爱情的诞生是在丧服之下挣扎出来的,所以跟这所破旧的屋子,与朴素的内地气息更显得调和。在静寂的院子里,靠井边与堂姊交谈几句;坐在园中长满青苔的凳上,一本正经的谈着废话,直到日落时分;或者在围墙下宁静的气氛中,好似在教堂的拱廊下面,一同默想:查理这才懂得了爱情的圣洁。因为他的贵族太太,他亲爱的阿纳德,只给他领略到爱情中暴风雨般的骚动。这时他离开了爱娇的、虚荣的、热闹的、巴黎式的情欲,来体味真正而纯粹的爱。他喜欢这屋子,也不觉得这屋里的生活习惯如何可笑了。

他清早就下楼,趁葛朗台没有来分配粮食之前,跟欧也尼谈一会;一听到老头儿的脚步声在楼梯上响,他马上溜进花园。这种清晨的约会,连母亲也不知道而拿侬装做不看见的约会,使他们有一点小小的犯罪感觉,为最纯洁的爱情添上几分偷尝禁果似的快感。等到用过早餐,葛朗台出门视察田地与种植的时光,查理便跟母女俩在一起,帮她们绕线团,看她们做活,听她们闲话,体味那从来未有的快乐。这种近乎修院生活的朴素,把他看得大为感动,从而认识这两颗不知世界为何物的灵魂之美。他本以为法国不可能再有这种风气,要就在德国,而且只是荒唐无稽的存在于奥古斯德·拉风丹的小说之中①。可是不久他发觉欧也尼竟是理想中的歌德的玛葛丽德,而且还没有玛葛丽德的缺点。

---

① 奥古斯德·拉风丹为十八至十九世纪时的德国小说家。

一天又一天，他的眼神，说话，把可怜的姑娘迷住了，一任爱情的热浪摆布；她抓着她的幸福，犹如游泳的人抓着一根杨柳枝条想上岸休息。日子飞一般的过去，其间最愉快的时光，不是已经为了即将临到的离别而显得凄凉黯淡吗？每过一天，总有一些事提醒他们。台·格拉桑走了三天之后，葛朗台带了查理上初级裁判所，庄严得了不得，那是内地人在这种场合惯有的态度；他教查理签了一份抛弃继承权的声明书。可怕的声明！简直是离宗叛教似的文件。他又到克罗旭公证人那儿，缮就两份委托书，一份给台·格拉桑，一份给代他出售家具的朋友。随后他得填写申请书领取出国的护照。末了当查理定做的简单的孝服从巴黎送来之后，他在索漠城里叫了一个裁缝来，把多余的衣衫卖掉。这件事教葛朗台老头大为高兴。他看见侄儿穿着粗呢的黑衣服时，便说：

"这样才像一个想出门发财的人哩。好，很好！"

"放心，伯父。"查理回答，"我知道在我现在的地位怎样做人。"

老头儿看见查理手中捧着金子，不由得眼睛一亮，问道：

"做什么？"

"伯父，我把钮扣，戒指，所有值几个钱的小东西集了起来；可是我在索漠一个人都不认识，想请你……"

"教我买下来吗？"葛朗台打断了他的话。

"不是的，伯父，想请你介绍一个规规矩矩的人……"

"给我吧，侄儿，我到上面去替你估一估，告诉你一个准确的价值，差不了一生丁。"他把一条长的金链瞧了瞧说："这是首饰金，十八开到十六开。"

老头儿伸出大手把大堆金子拿走了。

"大姊。"查理说,"这两颗钮子送给你,系上一根丝带,正好套在手腕里。现在正时行这种手镯。"

"我不客气,收下了,弟弟。"她说着对他会心的望了一眼。

"伯母,这是先母的针箍,我一向当做宝贝般放在旅行梳妆匣里的。"查理说着,把一个玲珑可爱的金顶针送给葛朗台太太,那是她想了十年而没有到手的东西。老母亲眼中含着泪,回答说:

"真不知道怎样谢你才好呢,侄儿。我做早课夜课的时候,要极诚心的祷告出门人的平安。我不在之后,欧也尼会把它保存的。"

"侄儿,一共值九百八十九法郎七十五生丁。"葛朗台推门进来说,"免得你麻烦去卖给人家,我来给你现款吧……里佛作十足算。"

在洛阿河一带,里佛作十足算的意思,是指六法郎一枚的银币,不扣成色,算足六法郎。

"我不敢开口要你买。"查理回答,"可是在你的城里变卖首饰,真有点不好意思。拿破仑说过,脏衣服得躲在家里洗。所以我得谢谢你的好意。"

葛朗台搔搔耳朵,一忽儿大家都没有话说。

"亲爱的伯父。"查理不安的望着他,似乎怕他多疑,"大姊跟伯母,都赏脸收了我一点小意思做纪念;你能不能也收下这副袖钮,我已经用不着了,可是能教你想起一个可怜的孩子在外面没有忘掉他的骨肉。从今以后他的亲人只剩你们了。"

"我的孩子,我的孩子,你怎么能把东西送光呢?……你拿了什么,太太?"他馋痨的转过身来问。"啊!一个金顶针。你呢,小乖乖?噢,钻石搭扣。好吧,孩子,你的袖钮我拿了。"

他握着查理的手,"可是答应我……替你付……你的……是呀……上印度去的旅费。是的,你的路费由我来。尤其是,孩子,替你估首饰的时候,我只算了金子,也许手工还值点儿钱。所以,就这样办吧。我给你一千五百法郎……里佛作十足算,那是问克罗旭借的,家里一个铜子都没有了,除非班罗德把欠租送来。对啦,对啦,我就得找他去。"

他拿了帽子,戴上手套,走了。

"你就走了吗?"欧也尼说着,对他又悲哀又钦佩的望了一眼。

"该走了。"他低下头回答。

几天以来,查理的态度,举动,言语,显出他悲痛到了极点,可是鉴于责任的重大,已经在忧患中磨练出簇新的勇气。他不再长吁短叹,他变为大人了。所以看到他穿着粗呢的黑衣服下楼,跟苍白的脸色与忧郁不欢的神态非常调和的时候,欧也尼把堂兄弟的性格看得更清楚了。这一天,母女俩开始戴孝,和查理一同到本区教堂去参加为琪奥默·葛朗台举行的追思弥撒。

午饭时分,查理收到几封巴黎的来信,一齐看完了。

"喂,弟弟,事情办得满意吗?"欧也尼低声问。

"女儿,不作兴问这些话。"葛朗台批评道,"嘿!我从来不说自己的事,干么你要管堂兄弟的闲事?别打搅他。"

"噢!我没有什么秘密哪。"查理说。

"咄,咄,咄,咄!侄儿,以后你会知道,做买卖就得嘴紧。"

等到两个情人走在花园里的时候,查理挽着欧也尼坐在胡桃树下的破凳上对她说:

"我没有把阿风斯看错,他态度好极了,把我的事办得很谨慎很忠心。我巴黎的私债全还清了,所有的家具都卖了好价钱;他又告诉我,他请教了一个走远洋的船主,把剩下的三千法郎买了一批欧洲的小玩艺,可以在印度大大的赚一笔钱的货。他把我的行李都发送到南德,那边有一条船开往爪哇。不出五天,欧也尼,我们得分别了,也许是永别,至少也很长久。我的货,跟两个朋友寄给我的一万法郎,不过是小小的开头。没有好几年我休想回来。亲爱的大姊,别把你的一生跟我的放在一起,我可能死在外边,也许你有机会遇到有钱的亲事……"

"你爱我吗?……"她问。

"噢!我多爱你。"音调的深沉显得感情也是一样的深。

"我等你,查理。哟,天哪!父亲在楼窗口。"她把逼近来想拥抱她的堂兄弟推开。

她逃到门洞下面,查理一路跟着;她躲到楼梯脚下,打开了过道里的门;后来不知怎的,欧也尼到了靠近拿侬的小房间,走道里最黑的地方;一路跟着来的查理,抓住她的手放在他心口,挽了她的腰把她轻轻的贴在自己身上。欧也尼不再撑拒了,她受了,也给了一个最纯浩、最温馨、最倾心相与的亲吻。

"亲爱的欧也尼。"查理说,"堂兄弟胜过兄弟,他可以娶你。"

"好吧,一言为定!"拿侬打开她黑房间的门嚷道。

两个情人吃了一惊,遛进堂屋,欧也尼拿起她的活计,查理拿起葛朗台太太的祷告书念着《圣母经》。

"哟!"拿侬说,"咱们都在祷告哪。"

查理一宣布行期,葛朗台便大忙特忙起来,表示对侄儿的关切;凡是不用花钱的地方他都很阔气。他去找一个装箱的木匠,回来却说箱子要价太高,便自告奋勇,定要利用家中的旧板由他自己来做；他清早起身，把薄板锯呀，刨呀，钉呀，钉成几口很好的箱子，把查理的东西全部装了进去；他又负责装上船，保了险，从水道运出，以便准时送到南德。

自从过道里一吻之后，欧也尼愈觉得日子飞也似的快得可怕。有时她竟想跟堂兄弟一起走。凡是领略过最难分割的热情的人，领略过因年龄、时间、不治的疾病、或什么宿命的打击，以致热情存在的时期一天短似一天的人，便不难懂得欧也尼的苦恼。她常常在花园里一边走一边哭，如今这园子，院子，屋子，城，对她都太窄了；她已经在茫无边际的大海上飞翔。

终于到了动身的前夜。早上，趁葛朗台与拿侬都不在家，藏有两张肖像的宝匣，给庄严地放进了柜子上唯一有锁钥而放着空钱袋的抽斗。存放的时候免不了几番亲吻几番流泪。欧也尼把钥匙藏在胸口的时光，竟没有勇气阻止查理亲吻她的胸脯。

"它永久在这里，朋友。"

"那末我的心也永久在这里。"

"啊！查理，这不行。"她略带几分埋怨的口气。

"我们不是已经结婚了吗？"他回答。"你已经答应了我，现在要由我来许愿了。"

"永久是你的！"这句话双方都说了两遍。

世界上再没比这个誓约更纯洁的了：欧也尼的天真烂漫，一刹那间把查理的爱情也变得神圣了。

下一天早上，早餐是不愉快的。拿侬虽然受了查理的金绣睡衣与挂在胸间的十字架，还没有被感情蒙蔽，这时却也禁不住含了眼泪。

"可怜的好少爷，要去漂洋过海……但愿上帝保佑他！"

十点半，全家出门送查理搭南德去的驿车。拿侬放了狗，关了街门,定要替查理拎随身的小包。老街上所有做买卖的,都站在门口看他们一行走过,到了广场,还有公证人候在那里。

"欧也尼,等会别哭。"母亲嘱咐她。

葛朗台在客店门口拥抱查理,吻着他的两颊:

"侄儿,你光身去,发了财回来,你父亲的名誉决不会有一点儿损害。我葛朗台敢替你保险;因为那时候,都靠你……"

"啊!伯父!这样我动身也不觉得太难受了。这不是你送我的最好的礼物吗!"

查理把老箍桶匠的话打断了,根本没有懂他的意思,却在伯父面疱累累的脸上流满了感激的眼泪,欧也尼使劲握着堂兄弟与父亲的手。只有公证人在那里微笑,暗暗佩服葛朗台的机巧,因为只有他懂得老头儿的心思①。

四个索漠人,周围还有几个旁人,站在驿车前面一直等到它出发;然后当车子在桥上看不见了,只远远听到声音的时候,老箍桶匠说了声:

"一路顺风!"

幸而只有克罗旭公证人听到这句话。欧也尼和母亲已经走到码头上还能望见驿车的地方,扬着她们的白手帕,查理也在车中扬巾回答。赶到欧也尼望不见查理的手帕时,她说:

"母亲,要有上帝的法力多好啊!"

为的不要岔断以后葛朗台家中的事,且把老头儿托台·格拉桑在巴黎办的事情提前叙述一下。银行家出发了一个月之后,葛朗台在国库的总账上登记了正好以八十法郎买进的十万公债。这多疑的家伙用什么方法把买公债的款子拨到巴黎,直到他死后人

---

① 葛朗台那句没有说完的话应当是:都靠你发了财回来偿还父亲的债。

家编造他的财产目录时都无法知道。克罗旭公证人认为是拿侬不自觉的做了运送款子的工具。因为那个时节，女仆有五天不在家，说是到法劳丰收拾东西去，仿佛老头儿真会有什么东西丢在那里不收起来似的。关于琪奥默·葛朗台号子的事，竟不出老箍桶匠的预料。

大家知道，法兰西银行对巴黎与各省的巨富都有极准确的调查。索漠的台·格拉桑与斐列克斯·葛朗台都榜上有名，而且像一般拥有大地产而绝对没有抵押出去的金融家一样，信用极好。所以索漠的银行家到巴黎来清算葛朗台债务的传说，立刻使债权人放弃了签署拒绝证书的念头[1]，从而使已故的葛朗台少受了一次羞辱。财产当着债权人的面启封，本家的公证人照例进行财产登记。不久，台·格拉桑把债权人召集了，他们一致推举索漠的银行家，和一家大商号的主人、同时也是主要债权人之一的法朗梭阿·凯勒，为清算人，把挽救债权与挽回葛朗台的信誉两件事，一齐委托了他们。索漠的葛朗台的信用，加上台·格拉桑银号代他做的宣传，使债权人都存了希望，因而增加了谈判的便利；不肯就范的债主居然一个都没有。谁也不曾把债权放在自己的盈亏总账上计算过，只想着：

"索漠的葛朗台会偿还的！"

六个月过去了，那些巴黎人把转付出去的葛朗台债券清偿了，收回来藏在皮包里。这是老箍桶匠所要达到的第一个目标。

第一次集会以后九个月，两位清算人发了百分之四十七给每个债权人。这笔款子是把已故的葛朗台的证券，动产，不动产，以及一切零星杂物变卖得来的，变卖的手续做得极精密。

---

[1] 拒绝证书系债主证明债务人到期不清偿债务的文件。

那次的清算办得公正规矩，毫无弊窦。债权人一致承认葛朗台两兄弟的信誉的确无可批评。等到这种赞美的话在外边传播了一番以后，债权人要求还余下的部分了。那时他们写了一封全体签名的信给葛朗台。

"嗯，哼！这个吗？"老箍桶匠把信往火里一扔，"朋友们，耐一耐性子吧。"

葛朗台的答复，是要求把所有的债权文件存放在一个公证人那里，另外附一张已付款项的收据，以便核对账目，把遗产的总账轧清。这个条件立刻引起了无数的争执。

债主通常总是脾气古怪的家伙：今天预备成立协议了，明天又嚷着烧呀杀呀，把一切都推翻；过了一晌，又忽然的软下了。今天，他的太太兴致好，小儿子牙齿长得顺利，家里什么都如意，他便一个铜子都不肯吃亏；明儿，逢着下雨，不能出门，心里憋闷得慌，只消一件事情能够结束，便任何条件都肯答应；后天，他要担保品了；月底，他要你全部履行义务，非把你逼死不可了，这刽子手！大人开小孩子玩笑，说要捉小鸟，只消把一颗盐放在它尾巴上。世界上要有这种呆鸟的话，就是债主了。或者是他们把自己的债权看做那样的呆鸟，结果是永远扑一个空。

葛朗台留神观看债主的风色，而他兄弟的那批债主的确不出他的所料。有的生气了，把存放证件一节干脆拒绝了。

"好吧，好得很。"葛朗台念着台·格拉桑的来信，搓着手说。

另外一批债权人答应提交证件，可是要求把他们的权利确切证明一下，声明任何权利不能放弃，甚至要保留宣告破产的权利。再通信，再磋商，结果索漠的葛朗台把对方提出保留的条件全部接受了。获得了这点让步之后，温和派的债主把激烈派的劝解了。大家咕噜了一阵，证件终于交了出来。

"这好家伙。"有人对台·格拉桑说，"简直跟你和我们开玩笑。"

琪奥默·葛朗台死了两年差一个月的时候，许多商人给巴黎市场的动荡搅昏了，把葛朗台到期应付的款项也忘了，或者即使想到，也不过是"大概百分之四十七就是我们所能到手的全部了"一类的想法。

老箍桶匠素来相信时间的力量，他说时间是一个好小鬼。第三年年终，台·格拉桑写信给葛朗台，说债权人已经答应，在结欠的二百四十万法郎中再收一成，就可把债券交还。

葛朗台复信说，闹了亏空把他兄弟害死的那个公证人与经纪人，倒逍遥的活着！他们不应当负担一部分吗？现在要对他们起诉，逼他们拿出钱来，减轻一点我们这方面的亏累。

第四年终了，欠款的数目讲定了十二万法郎。然后清算人与债权人，清算人与葛朗台，往返磋商，拖了六个月之久。总而言之，赶到葛朗台被逼到非付不可的时节，在那年的第九个月，他又回信给两位清算人，说他侄子在印度发了财，向他表示要把亡父的债务全部归清；他不能擅自料结这笔债，要等侄子回音。

第五年过了一半，债权人还是给"全部归清"几个字搪塞着，老奸巨猾的箍桶匠暗地里笑着，把"全部归清"的话不时说一遍。每逢嘴里提到"这些巴黎人！……"时，他总得附带一副阴险的笑容，赌一句咒。可是那些债主最后的命运，却是商场大事记上从来未有的纪录。后来，当这个故事的发展使他们重新出场的时候，他们所处的地位，还是当初给葛朗台冻结在那里的地位。

公债涨到一百十五法郎，葛朗台老头抛了出去，在巴黎提回二百四十万法郎左右的黄金,和公债上的复利六十万法郎,一齐倒进了密室内的木桶。台·格拉桑一直留在巴黎,原因是:第一他当了国会议员;第二他虽然当了家长,却给索漠的生活磨得厌烦死了,爱上了公主剧院最漂亮的一个女演员弗洛琳;他当年军队生活的习气又在银行家身上复活了。不用说,他的行为给索漠人一致认为伤风败俗。他太太还算运气,跟他分了家,居然有魄力管理索漠的银号,用她的名字继续营业,把台·格拉桑因荒唐而败掉的家私设法弥补。几位克罗旭推波助澜,把这个活寡妇的尴尬地位弄得更糟,以致她的女儿嫁得很不得意,娶欧也尼·葛朗台做媳妇的念头也放弃了,阿道夫跟台·格拉桑一起在巴黎,据说变得很下流。克罗旭他们终于得胜了。

"你丈夫真糊涂。"葛朗台凭了抵押品借一笔钱给台·格拉桑太太时说,"我代你抱怨,你倒是一个贤慧的太太。"

"啊!先生。"可怜的妇人回答说,"他从你府上动身到巴黎去的那一天,谁想得到他就此走上了坏路呢?"

"太太,皇天在上,我直到最后还拦着不让他去呢。当时所长先生极想亲自出马的。我们现在才明白为什么他争着要去。"

这样,葛朗台便用不到再欠台·格拉桑什么情分了。

家庭的苦难

不论处境如何，女人的痛苦总比男人多，而且程度也更深。男人有他的精力需要发挥：他活动，奔走，忙乱，打主意，眼睛看着将来，觉得安慰。例如查理。但女人是静止的，面对着悲伤无法分心，悲伤替她开了一个窟窿，让她往下钻，一直钻到底，测量窟窿的深度，用她的愿望与眼泪来填满。例如欧也尼。她开始认识了自己的命运。感受，爱，受苦，牺牲，永远是女人生命中应有的文章。欧也尼变得整个儿是女人了，却并无女人应有的安慰。她的幸福，正如鲍舒哀刻划入微的说法，仿佛在墙上找出来的钉子，随你积得怎么多，捧在手里也永远遮不了掌心的。悲苦决不姗姗来迟的教人久等，而她的一份就在眼前了。查理动身的下一天，葛朗台的屋子在大家眼里又恢复了本来面目，只有欧也尼觉得突然之间空虚得厉害。瞒着父亲，她要把查理的卧房保存他离开时的模样。葛朗台太太与拿侬，很乐意助成她这个维持现状的愿望。

"谁保得定他不早些回来呢？"她说。

"啊！希望他再来噢。"拿侬回答。"我服侍他惯了！多和气，多好的少爷，脸庞儿又俏，头发鬈鬈的像一个姑娘。"

欧也尼望着拿侬。

"哎哟，圣母玛丽亚！小姐，你这副眼睛要入地狱的！别这样瞧人呀。"

从这天起，葛朗台小姐的美丽又是一番面目。对爱情的深思，慢慢的浸透了她的心，再加上有了爱人以后的那种庄严，使她眉宇之间多添了画家用光轮来表现的那种光辉。堂兄弟未来之前，欧也尼可以跟未受圣胎的童贞女相比；堂兄弟走了之后，她有些像做了圣母的童贞女：她已经感受了爱情。某些西班牙画家把这两个不同的玛丽亚表现得那么出神入化，成为基督教艺术中最多而最有光辉的造像。查理走后，她发誓天天要去望弥撒；第一次从教堂回来，她在书店里买了一幅环球全图钉在镜子旁边，为的能一路跟堂兄弟上印度，早晚置身于他的船上，看到他，对他提出无数的问话，对他说：

"你好吗？不难受吗？你教我认识了北极星的美丽和用处，现在你看到了那颗星，想我不想？"

早上，她坐在胡桃树下虫蛀而生满青苔的凳上出神，他们在那里说过多少甜言蜜语，多少疯疯癫癫的废话，也一起做过将来成家以后的美梦。她望着围墙上空的一角青天，想着将来；然后又望望古老的墙壁，与查理卧房的屋顶。总之，这是孤独的爱情，持久的，真正的爱情，渗透所有的思想，变成了生命的本体，或者像我们父辈所说的，变成了生命的素材。

晚上，那些自称为葛朗台老头的朋友来打牌的时候，她装做很高兴，把真情藏起；但整个上午她跟母亲与拿侬谈论查理。拿侬懂得她可以对小主人表同情，而并不有亏她对老主人的职守，她对欧也尼说：

"要是有个男人真心对我，我会……会跟他入地狱。我会……呕……我会为了他送命；可是……没有呀。人生一世是怎么回事，我到死也不会知道的了。唉，小姐，你知道吗，高诺阿莱那老头，人倒是挺好的，老钉着我打转，自然是为了我的积蓄喽，正好比那些为了来嗅嗅先生的金子，有心巴结你的人。我看得很清，别看我像猪一样胖，我可不傻呢。可是小姐，虽然他那个不是爱情，我也觉得高兴。"

两个月这样过去了。从前那么单调的日常生活，因大家关切欧也尼的秘密而有了生气，三位妇人也因之更加亲密。在她们心目中，查理依旧在堂屋灰暗的楼板下面走来走去。早晨，夜晚，欧也尼都得把那口梳妆匣打开一次，把叔母的肖像端详一番。某星期日早上，她正一心对着肖像揣摩查理的面貌时，被母亲撞见了。于是葛朗台太太知道了侄儿与欧也尼交换宝物的可怕的消息。

"你统统给了他！"母亲惊骇之下说，"到元旦那天父亲问你要金洋看的时候，你怎么说？"

欧也尼眼睛发直，一个上半天，母女俩吓得半死，糊里糊涂把正场的弥撒都错过了，只能参加读唱弥撒。

三天之内，一八一九年就要告终。三天之内就要发生大事，要演出没有毒药、没有尖刀、没有流血的平凡的悲剧，但对于剧中人的后果，只有比弥赛纳王族里所有的惨剧还要残酷。

"那怎么办？"葛朗台太太把编织物放在膝上，对女儿说。

可怜的母亲，两个月以来受了那么多的搅扰，甚至过冬必不可少的毛线套袖都还没织好。这件家常小事，表面上无关重要，对她却发生了不幸的后果。因为没有套袖，后来在丈夫大发雷霆骇得她一身冷汗时，她中了恶寒。

"我想，可怜的孩子，要是你早告诉我，还来得及写信到巴黎给台·格拉桑先生。他有办法收一批差不多的金洋寄给我们；虽然你父亲看得极熟，也许……"

"可是哪儿来这一大笔钱呢？"

"有我的财产做抵押呀。再说台·格拉桑先生可能为我们……"

"太晚啦。"欧也尼声音嘶哑，嗓子异样的打断了母亲的话，"明天早上，我们就得到他卧房里去跟他拜年了。"

"可是孩子，为什么我不去看看克罗旭他们呢？"

"不行不行，那简直是自投罗网，把我们卖给了他们了。而且我已经拿定主意。我没有做错事，一点儿不后悔。上帝会保佑我的。听凭天意吧。唉！母亲，要是你读到他那些信，你也要心心念念的想他呢。"

下一天早上，一八二〇年一月一日，母女俩恐怖之下，想出了最天然的托辞，不像往年一样郑重其事的到他卧房里拜年。一八一九至一八二〇的冬天，在当时是一个最冷的冬天。屋顶上都堆满了雪。

葛朗台太太一听到丈夫在房里有响动，便说：

"葛朗台，叫拿侬在我屋里生个火吧；冷气真厉害，我在被窝里冻僵了。到了这个年纪，不得不保重一点。"她停了一会又说："再说，让欧也尼到我房里来穿衣吧。这种天气，孩子在她屋里梳洗会闹病的。等会我们到暖暖和和的堂屋里跟你拜年吧。"

"咄，咄，咄，咄！官话连篇！太太，这算是新年发利市吗？你从来没有这么唠叨过。你总不见得吃了酒浸面包吧①？"

说罢大家都不出一声。

---

① 系莫里哀喜剧中语，说鹦鹉吃了酒浸的面包，才会说话。

"好吧。"老头儿大概听了妻子的话软心了,"就照你的意思办吧,太太。你太好了,我不能让你在这个年纪上有什么三长两短,虽然拉·裴德里埃家里的人多半是铁打的。"他停了一忽又嚷:"嗯!你说是不是?不过咱们得了他们的遗产,我原谅他们。"

说完他咳了几声。

"今天早上你开心得很,老爷。"葛朗台太太的口气很严肃。

"我不是永远开心的吗,我……

> 开心,开心,真开心,你这箍桶匠,
> 不修补你的脸盆又怎么样!"

他一边哼一边穿得齐齐整整的进了妻子的卧房。"真,好家伙,冷得要命。早上咱们有好菜吃呢,太太。台·格拉桑从巴黎带了夹香菇的鹅肝来!我得上驿站去拿。"说着他又咬着她的耳朵:

"他还给欧也尼带来一块值两块的拿破仑。我的金子光了,太太。我本来还有几块古钱,为了做买卖只好花了。这话我只能告诉你一个人。"

然后他吻了吻妻子的前额,表示庆祝新年。

"欧也尼。"母亲叫道,"不知你父亲做了什么好梦,脾气好得很——得啦,咱们还有希望。"

"先生今天怎么啦?"拿侬到太太屋里生火时说,"他一看见我就说:大胖子,你好,你新年快乐。去给太太生火呀,她好冷呢。——他说着伸出手来给我一块六法郎的钱,精光滴滑,簇崭全新,把我看呆了。太太,你瞧。哦!他多好。他真大方。有的人越老心越硬；他却温和得像你的果子酒一样，越陈越好了。真是一个十足地道的好人……"

老头儿这一天的快乐，是因为投机完全成功的缘故。台·格拉桑把箍桶匠在十五万法郎荷兰证券上所欠的利息，以及买进十万公债时代垫的尾数除去之后，把一季的利息三万法郎托驿车带给了他，同时又报告他公债上涨的消息。行市已到八十九法郎，那些最有名的资本家，还出九十二法郎的价钱买进正月底的期货。葛朗台两个月中间的投资赚了百分之十二，他业已收支两讫，今后每半年可以坐收五万法郎，既不用付捐税，也没有什么修理费。内地人素来不相信公债的投资，他却终于弄明白了，预算不出五年，不用费多少心，他的本利可以滚到六百万，再加上田产的价值，他的财产势必达到惊人的数字。给拿侬的六法郎，也许是她不自觉的帮了他一次大忙而得到的酬劳。

"噢！噢！葛朗台老头上哪儿去呀，一清早就像救火似的这么奔？"街上做买卖的一边开铺门一边想。

后来，他们看见他从码头上回来，后面跟着驿站的一个脚夫，独轮车上的袋都是满满的。有的人便说："水总是往河里流的，老头儿去拿钱哪。"

"巴黎，法劳丰，荷兰，流到他家里来的水可多哩。"另外一个说。

"临了，索漠城都要给他买下来喽。"第三个又道。

"他不怕冷。"一个女人对她的丈夫说，"老忙着他的事。"

"嗨！嗨！葛朗台先生。"跟他最近的邻居，一个布商招呼他，"你觉得累赘的话，我来给你扔了罢。"

"呕！不过是些大钱罢了。"葡萄园主回答。

"是银子呢。"脚夫低声补上一句。

"哼,要我照应吗,闭上你的嘴。"老头儿一边开门一边对脚夫咕噜。

"啊!老狐狸,我拿他当做聋子。"脚夫心里想,"谁知冷天他倒听得清。"

"给你二十个子儿酒钱,得啦!去你的!"葛朗台对他说,"你的独轮车,等会叫拿侬来还你。——娘儿们是不是在望弥撒,拿侬?"

"是的,先生。"

"好,快,快一点儿!"他嚷着把那些袋交给她。

一眨眼,钱都装进了他的密室,他关上了门,躲在里面。

"早餐预备好了,你来敲我的墙壁。先把独轮车送回驿站。"

到了十点钟,大家才吃早点。

"在堂屋里父亲不会要看你金洋的。"葛朗台太太望弥撒来对女儿说,"再说,你可以装做怕冷。挨过了今天,到你过生日的时候,我们好想法把你的金子凑起来了……"

葛朗台一边下楼一边想着把巴黎送来的钱马上变成黄金,又想着公债上的投机居然这样成功。他决意把所有的收入都投资进去,直到行市涨到一百法郎为止。他这样一算,欧也尼便倒了楣。他进了堂屋,两位妇女立刻给他拜年,女儿跳上去搂着他的脖子撒娇,太太却是又庄严又稳重。

"啊!啊!我的孩子。"他吻着女儿的前额,"我为你辛苦呀,你不看见吗?……我要你享福。享福就得有钱。没有钱,什么都完啦。瞧,这儿是一个簇新的拿破仑,特地为你从巴黎弄来的,天!家里一点儿金屑子都没有了,只有你有。小乖乖,把你的金子拿来让我瞧瞧。"

"呕!好冷呀;先吃早点吧。"欧也尼回答。

"行，那末吃过早点再拿，是不是？那好帮助我们消化——台·格拉桑那胖子居然送了这东西来。喂，大家吃呀，又不花我的钱。他不错，这台·格拉桑，我很满意。好家伙给查理帮忙，而且尽义务。他把我可怜的兄弟的事办得很好。——嗯哼！嗯哼！"他含着一嘴食物嘟囔，停了一下又道："唔！好吃！太太，你吃呀！至少好教你饱两天。"

"我不饿，你知道，我一向病病歪歪的。"

"哎！哎！你把肚子塞饱也不打紧，你是拉·裴德里埃出身，结实得很。你真像一根小黄草，可是我就喜欢黄颜色。"

一个囚徒在含垢忍辱，当众就戮之前，也没有葛朗台太太母女俩在等待早点以后的大祸时那么害怕。葛朗台老头越讲得高兴，越吃得起劲，母女俩的心抽得越紧。但是做女儿的这时还有一点依傍：在爱情中汲取勇气。她心里想：

"为了他，为了他，千刀万剐我也受。"

这么想着，她望着母亲，眼中射出勇敢的火花。

十一点，早餐完了，葛朗台唤拿侬：

"统统拿走，把桌子留下。这样，我们看起你的宝贝来更舒服些。"他望着欧也尼说，"孩子！真的，你十十足足有了五千九百五十九法郎的财产，加上今天早上的四十法郎，一共是六千法郎差一个。好吧，我补你一法郎凑足整数，因为小乖乖，你知道……哎哎，拿侬，你干么听我们说话？去罢，去做你的事。"

拿侬走了。

"听我说，欧也尼，你得把金子给我。你不会拒绝爸爸吧，嗯，我的小乖乖？"

母女俩都不出一声。

"我吗，我没有金子了。从前有的，现在没有了。我把六千法郎现款跟你换，你照我的办法把这笔款子放出去。别想什么压箱钱了。我把你出嫁的时候——也很快了——我会替你找一个夫婿，给你一笔本省从来没有听见过的，最体面的压箱钱。小乖乖，你听我说，现在有一个好机会：你可以把六千法郎买公债，半年就有近两百法郎利息，没有捐税，没有修理费，不怕冰雹，不怕冻，不怕涨潮，一切跟年成捣乱的玩艺儿全没有。也许你不乐意把金子放手，小乖乖？拿来吧，还是拿给我吧。以后我再替你收金洋，什么荷兰的，葡萄牙的，蒙古卢比，热那亚金洋，再加你每年生日我给你的，要不了三年，你那份美丽的小家私就恢复了一半。你怎么说，小乖乖？抬起头来呀。去罢，我的儿，去拿来。我这样的把钱怎么生怎么死的秘密告诉了你，你该吻一吻我的眼睛谢我喽。真的，钱像人一样是活的，会动的，它会来，会去，会流汗，会生产。"

欧也尼站起身子向门口走了几步，忽然转过身来，定睛望着父亲，说：

"我的金子没有了。"

"你的金子没有了！"葛朗台嚷着，两腿一挺，直站起来，仿佛一匹马听见身旁有大炮在轰。

"没有了。"

"不会的，欧也尼。"

"真是没有了。"

"爷爷的锹子！"

每逢箍桶匠赌到这个咒，连楼板都会发抖的。

"哎唷，好天好上帝！太太脸都白了。"拿侬嚷道。

"葛朗台，你这样冒火，把我吓死了。"可怜的妇人说。

"咄，咄，咄，咄！你们！你们家里的人是死不了的！欧也尼，你的金洋怎么啦？"他扑上去大吼。

"父亲。"女儿在葛朗台太太身旁跪了下来，"妈妈难受成这样……你瞧……别把她逼死啊。"

葛朗台看见太太平时那么黄黄的脸完全发白了，也害怕起来。

"拿侬，扶我上去睡。"她声音微弱的说，"我要死了。"

拿侬和欧也尼赶紧过去搀扶，她走一步软一步，两个人费了好大气力才把她扶进卧房。葛朗台独自留在下面。可是过了一会，他走上七八级楼梯，直着嗓子喊：

"欧也尼，母亲睡了就下来。"

"是，父亲。"

她把母亲安慰了一番，赶紧下楼。

"欧也尼。"父亲说，"告诉我你的金子哪儿去了？"

"父亲，要是你给我的东西不能完全由我做主，那末你拿回去吧。"欧也尼冷冷的回答，一边在壁炉架上抓起拿破仑还他。

葛朗台气冲冲的一手抢过来，塞在荷包里。

"哼，你想我还会给你什么东西吗！连这个也不给！"说着他把大拇指扳着门牙，得——的一声。"你瞧不起父亲？居然不相信他？你不知什么叫做父亲？要不是父亲高于一切，也就不成其为父亲了。你的金子哪儿去了？"

"父亲，你尽管生气，我还是爱你，敬重你；可是原谅我大胆提一句，我已经二十二岁了。你常常告诉我，说我已经成年，为的是要我知道。所以我把我的钱照我自己的意思安排了，而且请你放心，我的钱放得很妥当……"

"放在哪里？"

"秘密不可泄漏。"她说，"你不是有你的秘密吗？"

"我不是家长吗？我不能有我的事吗？"

"这却是我的事。"

"那一定是坏事，所以你不能对父亲说，小姐！"

"的确是好事，就是不能对父亲说。"

"至少得告诉我，什么时候把金子拿出去的？"

欧也尼摇摇头。

"你生日那天还在呢，是不是？"

欧也尼被爱情训练出来的狡猾，不下于父亲被吝啬训练出来的狡猾，她仍旧摇摇头。

"从来没见过这样的死心眼儿，这样的偷盗。"葛朗台声音越来越大，震动屋子。"怎么！这里，在我自己家里，居然有人拿掉你的金子，家里就是这么一点儿的金子！而我还没法知道是谁拿的！金子是宝贵的东西呀。不错，最老实的姑娘也免不了有过失，甚至于把什么都给了人，上至世家旧族，下至小户人家，都有的是；可是把金子送人！因为你一定是给了什么人的，是不是？"

欧也尼声色不动。

"这样的姑娘倒从来没有见到过！我是不是你的父亲？要是存放出去，你一定有收据……"

"我有支配这笔钱的权利没有？有没有？是不是我的钱？"

"哎，你还是一个孩子呢！"

"成年了。"

给女儿驳倒了，葛朗台脸色发白，跺脚，发誓；终于又想出了话：

"你这个该死的婆娘，你这条毒蛇！唉！坏东西，你知道我疼你，你就胡来。你勒死你的父亲！哼！你会把咱们的家产一齐送给那个穿摩洛哥皮鞋的光棍。爷爷的锹子！我不能取消你的承继权，天哪！可是我要咒你，咒你的堂兄弟，咒你的儿女！他们都不会对你有什么好结果的，听见没有？要是你给了查理……喔，不可能的。怎么！这油头粉脸的坏蛋，胆敢偷我的……"

他望着女儿，她冷冷的一声不出。

"她动也不动！眉头也不皱一皱！比我葛朗台还要葛朗台。至少你不会把金子白送人吧，嗯，你说？"

欧也妮望着父亲，含讥带讽的眼神把他气坏了。

"欧也妮，你是在我家里，在你父亲家里。要留在这儿，就得服从父亲的命令。神甫他们也命令你服从我。"

欧也妮低下头去。他接着又说：

"你就拣我最心疼的事伤我的心，你不屈服，我就不要看见你。到房里去。我不许你出来，你就不能出来。只有冷水跟面包，我叫拿侬端给你。听见没有？去！"

欧也妮哭做一团，急忙遛到母亲身边。

葛朗台在园中雪地里忘了冷，绕了好一会圈子，之后，忽然疑心女儿在他妻子房里，想到去当场捉住她违抗命令的错儿，不由得高兴起来，他便像猫儿一般轻捷的爬上楼梯，闯进太太的卧房，看见欧也妮的脸埋在母亲怀里，母亲摸着她的头发，说：

"别伤心，可怜的孩子，你父亲的气慢慢会消下去的。"

"她没有父亲了！"老箍桶匠吼道。"这样不听话的女儿是我跟你生的吗，太太？好教育，还是信教的呢！怎么，你不在自己房里？赶快，去坐牢，坐牢，小姐。"

"你硬要把我娘儿俩拆开吗，老爷？"葛朗台太太发着烧，脸色通红。

"你要留她，你就把她带走，你们俩替我一齐离开这儿……

天打的！金子呢？金子怎么啦？"

欧也尼站起身子，高傲地把父亲望了一眼，走进自己的卧房。她一进去，老头儿把门锁上了。

"拿侬，把堂屋里的火熄掉。"他嚷道。

然后他坐在太太屋里壁炉旁边的一张安乐椅上：

"她一定给了那个迷人的臭小子查理，他只想我的钱。"

葛朗台太太为了女儿所冒的危险，为了她对女儿的感情，居然鼓足勇气，装聋作哑的冷静得很。

"这些我都不知道。"她一边回答，一边朝床里翻身，躲开丈夫闪闪发光的眼风。"你生这么大的气，我真难受；我预感我只能伸直着腿出去的了。现在你可以饶我一下吧，我从来没有给你受过气，至少我自己这样想。女儿是爱你的，我相信她跟初生的孩子一样没有罪过。别难为她。收回成命吧。天冷得厉害，说不定你会教她闹场大病的。"

"我不愿意看见她，也不再跟她说话。她得关在屋里，只有冷水面包，直到她使父亲满意为止。见鬼！做家长的不该知道家里的黄金到了哪儿去吗？她的卢比恐怕全法国都找不出来，还有热那亚金洋，荷兰杜加……"

"老爷！我们只生欧也尼一个，即使她把金子扔在水里……"

"扔在水里！扔在水里！"好家伙嚷道。"你疯了，太太。我说得到，做得到，你还不知道吗？你要求家里太平，就该叫女儿招供，逼她老实说出来；女人对女人，比我们男人容易说得通。不管她做了什么事，我决不会把她吃掉。她是不是怕我？即使她把堂兄弟从头到脚装了金，唉，他早已飘洋出海，我们也追不上了……"

"那末，老爷……"

由于当时的神经过敏，或者是女儿的苦难使她格外慈爱，也格外聪明起来，葛朗台太太犀利的目光发觉丈夫的肉瘤有些可怕的动作，她便马上改变主意，顺着原来的口吻，说：

"那末，老爷，你对女儿没有办法，我倒有办法了吗？她一句话也没有对我说，她像你。"

"嗯哼！今天你多会说话！咄，咄，咄，咄！你欺侮我。说不定你跟她通气的。"

他定睛瞪着妻子。

"真的，你要我命，就这样说下去罢。我已经告诉你，先生，即使把我的命送掉，我还是要告诉你：你这样对女儿是不应该的，她比你讲理。这笔钱是她的，她不会糟掉，我们做的好事，只有上帝知道。老爷，我求你，饶了欧也尼罢！……你饶了她，我受的打击也可以减轻一些，也许你救了我的命，我的女儿呀，先生，还我女儿啊！"

"我走啦。"他说，"家里耽不下去了，娘儿俩的念头，说话，都好像……勃罗……啵！你好狠心，送了我这笔年礼，欧也尼！"他提高了嗓子。"好，好，哭罢！这种行为，你将来要后悔的，听见没有？一个月吃两次好天爷的圣餐有什么用？既然会把你父亲的钱偷偷送给一个游手好闲的光棍！他把你什么都吃完之后，还会吃掉你的心呢！你瞧着吧，你的查理是什么东西，穿着摩洛哥皮靴目空一切！他没有心肝，没有灵魂，敢把一个姑娘的宝贝，不经她父母允许，带着就跑。"

街门关上了，欧也尼便走出卧房，挨在母亲身边，对她说：

"你为了你女儿真有勇气。"

"孩子，瞧见没有，一个人做了违禁的事落到什么田地！……你逼我撒了一次谎。"

"噢！我求上帝只罚我一个人就是了。"

"真的吗。"拿侬慌张的跑来问，"小姐从此只有冷水面包好吃？"

"那有什么大不了，拿侬？"欧也尼冷静的回答。

"啊！东家的女儿只吃干面包，我还咽得下什么糖酱……噢，不，不！"

"这些话都不用提，拿侬。"欧也尼说。

"我就不开口好啦，可是你等着瞧罢！"

二十四年以来第一次，葛朗台独自用晚餐。

"哎哟，你变了单身汉了，先生。"拿侬说，"家里有了两个妇女还做单身汉，真不是味儿哪。"

"我不跟你说话。闭上你的嘴，要不我就赶你走。你蒸锅里煮的什么，在灶上扑扑扑的？"

"熬油哪……"

"晚上有客，你得生火。"

八点钟，几位克罗旭，台·格拉桑太太和她儿子一齐来了，他们很奇怪没有见到葛朗台太太与欧也尼。

"内人有点儿不舒服；欧也尼陪着她。"老头儿若无其事的回答。

闲扯了一小时，上楼去问候葛朗台太太的台·格拉桑太太下来了，大家争着问：

"葛朗台太太怎么样？"

"不行，简直不行。"她说，"她的情形真教人担心。在她的年纪，要特别小心才好呢，葛老头。"

"慢慢瞧罢。"老头儿心不在焉的回答。

大家告辞了。几位克罗旭走到了街上，台·格拉桑太太便告诉他们：

"葛朗台家出了什么事啦。母亲病得很厉害,自己还不知道。女儿红着眼睛,仿佛哭过很久,难道他们硬要把她攀亲吗?"

老头儿睡下了,拿侬穿着软鞋无声无息的走进欧也尼卧房,给她一个用蒸锅做的大肉饼。

"喂,小姐。"好心的佣人说,"高诺阿莱给了我一只野兔。你胃口小,这个饼好吃八天;冻紧了,不会坏的。至少你不用吃淡面包了。那多伤身体。"

"可怜的拿侬!"欧也尼握着她的手。

"我做得很好,煮得很嫩,他一点儿不知道。肥肉,香料,都在我的六法郎里面买。这几个钱总是由我做主的了。"

然后她以为听到了葛朗台的声音,马上遛了。

几个月功夫,老头儿拣着白天不同的时间,经常来看太太,绝口不提女儿,也不去看她,也没有间接关涉到她的话。葛朗台太太老睡在房里,病情一天一天的严重,可是什么都不能使老箍桶匠的心软一软。他顽强,严酷,冰冷,像一座石头。他按照平时的习惯上街,回家,可是不再口吃,说话也少了,在买卖上比从前更苛刻,弄错数目的事也常有。

"葛朗台家里出了事啦。"克罗旭党与台·格拉桑党都这么说。

"葛朗台家究竟闹些什么啊?"索漠人在随便哪家的晚会上遇到,总这样的彼此问一声。

欧也尼上教堂,总由拿侬陪着。从教堂出来,倘使台·格拉桑太太跟她说话,她的回答总是躲躲闪闪的,教人不得要领。虽然如此,两个月之后,欧也尼被幽禁的秘密终于瞒不过三位克罗旭与台·格拉桑太太。她的老不见客,到了某个时候,也没有理由好推托了。后来,不知是谁透露了出去,全城都知道从元旦起,葛朗台小姐被父亲软禁在房里,只有清水面包,没有取暖的火,倒是拿侬替小姐弄些好菜半夜里送进去;大家也知道女儿只能候父亲上街的时间去探望母亲,服侍母亲。

于是葛朗台的行为动了公愤。全城仿佛当他是化外之人,又记起了他的出卖地主和许多刻薄的行为,大有一致唾弃之概。他走在街上,个个人在背后交头接耳。

当女儿由拿侬陪了去望弥撒或做晚祷,在弯弯曲曲的街上走着的时候,所有的人全扑上窗口,好奇的打量那有钱的独养女儿的脸色与态度,发觉她除了满面愁容之外,另有一副天使般温柔的表情。她的幽禁与失宠,对她全不相干。她不是老看着世界地图,花园,围墙,小凳吗?爱情的亲吻留在嘴唇上的甜味,她不是老在回味吗?城里关于她的议论,她好久都不知道,跟她的父亲一样。虔诚的信念,无愧于上帝的纯洁,她的良心与爱情,使她耐心忍受父亲的愤怒与谴责。

但是一宗深刻的痛苦压倒了一切其余的痛苦——她的母亲一天不如一天了。多么慈祥温柔的人,灵魂发出垂死的光辉,反而显出了她的美。欧也尼常常责备自己无形中促成了母亲的病,慢慢在折磨她的残酷的病。这种悔恨,虽经过了母亲的譬解,使她跟自己的爱情越发分不开。每天早上,父亲一出门,她便来到母亲床前,拿侬把早点端给她。但是可怜的欧也尼,为了母亲的痛苦而痛苦,暗中示意拿侬看看母亲的脸色,然后她哭了,不敢提到堂兄弟。倒是母亲先开口:

"他在哪儿呀?怎么没有信来?"

母女俩都不知道路程的远近。

"我们心里想他就是了。"欧也尼回答,"别提他。你在受难,你比一切都要紧。"

所谓一切,便是指他。

"哎,告诉你们。"葛朗台太太常常说,"我对生命没有一点儿留恋。上帝保佑我，使我看到苦难完了的日子只觉得高兴。"

这女人的说话老是虔诚圣洁，显出基督徒的本色。在那年最初几个月之内，当丈夫到她房里踱来踱去用午餐的时候，她翻来覆去的对他说着一篇同样的话，虽然说得极其温柔，却也极其坚决，因为知道自己不久人世，所以反而有了平时没有的勇气。他极平淡的问了她一句身体怎样，她总是回答说：

"谢谢你关心我的病；我是不久的了，要是你肯把我的苦恼减轻一些，把我的悲痛去掉一些，请你饶了女儿吧；希望你以身作则，表示你是基督徒，是贤夫，是慈父。"

一听到这些话，葛朗台便坐在床边，仿佛一个人看见阵雨将临而安安静静躲在门洞里避雨的神气。他静静的听着，一言不答。要是太太用最动人最温柔最虔诚的话恳求他，他便说：

"你今天脸色不大好啊，可怜的太太。"

他脑门硬绷绷的，咬紧了嘴唇，表示他已经把女儿忘得干干净净。甚至他那一成不变的，支吾其辞的答话使妻子惨白的脸上流满了泪，他也不动心。

"但愿上帝原谅你，老爷。"她说，"像我原谅你一样。有朝一日，你也得求上帝开恩的。"

自从妻子病后，他不敢再叫出那骇人的咄、咄、咄、咄的声音。这个温柔的天使，面貌的丑恶一天天的消失，脸上映照着精神的美，可是葛朗台专制的淫威并没因之软化。

她只剩下一颗赤裸裸的灵魂了。由于祷告的力量，脸上最粗俗的线条都似乎净化，变得细腻，有了光彩。有些圣洁的脸庞，灵魂的活动会改变生得最丑的相貌，思想的崇高纯洁，会印上特别生动的气息：这种脱胎换骨的现象大概谁都见识过。在这位女子身上，痛苦把肉体煎熬完了以后换了一副相貌的景象，对心如铁石的老箍桶匠也有了作用，虽是极微弱的作用。他说话不再盛气凌人，却老是不出一声，用静默来保全他做家长的面子。

他的忠心的拿侬一到菜市上，立刻就有对她主人开玩笑或者谴责的话传到她耳里。虽然公众的舆论一致讨伐葛朗台，女仆为了替家里争面子，还在替他辩护。

"嗨。"她回答那些说葛朗台坏话的人，"咱们老起来，不是心肠都要硬一点吗？为什么他就不可以？你们别胡说八道。小姐日子过得挺舒服，像王后一样呢。她不见客，那是她自己喜欢。再说，我东家自有道理。"

葛朗台太太给苦恼磨折得比疾病还难受，尽管祷告也没法把父女俩劝和，终于在暮春时节的某天晚上，她把心中的隐痛告诉了两位克罗旭。

"罚一个二十三岁的女儿吃冷水面包！……"特·篷风所长嚷道，"而且毫无理由；这是妨害自由，侵害身体，虐待家属，她可以控告，第一点……"

"哎，哎，老侄。"公证人插嘴道，"说那些法庭上的调调儿干么？——太太，你放心，我明天就来想法，把软禁的事结束。"

听见人家讲起她的事，欧也尼走出卧房，很高傲的说：

"诸位先生，请你们不要管这件事。我父亲是一家之主。只要我住在他家里，我就得服从他。他的行为用不到大家赞成或反对，他只向上帝负责。我要求你们的友谊是绝口不提这件事。责备我的父亲，等于侮辱我们。诸位，你们对我的关切，我很感激；可是我更感激，要是你们肯阻止城里那些难听的闲话，那是我偶然知道的。"

"她说得有理。"葛朗台太太补上一句。

欧也尼因幽居、悲伤与相思而增添的美，把老公证人看呆了，不觉肃然起敬的答道：

"小姐，阻止流言最好的办法，便是恢复你的自由。"

"好吧，孩子，这件事交给克罗旭先生去办罢，既然他有把握。他识得你父亲的脾气，知道怎么对付他。我没有几天好活了，要是你愿意我最后的日子过得快活一些，无论如何你得跟父亲讲和。"

下一天，照葛朗台把欧也尼软禁以后的习惯，他到小园里来绕几个圈子。他散步的时间总是欧也尼梳头的时间。老头儿一走到大胡桃树旁边，便躲在树干背后，把女儿的长头发打量一会，这时他的心大概就在固执的性子与想去亲吻女儿的欲望中间摇摆不定。他往往坐在查理与欧也尼海誓山盟的那条破凳上，而欧也尼也在偷偷的，或者在镜子里看父亲。要是他起身继续散步，她便凑趣的坐在窗前瞧着围墙，墙上挂着最美丽的花，裂缝中间透出仙女萝，昼颜花，和一株肥肥的、又黄又白的景天草，在索漠和都尔各地的葡萄藤中最常见的植物。

克罗旭公证人很早就来了，发现老头儿在晴好的六月天坐在小凳上，背靠了墙望着女儿。

"有什么事好替你效劳呢，公证人？"他招呼客人。

"我来跟你谈正经。"

"啊！啊！有什么金洋换给我吗？"

"不，不，不关钱的事，是令爱欧也尼的问题。为了你和她，大家都在议论纷纷。"

"他们管得着？区区煤炭匠，也是个家长。"

"对啊，煤炭匠在家里什么都能做，他可以自杀，或者更进一步，把钱往窗外扔。"

"你这是什么意思？"

"嗳！你太太的病不轻呀，朋友。你该请裴日冷先生来瞧一瞧，她有性命之忧哪。不好好的把她医治，她死后我相信你不会安心的。"

"咄，咄，咄，咄！你知道我女人闹什么病呀。那些医生一朝踏进了你大门，一天会来五六次。"

"得啦，葛朗台，随你。咱们是老朋友；你的事，索漠城里没有一个人比我更关切，所以我应当告诉你。好罢，反正没多大关系，你又不是一个孩子，自然知道怎样做人，不用提啦。而且我也不是为这件事来的。还有些别的事情恐怕对你严重多哩。到底你也不想把太太害死吧，她对你太有用了。要是葛朗台太太不在了，你在女儿面前处的什么地位，你想想吧。你应当向欧也尼报账，因为你们夫妇的财产没有分过。你的女儿有权利要求分家，教你把法劳丰卖掉。总而言之，她承继她的母亲，你不能承继你的太太。"

这些话对好家伙宛如晴天霹雳，他在法律上就不像生意上那么内行。他从没想到共有财产的拍卖。

"所以我劝你对女儿宽和一点。"克罗旭末了又说。

"可是你知道她做的什么事吗，克罗旭？"

"什么事？"公证人很高兴听听葛朗台的心腹话，好知道这次吵架的原因。

"她把她的金子送了人。"

"那不是她的东西吗？"公证人问。

"哎，他们说的都是一样的话！"老头儿做了一个悲壮的姿势，把手臂掉了下去。

"难道为了芝麻大的事。"公证人接着说，"你就不想在太太死后，要求女儿放弃权利吗？"

"嘿！你把六千法郎的金洋叫做芝麻大的事？"

"嗳！老朋友，把太太的遗产编造清册，分起家来，要是欧也尼这样主张的话，你得破费多少，你知道没有？"

"怎么呢？"

"二十万,三十万,四十万法郎都说不定!为了要知道实际的财产价值,不是要把共有财产拍卖,变现款吗?倘使你能取得她同意……"

"爷爷的锹子!"老箍桶匠脸孔发白的坐了下来。"慢慢再说罢,克罗旭。"

沉默了一会,或者是痛苦的挣扎了一会,老头儿瞪着公证人说:

"人生残酷,太痛苦了。"他又换了庄严的口吻:"克罗旭,你不会骗我吧,你得发誓刚才你说的那一套都是根据法律的。把民法给我看,我要看民法!"

"朋友,我自己的本行还不清楚吗?"

"那末是真的了?我就得给女儿抢光,欺骗,杀死,吞掉的了。"

"她承继她的母亲哪。"

"那末养儿女有什么用?啊!我的太太,我是爱她的。幸亏她硬朗得很:她是拉·裴德里埃家里的种。"

"她活不了一个月了。"

老箍桶匠敲着自己的脑袋,走过去,走回来,射出一道可怕的目光盯着克罗旭,问道:

"怎么办?"

"欧也尼可以把母亲的遗产无条件的抛弃。你总不愿意剥夺她的承继权吧,你?既然要她做这种让步,就不能亏待她。朋友,我告诉你这些,都是对我自己不利的。我靠的是什么,嗯?……不是清算,登记,拍卖,分家等等吗?"

"慢慢瞧吧,慢慢瞧吧。不谈这些了,克罗旭。你把我的肠子都搅乱了。你收到什么金子没有?"

"没有;可是有十来块古钱,可以让给你。好朋友,跟欧也尼讲和了吧。你瞧，全索漠都对你丢石子呢。"

"那些混蛋！"

"得啦，公债涨到九十九法郎哪。人生一世总该满意一次吧。"

"九十九，克罗旭？"

"是啊。"

"嗨！嗨！九十九！"老头儿说着把老公证人一直送到街门。

然后，刚才听到的一篇话使他心中七上八下的，在家里呆不住了，上楼对妻子说：

"喂，妈妈，你可以跟你女儿混一天了，我上法劳丰去。你们俩都乖乖的啊。今天是咱们的结婚纪念日，好太太：这儿是十块钱给你在圣体节做路祭用。你不是想了好久吗？得啦，你玩儿吧！你们就乐一下，痛快一下吧，你得保重身体。噢，我多开心噢！"

他把十块六法郎的银币丢在女人床上，捧着她的头吻她的前额。

"好太太，你好一些了，是不是？"

"你心中连女儿都容不下，怎么能在家里接待大慈大悲的上帝呢？"她激动的说。

"咄，咄，咄，咄！"他的声音变得柔和婉转了，"慢慢瞧罢。"

"谢天谢地！欧也尼，快来拥抱你父亲。"她快活得脸孔通红的叫着，"他饶了你啦！"

可是老头儿已经不见了。他连奔带跑的赶到庄园上，急于要把他搅乱了的思想整理一下。那时葛朗台刚刚跨到七十六个年头。两年以来，他更加吝啬了，正如一个人一切年深月久的痴情与癖好一样。根据观察的结果，凡是吝啬鬼，野心家，所有执着一念的人，他们的感情总特别灌注在象征他们痴情的某一件东西上面。看到金子，占有金子，便是葛朗台的执着狂。他专制的程度也随着吝啬而俱增；妻子死后要把财产放手一部分，哪怕是极小极小的一部分，只要他管不着，他就觉得逆情背理。怎么！要对女儿报告财产的数目，把动产不动产一古脑儿登记起来拍卖？……

"那简直是抹自己的脖子。"他在庄园里检视着葡萄藤，高声对自己说。

终于他主意拿定了，晚饭时分回到索漠，决意向欧也尼屈服，巴结她，诱哄她，以便到死都能保持家长的威风，抓着几百万家财的大权，直到咽最后一口气为止。老头儿无意中身边带着百宝钥匙，便自己开了大门，轻手蹑脚的上楼到妻子房里，那时欧也尼正捧了那口精美的梳妆匣放在母亲床上。趁葛朗台不在家，母女俩很高兴的在查理母亲的肖像上咂摸一下查理的面貌。

"这明明是他的额角，他的嘴！"老头儿开门进去，欧也尼正这么说着。

一看见丈夫瞪着金子的眼光，葛朗台太太便叫起来：

"上帝呀，救救我们！"

老头儿身子一纵，扑上梳妆匣，好似一头老虎扑上一个睡着的婴儿。

"什么东西？"他拿着宝匣往窗前走去。"噢，是真金！金子！"他连声叫嚷，"这么多的金子！有两斤重。啊！啊！查理把这个跟你换了美丽的金洋，是不是？为什么不早告诉我？这交易划得来，小乖乖！你真是我的女儿，我明白了。"

欧也尼四肢发抖。老头儿接着说：

"不是吗，这是查理的东西？"

"是的，父亲，不是我的。这匣子是神圣不可侵犯的，是寄存的东西。"

"咄，咄，咄，咄！他拿了你的家私，正应该补偿你。"

"父亲……"

好家伙想掏出刀子撬一块金板下来，先把匣子往椅上一放。欧也尼扑过去想抢回；可是箍桶匠的眼睛老盯着女儿跟梳妆匣，他手臂一摆，使劲一推，她便倒在母亲床上。

"老爷！老爷！"母亲嚷着，在床上直坐起来。

葛朗台拔出刀子预备撬了。欧也尼立刻跪下，爬到父亲身旁，高举着两手，嚷着：

"父亲，父亲，看在圣母面上，看在十字架上的基督面上，看在所有的圣灵面上，看在你灵魂得救面上，看在我的性命面上，你不要动它！这口梳妆匣不是你的，也不是我的，是一个受难的亲属的，他托我保管，我得原封不动的还他。"

"为什么拿来看呢，要是寄存的话？看比动手更要不得。"

"父亲，不能动呀，你教我见不得人啦！父亲，听见没有？"

"老爷，求你！"母亲跟着说。

"父亲！"欧也尼大叫一声，吓得拿侬也赶到了楼上。

欧也尼在手边抓到了一把刀子，当做武器。

"怎么样？"葛朗台冷笑着，静静的说。

"老爷，老爷，你要我命了！"母亲嚷着。

"父亲，你的刀把金子碰掉一点，我就把这刀结果我的性命。你已经把母亲害到只剩一口气，你还要杀死你的女儿。好吧，大家拼掉算了！"

葛朗台把刀子对着梳妆匣，望着女儿，迟疑不决。

"你敢吗，欧也尼？"他说。

"她会的，老爷。"母亲说。

"她说得到做得到。"拿侬嚷道。"先生，你一生一世总得讲一次理吧。"

箍桶匠看看金子，看看女儿，愣了一会。葛朗台太太晕过去了。

"哎，先生，你瞧，太太死过去了！"拿侬嚷道。

"呕，孩子，咱们别为了一口箱子生气啦。拿去吧！"箍桶匠马上把梳妆匣扔在了床上。"——拿侬，你去请裴日冷先生——得啦，太太。"他吻着妻子的手，"没有事啦，咱们讲和啦——不是吗，小乖乖？不吃干面包了，爱吃什么就吃什么吧……啊！她眼睛睁开了。——暧暧，妈妈，小妈妈，好妈妈，得啦！哎，你瞧我拥抱欧也妮了。她爱她的堂兄弟，她要嫁给他就嫁给他吧，让她把小箱子藏起来吧。可是你得长命百岁的活下去啊，可怜的太太。暧暧，你身子动一下给我看哪！告诉你，圣体节你可以拿出最体面的祭桌，索漠从来没有过的祭桌。"

"天哪，你怎么可以这样对你的妻子跟孩子！"葛朗台太太的声音很微弱。

"下次决不了，决不了！"箍桶匠叫着。"你瞧就是，可怜的太太。"

他到密室去拿了一把路易来摔在床上。

"喂，欧也妮，喂，太太，这是给你们的。"他一边说一边把钱掂着玩："暧暧，太太，你开开心；快快好起来吧，你要什么有什么，欧也妮也是的。瞧，这一百金路易是给她的。你不会把这些再送人了吧，欧也妮，是不是？"

葛朗台太太和女儿面面相觑，莫名其妙。

"父亲，把钱收起来吧；我们只需要你的感情。"

"对啦，这才对啦。"他把金路易装进口袋，"咱们和和气气过日子吧。大家下楼，到堂屋去吃晚饭，天天晚上来两个铜子的摸彩。你们痛快玩吧！嗯，太太，好不好？"

"唉！怎么不好，既然这样你觉得快活。"奄奄一息的病人回答，"可是我起不来啊。"

"可怜的妈妈。"箍桶匠说，"你不知道我多爱你——还有你，我的女儿！"

他搂着她，把她拥抱。

"噢！吵过了架再搂着女儿多开心，小乖乖！……嗨，你瞧，小妈妈，现在咱们两个变了一个了。"他又指着梳妆匣对欧也尼说："把这个藏起来吧。去吧，不用怕。我再也不提了，永远不提了。"

不久，索漠最有名的医生，裴日冷先生来了。诊察完毕，他老实告诉葛朗台，说他太太病得厉害，只有给她精神上绝对安静，悉心调养，服侍周到，可能拖到秋末。

"要不要花很多的钱？要不要吃药呢？"

"不用多少药，调养要紧。"医生不由得微微一笑。

"嗳，裴日冷先生，你是有地位的人。我完全相信你，你认为什么时候应该来看她，尽管来。求你救救我的女人；我多爱她，虽然表面上看不出，因为我家里什么都藏在骨子里的，那些事把我心都搅乱了。我有我的伤心事。兄弟一死，伤心事就进了我的门，我为他在巴黎花钱……花了数不清的钱！而且还没得完。再会吧，先生。要是我女人还有救，请你救救她，即使要我一百两百法郎也行。"

虽然葛朗台热烈盼望太太病好，因为她一死就得办遗产登记，而这就要了他的命；虽然他对母女俩百依百顺，一心讨好的态度使她们吃惊；虽然欧也尼竭尽孝心的侍奉；葛朗台太太还是很快的往死路上走。像所有在这个年纪上得了重病的女人一样，她一天憔悴一天。她像秋天的树叶一般脆弱。天国的光辉照着她，仿佛太阳照着树叶发出金光。有她那样的一生，才有她那样的死，恬退隐忍，完全是一个基督徒的死，死得崇高，伟大。

到了一八二二年十月，她的贤德，她的天使般的耐心和对女儿的怜爱，表现得格外显著；她没有一句怨言的死了，像洁白的羔羊一般上了天。在这个世界上她只舍不得一个人，她凄凉的一生的温柔的伴侣——她最后的几眼似乎暗示女儿将来的苦命。想到把这头和她自己一样洁白的羔羊，孤零零的留在自私自利的世界上任人宰割，她就发抖。

"孩子。"她断气以前对她说，"幸福只有在天上，你将来会知道。"

下一天早上，欧也尼更有一些新的理由，觉得和她出生的、受过多少痛苦的、母亲刚在里面咽气的这所屋子分不开。她望着堂屋里的窗槛与草垫的椅子不能不落泪。她以为错看了老父的心，因为他对她多么温柔多么体贴：他来搀了她去用午饭，几小时的望着她，眼睛的神气差不多是慈祥了；他瞅着女儿，仿佛她是金铸的一般。

老箍桶匠变得厉害，常在女儿前面哆嗦，眼见他这种老态的拿侬与克罗旭他们，认为是他年纪太大的缘故，甚至担心他有些器官已经衰退。可是到了全家戴孝那天，吃过了晚饭，当唯一知道这老人秘密的公证人在座的时候，老头儿古怪的行为就有了答案。

饭桌收拾完了，门都关严了，他对欧也尼说：

"好孩子，现在你承继了你母亲啦，咱们中间可有些小小的事得办一办。——对不对，克罗旭？"

"对。"

"难道非赶在今天办不行吗，父亲？"

"是呀，是呀，小乖乖。我不能让事情搁在那儿牵肠挂肚。你总不至于要我受罪吧。"

"噢！父亲……"

"好吧，那末今天晚上一切都得办了。"

"你要我干什么呢？"

"乖乖，这可不关我的事——克罗旭，你告诉她吧。"

"小姐，令尊既不愿意把产业分开，也不愿意出卖，更不愿因为变卖财产，有了现款而付大笔的捐税，所以你跟令尊共有的财产，你得放弃登记……"

"克罗旭，你这些话保险没有错吗，可以对一个孩子说吗？"

"让我说呀，葛朗台。"

"好，好，朋友。你跟我的女儿都不会抢我的家私——对不对，小乖乖？"

"可是，克罗旭先生，究竟要我干什么呢？"欧也尼不耐烦的问。

"哦，你得在这张文书上签个字，表示你抛弃对令堂的承继权，把你跟令尊共有的财产，全部交给令尊管理，收入归他，光给你保留虚有权……"

"你对我说的，我一点儿不明白。"欧也尼回答，"把文书给我，告诉我签字应该签在哪儿。"

葛朗台老头的眼睛从文书转到女儿，从女儿转到文书，紧张的脑门上尽是汗，一刻不停的抹着。

"小乖乖，这张文书送去备案的时候要花很多钱，要是对你可怜的母亲，你肯无条件抛弃承继权，把你的前途完全交托给我的话，我觉得更满意。我按月付你一百法郎的大利钱。这样，你爱做多少台弥撒给谁都可以了！……嗯！按月一百法郎，一块钱做六法郎，行吗？"

"你爱怎办就怎办吧，父亲。"

"小姐。"公证人说，"以我的责任，应当告诉你，这样你自己是一无所有了……"

"嗨!上帝。"她回答,"那有什么关系!"

"别多嘴,克罗旭——一言为定。"葛朗台抓起女儿的手放在自己手中一拍。"欧也尼,你决不翻悔,你是有信用的姑娘,是不是?"

"噢!父亲……"

他热烈的拥抱她,把她紧紧的搂得几乎喘不过气来。

"得啦,孩子,你给了我生路,我有了命啦,不过这是你把欠我的还了我:咱们两讫了。这才叫做公平交易。人生就是一件交易。我祝福你!你是一个贤德的姑娘,孝顺爸爸的姑娘。你现在爱做什么都可以。"

"明儿见,克罗旭。"他望着骇呆了的公证人说。"请你招呼法院书记官预备一份抛弃文书,麻烦你给照顾一下。"

下一天中午时分,声明书签了字,欧也尼自动的抛弃了财产。

可是到第一年年终,老箍桶匠庄严地许给女儿的一百法郎月费,连一个子儿都没有给。欧也尼说笑之间提到的时候,他不由得脸上一红,奔进密室,把他从侄儿那里三钱不值两文买来的金饰,捧了三分之一下来。

"喽,孩子。"他的语调很有点挖苦意味,"要不要把这些抵充你的一千二百法郎?"

"噢,父亲,真的吗,你把这些给我?"

"明年我再给你这么些。"他说着把金饰倒在她围裙兜里。"这样,不用多少时候,他的首饰都到你手里了。"他搓着手,因为能够利用女儿的感情占了便宜,觉得很高兴。

话虽如此,老头儿尽管还硬朗,也觉得需要让女儿学一学管家的诀窍了。连着两年,他教欧也尼当他的面吩咐饭菜,收人家的欠账。他慢慢的，把庄园田地的名称内容，陆续告诉了她。第三年上，他的吝啬作风把女儿训练成熟，变成了习惯，于是他放心大胆的，把伙食房的钥匙交给她，让她正式当家。

五年这样的过去了，在欧也尼父女单调的生活中无事可述，老是些同样的事情，做得像一座老钟那样准确。葛朗台小姐的愁闷忧苦已经是公开的秘密，但是尽管大家感觉到她忧苦的原因，她从没说过一句话，给索漠人对她感情的猜想有所证实。她唯一来往的人，只有几位克罗旭与他们无意中带来走熟的一些朋友。他们把她教会了打韦斯脱牌，每天晚上都来玩一局。

一八二七那一年，她的父亲感到衰老的压迫，不得不让女儿参与田产的秘密，遇到什么难题，就教她跟克罗旭公证人商量——他的忠实，老头儿是深信不疑的。然后，到这一年年终，在八十二岁上，好家伙患了风瘫，很快的加重。裴日冷先生断定他的病是不治的了。

想到自己不久就要一个人在世界上了，欧也尼便跟父亲格外接近，把这感情的最后一环握得更紧。像一切动了爱情的女子一样，在她心目中，爱情便是整个的世界，可是查理不在眼前。她对老父的照顾服侍，可以说是鞠躬尽瘁。他开始显得老态龙钟，可是守财奴的脾气依旧由本能支持在那里。所以这个人从生到死没有一点儿改变。

从清早起，他教人家把他的转椅，在卧室的壁炉与密室的门中间推来推去，密室里头不用说是堆满了金子的。他一动不动的呆在那儿，极不放心的把看他的人，和装了铁皮的门，轮流瞧着。听到一点儿响动，他就要人家报告原委；而且使公证人大为吃惊的是，他连狗在院子里打呵欠都听得见。他好像迷迷糊糊的神志不清，可是一到人家该送田租来，跟管庄园的算账，或者出立收据的日子与时间，他会立刻清醒。于是他推动转椅，直到密室门口。他教女儿把门打开，监督她亲自把一袋袋的钱秘密的堆好，把门关严。然后他又一声不出的回到原来的位置，只要女儿把那个宝贵的钥匙交还了他，藏在背心袋里，不时用手摸一下。他的老朋友公证人，觉得倘使查理－葛朗台不回来，这个有钱的独养女儿稳是嫁给他当所长的侄儿的了，所以他招呼得加倍殷勤，天天来听葛朗台差遣，奉命到法劳丰，到各处的田地，草原，葡萄园去，代葛朗台卖掉收成，把暗中积在密室里的成袋的钱，兑成金子。

末了，终于到了弥留时期，那几日老头儿结实的身子进入了毁灭的阶段。他要坐在火炉旁边，密室之前。他把身上的被一齐拉紧，裹紧，嘴里对拿侬说着：

"裹紧，裹紧，别给人家偷了我的东西。"

他所有的生命力都退守在眼睛里了，他能够睁开眼的时候，立刻转到满屋财宝的密室门上：

"在那里吗？在那里吗？"问话的声音显出他惊慌得厉害。

"在那里呢，父亲。"

"你看住金子！……拿来放在我面前！"

欧也尼把金路易铺在桌上，他几小时的用眼睛盯着，好像一个才知道观看的孩子呆望着同一件东西；也像孩子一般，他露出一点儿很吃力的笑意。有时他说一句：

"这样好教我心里暖和！"脸上的表情仿佛进了极乐世界。

本区的教士来给他做临终法事的时候，十字架，烛台，和银镶的圣水壶一出现，似乎已经死去几小时的眼睛立刻复活了，目不转睛的瞧着那些法器，他的肉瘤也最后的动了一动。神甫把镀金的十字架送到他唇边，给他亲吻基督的圣像，他却做了一个骇人的姿势想把十字架抓在手里，这一下最后的努力送了他的命。他唤着欧也尼，欧也尼跪在前面，流着泪吻着他已经冰冷的手，可是他看不见。

"父亲，祝福我啊。"

"把一切照顾得好好的！到那边来向我交账！"这最后一句证明基督教应该是守财奴的宗教。

于是欧也尼在这座屋子里完全孤独了；只有拿侬，主人对她递一个眼神就会懂得，只有拿侬为爱她而爱她，只有跟拿侬才能谈谈心中的悲苦。对于欧也尼，拿侬简直是一个保护人，她不再是一个女仆，而是卑恭的朋友。

父亲死后，欧也尼从克罗旭公证人那里知道，她在索漠地界的田产每年有三十万法郎收入有六十法郎买进的三厘公债六百万，现在已经涨到每股七十七法郎；还有价值二百万的金子，十万现款，其他零星的收入还不计在内。她财产的总值大概有一千七百万。

"可是堂兄弟在哪里啊？"她咕哝着。

克罗旭公证人把遗产清册交给欧也尼的那天，她和拿侬两个在壁炉架两旁各据一方的坐着，在这间空荡荡的堂屋内，一切都是回忆，从母亲坐惯的草垫椅子起，到堂兄弟喝过的玻璃杯为止。

"拿侬，我们孤独了！"

"是的，小姐；嗳，要是我知道他在哪里，我会走得去把他找来，这俏冤家。"

"汪洋大海隔着我们呢。"

正当可怜的承继人，在这所包括了她整个天地的又冷又暗的屋里，跟老女仆两个相对饮泣的时候，从南德到奥莱昂，大家议论纷纷，只谈着葛朗台小姐的一千七百万家私。她的第一批行事中间，一桩便是给了拿侬一千二百法郎终身年金。拿侬原来有六百法郎，加上这一笔，立刻变成一门有陪嫁的好亲事。不到一个月,她从闺女一变而为人家的媳妇,嫁给替葛朗台小姐看守田地产业的安东纳·高诺阿莱了。高诺阿莱太太比当时旁的妇女占很大的便宜。五十九岁的年纪看上去不超过四十。粗糙的线条不怕时间的侵蚀。一向过着修院式的生活,她的鲜红的皮色,铁一般硬棒的身体,根本不知衰老为何物。也许她从没有结婚那天好看过。生得丑倒是沾了光,她高大,肥胖,结实;毫不见老的脸上,有一股幸福的神气,教有些人羡慕高诺阿莱的福分。

"她气色很好。"那个开布店的说。

"她还能够生孩子呢。"盐商说,"说句你不爱听的话,她好像在盐卤里腌过,不会坏的。"

"她很有钱,高诺阿莱这小子眼力倒不错。"另外一个街坊说。

人缘很好的拿侬从老屋里出来,走下弯弯曲曲的街,上教堂去的时候,一路受到人家祝贺。

欧也尼送的贺礼是三打餐具。高诺阿莱想不到主人这样慷慨,一提到小姐便流眼泪:他甚至肯为她丢掉脑袋。成为欧也尼的心腹之后,高诺阿莱太太在嫁了丈夫的快乐以外,又添了一桩快乐:因为终于轮到她来把伙食房打开,关上,早晨去分配粮食,好似她去世的老主人一样。其次,归她调度的还有两名仆役,一个是厨娘,一个是收拾屋子、修补衣裳被服、缝制小姐衣衫的女仆。高诺阿莱兼做看守与总管。不消说,拿侬挑选来的厨娘与女仆都是上选之才。这样,葛朗台小姐有了四个忠心的仆役。老头儿生前管理田产的办法早已成为老例章程,现在再由高诺阿莱夫妇谨谨慎慎的继续下去,那些庄稼人简直不觉得老主人已经去世。

如此人生

到了三十岁,欧也尼还没有尝到一点儿人生乐趣。黯淡凄凉的童年,是在一个有了好心而无人识得、老受欺侮而永远痛苦的母亲身旁度过的。这位离开世界只觉得快乐的母亲,曾经为了女儿还得活下去而发愁,使欧也尼心中老觉得有些对不起她,永远的悼念她。欧也尼第一次也是仅有的一次爱情,成为她痛苦的根源。情人只看见了几天,她就在匆忙中接受了而回敬了的亲吻中间,把心给了他;然后他走了,整个世界把她和他隔开了。这场被父亲诅咒的爱情,差不多送了母亲的命,她得到的只有苦恼与一些渺茫的希望。所以至此为止,她为了追求幸福而消耗了自己的精力,却没有地方好去补充她的精力。精神生活与肉体生活一样,有呼也有吸:灵魂要吸收另一颗灵魂的感情来充实自己,然后以更丰富的感情送回给人家。人与人之间要没有这点美妙的关系,心就没有了生机:它缺少空气,它会受难,枯萎。

欧也尼开始痛苦了。对她,财富既不是一种势力,也不是一种安慰;她只能靠了爱情,靠了宗教,靠了对前途的信心而生活。爱情给她解释了永恒。她的心与福音书,告诉她将来还有两个世界好等。她日夜沉浸在两种无穷的思想中,而这两种思想,在她也许只是一种。她把整个的生命收敛起来，只知道爱，也自以为被人爱。七年以来，她的热情席卷一切。她的宝物并非收益日增的千万家私，而是查理的那口匣子，而是挂在床头的两张肖像，而是向父亲赎回来、放在棉花上、藏在旧木柜抽斗中的金饰，还有母亲用过的叔母的针箍。单单为了要把这满是回忆的金顶针套在手指上，她每天都得诚诚心心的戴了它做一点儿绣作——正如潘奈洛泼等待丈夫回家的活计。

看光景葛朗台小姐决不会在守丧期间结婚。大家知道她的虔诚是出于真心。所以克罗旭一家在老神甫高明的指挥之下，光是用殷勤恳切的照顾来包围有钱的姑娘。

她堂屋里每天晚上都是高朋满座，都是当地最热烈最忠心的克罗旭党，竭力用各种不同的语调颂赞主妇。她有随从御医，有大司祭，有内廷供奉，有侍候梳洗的贵嫔，有首相，特别是枢密大臣，那个无所不言的枢密大臣。如果她想有一个替她牵裳曳袂的侍从，人家也会替她找来的。她简直是一个王后，人家对她的谄媚，比对所有的王后更巧妙。谄媚从来不会出自伟大的心灵，而是小人的伎俩，他们卑躬屈膝，把自己尽量的缩小，以便钻进他们趋附的人物的生活核心。而且谄媚背后有利害关系。所以那些每天晚上挤在这儿的人，把葛朗台小姐唤做特·法劳丰小姐，居然把她捧上了。这些众口一辞的恭维，欧也尼是闻所未闻的，最初不免脸红；但不论奉承的话如何过火，她的耳朵不知不觉也把称赞她如何美丽的话听惯了，倘使此刻还有什么新来的客人觉得她丑陋，她决不能再像八年前那样满不在乎。而且临了，她在膜拜情人的时候暗中说的那套甜言蜜语，她自己也爱听了。因此她慢慢的听让人家夜夜来上朝似的，把她捧得像王后一般。

特·篷风所长是这个小圈子里的男主角，他的才气，人品，学问，和蔼，老是有人在那儿吹捧。有的说七年来他的财产增加了不少：篷风那块产业至少有一万法郎收入，而且和克罗旭家所有的田产一样，周围便是葛朗台小姐广大的产业。

"你知道吗，小姐。"另外一个熟客说，"克罗旭他们有四万法郎收入！"

"还有他们的积蓄呢。"克罗旭党里的一个老姑娘，特·格里鲍果小姐接着说，"最近巴黎来了一位先生，愿意把他的事务所以二十万法郎的代价盘给克罗旭。这位巴黎人要是谋到了乡镇推事的位置，就得把事务所出盘。"

"他想填补特·篷风先生当所长呢，所以先来布置一番。"特·奥松华太太插嘴说："因为所长先生不久要升高等法院推事，再升庭长；他办法多得很，保险成功。"

"是啊。"另外一个接住了话头，"他真是一个人才，小姐，你看是不是？"

所长先生竭力把自己收拾得和他想扮演的角色配合。虽然年纪已有四十，虽然那张硬绷绷的暗黄脸，像所有司法界人士的脸一样干瘪，他还装做年轻人模样，拿着藤杖满嘴胡扯，在特·法劳丰小姐府上从来不吸鼻烟，老戴着白领带，领下的大折裥颈围，使他的神气很像跟一般蠢头蠢脑的家伙是同门弟兄。他对美丽的姑娘说话的态度很亲密，把她叫做"我们亲爱的欧也尼"。

总之，除了客人的数目，除了摸彩变了韦斯脱，再除去了葛朗台夫妇两个，堂屋里晚会的场面和过去并没有什么两样。那群猎犬永远在追逐欧也尼和她的千百万家私，但是猎狗的数量增多了，叫也叫得更巧妙，而且是同心协力的包围它们的俘虏。要是查理忽然从印度跑回来，他可以发现同样的人物与同样的利害冲突。欧也尼依旧招待得很客气的台·格拉桑太太，始终跟克罗旭他们捣乱。可是跟从前一样，控制这个场面的还是欧也尼；也跟从前一样，查理在这儿还是高于一切。但情形究竟有了些进步。从前所长送给欧也尼过生日的鲜花，现在变成经常的了。每天晚上，他给这位有钱的小姐送来一大束富丽堂皇的花，高诺阿莱太太有心当着众人把它插入花瓶，可是客人一转背，马上给暗暗的扔在院子角落里。

初春的时候，台·格拉桑太太又来破坏克罗旭党的幸福了，她向欧也尼提起特·法劳丰侯爵，说要是欧也尼肯嫁给他，在订立婚书的时候，把他以前的产业带回过去的话，他立刻可以重振家业。台·格拉桑太太把贵族的门第，侯爵夫人的头衔叫得震天价响，把欧也尼轻蔑的微笑当做同意的暗示，到处扬言，克罗旭所长先生的婚事不见得像他所想的那么成熟。

"虽然特·法劳丰先生已经五十岁。"她说，"看起来也不比克罗旭先生老；不错，他是鳏夫，他有孩子，可是他是侯爵，将来又是贵族院议员，嘿！在这个年月，你找得出这样的亲事来吗？我确确实实知道，葛朗台老头当初把所有的田产并入法劳丰，就是存心要跟法劳丰家接种。他常常对我说的。他狡猾得很呀，这老头儿。"

"怎么，拿侬。"欧也尼有一晚临睡时说，"他一去七年，连一封信都没有！……"

正当这些事情在索漠搬演的时候，查理在印度发了财。先是他那批起码货卖了好价，很快的弄到了六千美金。① 他一过赤道线，便丢掉了许多成见：发觉在热带地方的致富捷径，像在欧洲一样，是贩卖人口。于是他到非洲海岸去做黑人买卖，同时在他

---

① 当时美金一元值五法郎四十。

为了求利而去的各口岸间，拣最挣钱的货色贩运。他把全副精神放在生意上，忙得没有一点儿空闲，唯一的念头是发了大财回到巴黎去耀武扬威，爬到比从前一个斤斗栽下来的地位更阔的地位。

在人堆中混久了，地方跑多了，看到许多相反的风俗，他的思想变了，对一切都取怀疑态度了。他眼见在一个地方成为罪恶的，在另一个地方竟是美德，于是他对是非曲直再没有一定的观念。一天到晚为利益打算的结果，心变冷了，收缩了，干枯了。葛朗台家的血统没有失传，查理变得狠心刻薄，贪婪到了极点。他贩卖中国人，黑人，燕窝，儿童，艺术家，大规模放高利贷。偷税走私的习惯，使他愈加藐视人权。他到南美洲圣·多玛岛上贱价收买海盗的赃物，运到缺货的地方去卖。

初次出国的航程中，他心头还有欧也尼高尚纯洁的面貌，好似西班牙水手把圣母像挂在船上一样；生意上初期的成功，他还归功于这个温柔的姑娘的祝福与祈祷；可是后来，黑种女人，白种女人，黑白混血种女人，爪哇女人，埃及舞女，……跟各种颜色的女子花天酒地，到处荒唐胡闹过后，把他关于堂姊，索漠，旧屋，凳子，甬道里的亲吻等等的回忆，抹得一干二净。他只记得墙垣破旧的小花园，因为那儿是他冒险生涯的起点；可是他否认他的家属：伯父是头老狗，骗了他的金饰；欧也尼在他的心中与脑海中都毫无地位，她只是生意上供给他六千法郎的一个债主。这种行径与这种念头，便是查理·葛朗台杳无音信的原因。在印度，圣·多玛，非洲海岸，里斯本，美国，这位投机家为免得牵连本姓起见，取了一个假姓名，叫做卡尔·赛弗。这样，他可以毫无危险的到处胆大妄为了；不择手段，急于捞钱的作风，似乎巴不得把不名誉的勾当早日结束，在后半世做个安分良民。

这种办法使他很快的发了大财。一八二七年上，他搭了一家保王党贸易公司的一条华丽帆船，玛丽—加洛琳号，回到波尔多。他有三大桶箍扎严密的金屑子，值到一百九十万法郎，打算到巴黎换成金币，再赚七八厘利息。同船有一位慈祥的老人，查理十世陛下的内廷行走，特·奥勃里翁先生，当初糊里糊涂的娶了一位交际花。他的产业在墨西哥海湾中的众岛上，这次是为了弥补太太的挥霍，到那边去变卖家产的。特·奥勃里翁夫妇是旧世家特·奥勃里翁·特·皮克出身，特·皮克的最后一位将军在一七八九年以前就死了。现在的特·奥勃里翁，一年只有两万法郎左右的进款，还有一个奇丑而没有陪嫁的女儿，因为母亲自己的财产仅仅够住在巴黎的开销。可是交际场中认为，就凭一般时髦太太那样天大的本领，也不容易嫁掉这个女儿。特·奥勃里翁太太自己也看了女儿心焦，巴不得马上送她出去，不问对象，即使是想做贵族想迷了心的男人也行。

　　特·奥勃里翁小姐与她同音异义的昆虫一样，长得像一只蜻蜓①；又瘦又细，嘴巴老是瞧不起人的模样，上面挂着一个太长的鼻子，平常是黄黄的颜色，一吃饭却完全变红，这种植物性的变色现象，在一张又苍白又无聊的脸上格外难看。总而言之，她的模样，正好教一个年纪三十八而还有风韵还有野心的母亲欢喜。可是为补救那些缺陷起见，特·奥勃里翁侯爵夫人把女儿教得态度非常文雅，经常的卫生把鼻子维持着相当合理的皮色，教她学会打扮得大方，传授她许多漂亮的举动，会做出那些多愁多病的眼神，教男人看了动心，以为终于遇到了找遍天涯无觅处的安琪儿；她也教女儿如何运用双足，赶上鼻子肆无忌惮发红的辰

---

① 小姐一字在法文中亦做蜻蜓解。

光，就该应时的伸出脚来，让人家鉴赏它们的纤小玲珑；总之，她把女儿琢磨得着实不错了。靠了宽大的袖子，骗人的胸褡，收拾得齐齐整整而衣袂往四下里鼓起来的长袍，束得极紧的撑裙，她居然制成了一些女性的特征，其巧妙的程度实在应当送进博物馆，给所有的母亲做参考。查理很巴结特·奥勃里翁太太，而她也正想交结他。有好些人竟说在船上的时期，美丽的特·奥勃里翁太太把凡是可以钓上这有钱女婿的手段，件件都做到家了。一八二七年六月，在波尔多下了船，特·奥勃里翁先生，太太，小姐，和查理，寄宿在同一个旅馆，又一同上巴黎。特·奥勃里翁的府邸早已抵押出去，要查理给赎回来。丈母已经讲起把楼下一层让给女婿女儿住是多么快活的话。不像特·奥勃里翁先生那样对门第有成见，她已经答应查理葛朗台，向查理十世请一道上谕，钦准他葛朗台改姓特·奥勃里翁，使用特·奥勃里翁家的爵徽；并且只要查理送一个岁收三万六千法郎的采邑给特·奥勃里翁，他将来便可承袭特·皮克大将军与特·奥勃里翁侯爵的双重头衔。两家的财产合起来，加上国家的乾俸，一切安排得好好的话，除了特·奥勃里翁的府邸之外，大概可以有十几万法郎收入。

　　她对查理说："一个人有了十万法郎收入，有了姓氏，有了门第，出入宫廷——我会给你弄一个内廷行走的差事——那不是要当什么就当什么了吗？这样，你可以当参事院请愿委员，当州长，当大使馆秘书，当大使，由你挑就是。查理十世很喜欢特·奥勃里翁，他们从小就相熟。"

　　这女人挑逗查理的野心，弄得他飘飘然；她手段巧妙的，当做体己话似的，告诉他将来有如何如何的希望，使查理在船上一路想出了神。他以为父亲的事情有伯父料清了，觉得自己可以平步青云，一脚闯入个个人都想挤进去的圣·日耳曼区，在玛蒂尔特小姐的蓝鼻子提携之下，他可以摇身一变而为特·奥勃里翁侯爵，好似特孪一家当初一变而为勃莱才一样。他出国的时候，王政复辟还是摇摇欲坠的局面，现在却是繁荣昌盛，把他看得眼花了，贵族思想的光辉把他怔住了，所以他在船上开始的醉意，一直维持到巴黎。到了巴黎，他决心不顾一切，要把自私的丈母娘暗示给他的高官厚爵弄到手。在这个光明的远景中，堂姊自然不过是一个小点子了。

他重新见到了阿纳德。以交际花的算盘，阿纳德极力怂恿她的旧情人攀这门亲，并且答应全力支援他一切野心的活动。阿纳德很高兴查理娶一位又丑又可厌的小姐，因为他在印度逗留过后，出落得更讨人喜欢了：皮肤变成暗黄，举动变成坚决，放肆，好似那些惯于决断、控制、成功的人一样。查理眼看自己可以成个角色，在巴黎更觉得如鱼得水了。

台·格拉桑知道他已经回国，不久就要结婚，并且有了钱，便来看他，告诉他再付三十万法郎便可把他父亲的债务偿清。

他见到查理的时候，正碰上一个珠宝商在那里拿了图样，向查理请示特·奥勃里翁小姐首饰的款式。查理从印度带回的钻石确是富丽堂皇，可是钻石的镶工，新夫妇所用的银器，金银首饰与小玩艺儿，还得花二十万法郎以上。查理见了台·格拉桑已经认不得了，态度的傲慢，活现出他是一个时髦青年，曾经在印度跟人家决斗、打死过四个对手的人物。台·格拉桑已经来过三次。查理冷冷的听着，然后，并没把事情完全弄清楚，就回答说：

"我父亲的事不是我的事。谢谢你这样费心，先生，可惜我不能领情。我流了汗挣来不到两百万的钱，不是预备送给我父亲的债主的。"

"要是几天之内人家把令尊宣告了破产呢？"

"先生，几天之内我叫做特·奥勃里翁侯爵了。还跟我有什么相干？而且你比我更清楚，一个有十万法郎收入的人，他的父亲决不会有过破产的事。"他说着，客客气气把台·格拉桑推到门口。

这一年的八月初，欧也尼坐在堂兄弟对她海誓山盟的那条小木凳上，天晴的日子她就在这儿用早点的。这时候，在一个最凉爽最愉快的早晨，可怜的姑娘正在记忆中把她爱情史上的大事小事，以及接着发生的祸事，一件件的想过来。阳光照在那堵美丽的墙上——到处开裂的墙快要坍毁了，高诺阿莱老是跟他女人说早晚要压坏人的，可是古怪的欧也尼始终不许人去碰它一碰。这时邮差来敲门，授了一封信给高诺阿莱太太，她一边嚷一边走进园子："小姐，有信哪！"

她授给了主人，问："是不是你天天等着的信呀？"

这句话传到欧也尼心中的声响，其强烈不下于在园子和院子的墙壁中间实际的回声。

"巴黎！……是他的！他回来了。"

欧也尼脸色发白，拿着信愣了一会。她抖得太厉害了，简直不能拆信。

长脚拿侬站在那儿，两手叉着腰，快乐在她暗黄脸的沟槽中像一道烟似的遛走了。

"念呀，小姐……"

"啊！拿侬，他从索漠动身的，为什么回巴黎呢？"

"念呀，你念了就知道啦。"

欧也尼哆嗦着拆开信来。里面掉出一张汇票，是向台·格拉桑太太与高莱合伙的索漠银号兑款的，拿侬给捡了起来。

亲爱的堂姊……

——不叫我欧也尼了,她想着,心揪紧了。

您……

——用这种客套的称呼了!
她交叉了手臂,不敢再往下念,大颗的眼泪冒了上来。
"难道他死了吗?"拿侬问。
"那他不会写信了!"欧也尼回答。
于是她把信念下去:

亲爱的堂姊,您知道了我的事业成功,我相信您一定很高兴。您给了我吉利,我居然挣了钱回来。我也听从了伯父的劝告。他和伯母去世的消息,刚由台·格拉桑先生告诉我。父母的死亡是必然之事,我们应当接替他们。希望您现在已经节哀顺变。我觉得什么都抵抗不住时间。是的,亲爱的堂姊,我的幻想,不幸都已过去。有什么办法!走了许多地方,我把人生想过了。动身时是一个孩子,回来变了大人。现在我想到许多以前不曾想过的事。堂姊,您是自由了,我也还是自由的。表面上似乎毫无阻碍,我们尽可实现当初小小的计划;可是我太坦白了,不能把我的处境瞒您。我没有忘记我不能自由行动;在长途的航程中我老是想起那条小凳……

欧也尼·葛朗台

欧也尼仿佛身底下碰到了火炭,猛的站了起来,走去坐在院子里一级石磴上。

……那条小凳,我们坐着发誓永远相爱的小凳;也想起过道,灰色的堂屋,阁楼上我的卧房,也想起那天夜里,您的好意给了我很大的帮助。是的,这些回忆支持了我的勇气,我常常想,您一定在我们约定的时间想念我,正如我想念您一样。您有没有在九点钟看云呢?看的,是不是?所以我不愿欺骗我认为神圣的友谊,不,我绝对不应该欺骗您。此刻有一门亲事,完全符合我对于结婚的观念。在婚姻中谈爱情是做梦。现在,经验告诉我,结婚这件事应当服从一切社会的规律,适应风俗习惯的要求。而你我之间第一先有了年龄的差别,将来对于您也许比对我更有影响。更不用提您的生活方式,您的教育,您的习惯,都与巴黎生活格格不入,决计不能配合我以后的方针。我的计划是维持一个场面阔绰的家,招待许多客人,而我记得您是喜欢安静恬淡的生活的。不,我要更坦白些,请您把我的处境仲裁一下罢;您也应当知道我的情形,您有裁判的权利。如今我有八万法郎的收入。这笔财产使我能够跟特·奥勃里翁家攀亲,他们的独养女儿十九岁,可以给我带来一个姓氏,一个头衔,一个内廷行走的差使,以及声名显赫的地位。老实告诉您,亲爱的堂姊,我对特·奥勃里翁小姐没有一点儿爱情;但是和她联姻之后,我替孩子预留了一个地位,将来的便宜简直无法估计:因为尊重王室的思想慢慢的又在抬头了。几年之后,我的儿子承袭了特·奥勃里翁侯爵，有了四万法郎的采邑，他便爱做什么官都可以了。我们应当对儿女负责。您瞧，堂姊，我多么善意的把我的心，把我的希望，把我的财产，告诉给您听。可能在您那方面，经过了七年的离别，您已经忘记了我们幼稚的行为；可是我，我既没有忘记您的宽容，也没忘记我的诺言；我什么话都记得，即使在最不经意的时候说的话，换了一个不像我这样认真的，不像我这样保持童心而诚实的青年，是早已想不起的了。我告诉您，我只想为了地位财产而结婚，告诉您我还记得我们童年的爱情，这不就是把我交给了您，由您做主吗？这也就是告诉您，如果要我放弃尘世的野心，我也甘心情愿享受朴素纯洁的幸福，那种动人的情景，您也早已给我领略过了……

您的忠实的堂弟　查理。

在签名的时候，查理哼着一阕歌剧的调子："铛搭搭——铛搭低——叮搭搭——咚！——咚搭低——叮搭搭……"

"天哪！这就叫做略施小技。"他对自己说。

然后他找出汇票，添注了一笔：

附上汇票一纸，请向台·格拉桑银号照兑，票面八千法郎，可用黄金支付。这是包括您慷慨惠借的六千法郎的本利。另有几件东西预备送给您，表示我永远的感激；可是那口箱子还在波尔多，没有运到，且待以后送上。我的梳妆匣，请交驿车带回，地址是伊勒冷·裴尔敦街，特·奥勃里翁府邸。

"交驿车带回！"欧也尼自言自语的说。"我为了它拼命的东西，交驿车带回！"

伤心惨酷的劫数！船沉掉了，希望的大海上，连一根绳索一块薄板都没有留下。

受到遗弃之后，有些女子会去把爱人从情敌手中抢回，把情敌杀死，逃到天涯海角，或是上断头台，或是进坟墓。这当然很美。犯罪的动机是一片悲壮的热情，令人觉得法无可恕，情实可悯。另外一些女子却低下头去，不声不响的受苦，她们奄奄一息的隐忍，啜泣，宽恕，祈祷，相思，直到咽气为止。这是爱，是真爱，是天使的爱，以痛苦生以痛苦死的高傲的爱。这便是欧也尼读了这封惨酷的信以后的心情。她举眼望着天，想起了母亲的遗言。像有些临终的人一样，母亲是一眼之间把前途看清看透了的。然后欧也尼记起了这先知般的一生和去世的情形，一转瞬间悟到了自己的命运。她只有振翼高飞，努力往天上扑去，在祈祷中等待她的解脱。

"母亲说得不错。"她哭着对自己说，"只有受苦与死亡。"

她脚步极慢的从花园走向堂屋。跟平时的习惯相反，她不走甬道，但灰灰的堂屋里依旧有她堂兄弟的纪念物：壁炉架上老摆着那只小碟子，她每天吃早点都拿来用的，还有那赛佛旧瓷的糖壶。这一天对她真是庄严重大的日子，发生了多少大事。拿侬来通报本区的教士到了。他和克罗旭家是亲戚，也是关心特·篷风所长利益的人。几天以前老克罗旭神甫把他说服了，教他在纯粹宗教的立场上，跟葛朗台小姐谈一谈她必须结婚的义务。欧也尼一看见他，以为他来收一千法郎津贴穷人的月费，便教拿侬去拿钱；可是教士笑道：

"小姐，今天我来跟你谈一个可怜的姑娘的事，整个索漠都在关心她,因为她自己不知爱惜,她的生活方式不够称为一个基督徒。"

"我的上帝!这时我简直不能想到旁人,我自顾还不暇呢。我痛苦极了,除了教会,没有地方好逃,只有它宽大的心胸才容得了我们所有的苦恼,只有它丰富的感情,我们才能取之不尽。"

"嗳,小姐,我们照顾了这位姑娘,同时就照顾了你。听我说!如果你要永生,你只有两条路好走:或者是出家,或者是服从在家的规律;或者听从你俗世的命运,或者听从你天国的命运。"

"啊!好极了,正在我需要指引的时候,你来指引我。对了,一定是上帝派你来的,神甫。我要向世界告别,不声不响的隐在一边为上帝生活。"

"取这种极端的行动,孩子,是需要长时期的考虑的。结婚是生,修道是死。"

"好呀,神甫,死,马上就死!"她兴奋的口气叫人害怕。

"死?可是,你对社会负有重大的义务呢,小姐。你不是穷人的母亲,冬天给他们衣服柴火,夏天给他们工作吗?你巨大的家私是一种债务,要偿还的,这是你已经用圣洁的心地接受了的。往修道院一躲是太自私了;终身做老姑娘又不应该。先是你怎么能独自管理偌大的家业?也许你会把它丢了。一桩又一桩的官司会弄得你焦头烂额,无法解决。听你牧师①的话吧:你需要一个丈夫,你应当把上帝赐给你的加以保存。这些话,是我把你当做亲爱的信徒而说的。你那么真诚的爱上帝,决不能不在俗世上求永生;你是世界上最美的装饰之一,给了人家多少圣洁的

---

① 此处所谓牧师,系指负责指导灵修的神甫,非新教教士之牧师。

榜样。"

这时仆人通报台·格拉桑太太来到。她是气愤之极,存了报复的心思来的。

"小姐……——啊!神甫在这里……我不说了,我是来商量俗事的,看来你们在谈重要的事情。"

"太太。"神甫说,"我让你。"

"噢!神甫。"欧也尼说,"过一会再来吧,今天我正需要你的支持。"

"不错,可怜的孩子。"台·格拉桑太太插嘴。

"什么意思?"葛朗台小姐和神甫一齐问。

"难道你堂兄弟回来了,要娶特·奥勃里翁小姐,我还不知道吗?……一个女人不会这么糊涂的。"

欧也尼脸上一红,不出一声;但她决意从此要像父亲一般装做若无其事。

"嗳,太太。"她带着嘲弄的意味,"我倒真是糊涂呢,不懂你的意思。你说吧,不用回避神甫,你知道他是我的牧师。"

"好吧,小姐,这是台·格拉桑给我的信,你念吧。"

欧也尼接过信来念道:

　　贤妻如面:查理·葛朗台从印度回来,到巴黎已有一月……

——一个月!欧也尼心里想,把手垂了下来。停了一会,又往下念:

　　……我白跑了两次,方始见到这位未来的特·奥勃里翁侯爵。虽然整个巴黎都在谈论他的婚事，教会也公布了婚事征询……

——那末他写信给我的时候已经……欧也尼没有往下再想，也没有像巴黎女子般叫一声"这无赖！"可是虽然面上毫无表现，她心中的轻蔑并没减少一点。

……这头亲事还渺茫得很呢：特·奥勃里翁侯爵决不肯把女儿嫁给一个破产的人的儿子。我特意去告诉查理，我和他的伯父如何费心料理他父亲的事，用了如何巧妙的手段才把债权人按捺到今天。这傲慢的小子胆敢回我——为了他的利益和名誉，日夜不息帮忙了五年的我，说"他父亲的事不是他的事！"为这件案子，一个诉讼代理人真可以问他要三万到四万法郎的酬金，合到债务的百分之一。可是，且慢，他的的确确还欠债权人一百二十万法郎，我非把他的父亲宣告破产不可。当初我接手这件事，完全凭了葛朗台那老鳄鱼一句话，并且我早已代表他的家属对债权人承诺下来。尽管特·奥勃里翁侯爵不在乎他的名誉，我却很看重我自己的名誉。所以我要把我的地位向债权人说明。可是我素来敬重欧也尼小姐——你记得，当初我们境况较好的时候，曾经对她有过提亲的意思——所以在我采取行动之前，你必须去跟她谈一谈……

念到这里，欧也尼立刻停下，冷冷的把信还给了台·格拉桑太太，说：

"谢谢你；慢慢再说吧……"

"哎哟，此刻你的声音和你从前老太爷的一模一样。"

"太太，你有八千法郎金子要付给我们哪。"拿侬对她说。

"不错；劳驾你跟我去一趟罢，高诺阿莱太太。"

欧也尼心里已经拿定主意，所以态度很大方很镇静的说：

"请问神甫，结婚以后保持童身，算不算罪过？"

"这是一个宗教里的道德问题，我不能回答。要是你想知道那有名的桑凯士①在《神学要略》的《婚姻篇》内怎样说，明天我可以告诉你。"

神甫走了。葛朗台小姐上楼到父亲的密室内呆了一天，吃饭的时候，拿侬再三催促也不肯下来。直到晚上客人照例登门的时候，她才出现。葛朗台家从没有这一晚那样的宾客满堂。查理的回来，和其蠢无比的忘恩负义的消息，早已传遍全城。但来客尽管聚精会神的观察，也无法满足他们的好奇心。早有准备的欧也尼，镇静的脸上一点都不露出在胸中激荡的惨痛的情绪。人家用哀怨的眼神和感伤的言语对她表示关切，她居然能报以笑容。她终于以谦恭有礼的态度，掩饰了她的苦难。

九点左右，牌局完了，打牌的人离开桌子，一边算账一边讨论最后的几局韦斯脱，走来加入谈天的圈子。正当大家伙儿起身预备告辞的时候，忽然展开了富有戏剧性的一幕，震动了索漠，震动了一州，震动了周围四个州府。

"所长，你慢一步走。"欧也尼看见特·篷风先生拿起手杖的时候，这么说。

听到这句话，个个人都为之一怔。所长脸色发白，不由得坐

---

① 十六世纪西班牙神学家。

了下来。

"千万家私是所长的了。"特·格里鲍果小姐说。

"还不明白吗。"特·奥松华太太接着嚷道,"特·篷风所长娶定了葛朗台小姐。"

"这才是最妙的一局哩。"老神甫说。

"和了满贯哪。"公证人说。

每个人都有他的妙语,双关语,把欧也尼看做高踞在千万家私之上,好似高踞在宝座上一样。酝酿了八年的大事到了结束的阶段。当了整个索漠城的面,叫所长留下,不就等于宣布她决定嫁给他了吗?礼节体统在小城市中是极严格的,像这一类出乎常轨的举动,当然成为最庄严的诺言了。

客人散尽之后,欧也尼声音激动的说道:

"所长,我知道你喜欢我的是什么。你得起誓,在我活着的时候,让我自由,永远不向我提起婚姻给你的权利,那么我可以答应嫁给你。噢!我的话还没有完呢。"她看见所长跪了下去,便赶紧补充:"我不会对你不忠实,先生。可是我心里有一股熄灭不了的感情。我能够给丈夫的只有友谊:我既不愿使他难受,也不愿违背我心里的信念。可是你得帮我一次大忙,才能得到我的婚约和产业。"

"赴汤蹈火都可以。"所长回答。

"这儿是一百五十万法郎。"她从怀中掏出一张法兰西银行一百五十股的股票,"请你上巴黎,不是明天,不是今夜,而是当场立刻。你到台·格拉桑先生那里,去找出我叔父的全部债权人名单,把他们召集起来,把叔父所欠的本金,以及到付款日为止的全部息金,照五厘计算,一律付清,要他们立一张总收据,经公证人签字证明,一切照应有的手续办理。你是法官,这件事我只信托你一个人。你是一个正直的，有义气的男子；我将来就凭你一句话，靠你夫家的姓，挨过人生的危难。我们将来相忍相让。认识了这么多年，我们差不多是一家人了，想你一定不会使我痛苦的。"

所长扑倒在有钱的承继人脚下，又快活又凄怆的浑身哆嗦。

"我一定做你的奴隶！"他说。

"你拿到了收据，先生。"她冷冷的望了他一眼，"你把它和所有的借券一齐送给我的堂兄弟，另外把这封信交给他。等你回来，我履行我的诺言。"

所长很明白他的得到葛朗台小姐，完全是由于爱情的怨望；所以他急急要把她的事赶快办了，免得两个情人有讲和的机会。

特·篷风先生走了，欧也尼倒在沙发里哭做一团。一切都完了。所长雇了驿车，次日晚上到了巴黎。第二日清晨他去见台·格拉桑。法官邀请债权人到存放债券的公证人事务所会齐，他们居然一个也没有缺席。虽然全是债主，可是说句公道话，这一次他们都准时而到。然后特·篷风所长以葛朗台小姐的名义，把本利一并付给了他们。照付利息这一点，在巴黎商界中轰动一时。

所长拿到了收据，又依照欧也尼的吩咐，送了五万法郎给台·格拉桑做报酬，然后上特·奥勃里翁爵府。他进门的时候，查理正碰了丈人的钉子回到自己屋里。老爵爷告诉他，一定要等琪奥默·葛朗台的债务清偿之后，才能把女儿嫁给他。

所长先把下面的一封信交给查理：

堂弟大鉴：叔父所欠的债务，业已全部清偿，特由特·篷风所长送上收据一纸。另附收据一纸，证明我上述代垫的款项已由吾弟归还。外面有破产的传说，我想

一个破产的人的儿子未必能娶特·奥勃里翁小姐。您批评我的头脑与态度的话，确有见地：我的确毫无上流社会的气息，那些计算与风气习惯，我都不知；您所期待的乐趣，我无法贡献。您为了服从社会的惯例，牺牲了我们的初恋，但愿您在社会的惯例之下快乐。我只能把您父亲的名誉献给您，来成全您的幸福。别了！愚姊永远是您忠实的朋友。

欧也尼。

这位野心家拿到正式的文件，不由自主的叫了一声，使所长看了微笑。

"咱们现在不妨交换喜讯啦。"他对查理说。

"啊！你要娶欧也尼？好吧，我很高兴，她是一个好人。"——他忽然心中一亮，接着说："哎，那末她很有钱喽？"

"四天以前。"所长带着挖苦的口吻回答，"她有将近一千九百万；可是今天她只有一千七了。"

查理望着所长，发呆了。

"一千七百……万……"

"对，一千七百万，先生。结婚之后，我和葛朗台小姐总共有七十五万法郎收入。"

"亲爱的姊丈。"查理的态度又镇静了些，"咱们好彼此提携提携啦。"

"行！"所长回答。"这里还有一口小箱子，非当面交给你不可。"他把梳妆匣放在了桌上。

"喂，好朋友。"特·奥勃里翁侯爵夫人进来的当儿，根本没有注意到克罗旭，"刚才特·奥勃里翁先生说的话，你一点不用放在心上,他是给特·旭礼欧公爵夫人迷昏了。我再告诉你一遍,你的婚事决无问题……"

"决无问题。"查理应声回答。"我父亲欠的三百万,昨天都还清了。"

"付了现款吗?"

"不折不扣,连本带利:我还得替先父办复权手续呢。"

"你太傻了!"他的丈母叫道。——"这位是谁?"她看到了克罗旭,咬着女婿的耳朵问。

"我的经纪人。"他低声回答。

侯爵夫人对特·篷风先生傲慢的点了点头,走了出去。

"咱们已经在彼此提携啦。"所长拿起帽子说。"再见吧,内弟。"

"他竟开我玩笑,这索漠的臭八哥。恨不得一剑戳破他的肚子才好。"

所长走了。三天以后,特·篷风先生回到了索漠,公布了他与欧也尼的婚事。过了六个月,他升了安越法院的推事。

离开索漠之前,欧也尼把多少年来心爱的金饰熔掉了,加上堂兄弟偿还的八千法郎,铸了一口黄金的圣体匣,献给本区的教堂,在那里,她为他曾经向上帝祷告过多少年!

平时她在安越与索漠两地来来往往。她的丈夫在某次政治运动上出了力,升了高等法院庭长,过了几年又升了院长。他很焦心的等着大选,好进国会。他的念头已经转到贵族院了,那时……

"那时,王上跟他是不是称兄道弟了?"拿侬,长脚拿侬,高诺阿莱太太,索漠的布尔乔亚,听见女主人提到将来显赫的声势时,不禁说出这么一句。

结　局

虽然如此，特·篷风院长（他终于把产业的名字代替了老家克罗旭的姓）野心勃勃的梦想，一桩也没有实现。发表为索漠议员八天以后，他就死了。

洞烛幽微而罚不及无辜的上帝，一定是谴责他的心计与玩弄法律的手段。他由克罗旭做参谋，在结婚契约上订明"倘将来并无子女，则夫妇双方之财产，包括动产不动产，绝无例外与保留，一律全部互相遗赠；且夫妇任何一方身故之后，得不再依照例行手续举办遗产登记，但自以不损害继承人权利为原则，须知上述夫妇互相遗赠财产之举确为……"这一项条款，便是院长始终尊重特·篷风太太的意志与独居的理由。妇女们提起院长，总认为他是一个最体贴的人，而对他表示同情；她们往往谴责欧也尼的隐痛与痴情，而且在谴责一个女人的时候，她们照例是很刻毒的。

"特·篷风太太一定是病得很厉害，否则决不会让丈夫独居的。可怜的太太！她就会好吗？究竟是什么病呀，胃炎吗？癌症吗？为什么不去看医生呢？这些时候她脸色都黄了；她应该上巴黎去请教那些名医。她怎么不想生一个孩子呢？据说她非常爱丈夫，那末以他的地位，怎么不给他留一个后代承继遗产呢？真是可怕。倘使单单为了任性，那简直是罪过……可怜的院长！"

欧也尼因为幽居独处、长期默想的结果，变得感觉灵敏，对周围的事故看得很清，加上不幸的遭遇与最后的教训，她对什么都猜得透。她知道院长希望她早死，好独占这笔巨大的家私——因为上帝忽发奇想，把两位老叔——公证人和教士——都召归了天国，使他的财产愈加庞大了。欧也尼只觉得院长可怜；不料全知全能的上帝，代她把丈夫居心叵测的计划完全推翻了：他尊重欧也尼无望的痴情，表示满不在乎，其实他觉得不与妻子同居倒是最可靠的保障；要是生了一个孩子，院长的自私的希望，野心勃勃的快意，不是都归泡影了吗？

如今上帝把大堆的黄金丢给被黄金束缚的女子，而她根本不把黄金放在心上，只在向往天国，过着虔诚慈爱的生活，只有一些圣洁的思想，不断的暗中援助受难的人。

特·篷风太太三十三岁上做了寡妇，富有八十万法郎的收入，依旧很美，可是像个将近四十的女人的美。白白的脸，安闲，镇静。声音柔和而沉着，举止单纯。她有痛苦的崇高伟大，有灵魂并没被尘世玷污过的人的圣洁，但也有老处女的僵硬的神气，和内地闭塞生活养成的器局狭小的习惯。虽然富有八十万法郎的岁收，她依旧过着当年欧也尼·葛朗台的生活，非到了父亲从前允许堂屋里生火的日子，她的卧房决不生火，熄火的日子也依照她年轻时代的老规矩。她的衣著永远跟当年的母亲一样。索漠的屋子，没有阳光，没有暖气，老是阴森森的，凄凉的屋子，便是她一生的小影。她把所有的收入谨谨慎慎的积聚起来，要不是她慷慨解囊的拨充善举，也许还显得吝啬呢。可是她办了不少公益与虔诚的事业，一所养老院，几处教会小学，一所皮藏丰富的图书馆,等于每年向人家责备她吝啬的话提出反证。索漠的几座教堂,靠她的捐助,多添了一些装修。特·篷风太太,有些人刻薄地叫做小姐,很受一般人敬重。由此可见,这颗只知有温情而不知有其他的高尚的心,还是逃不了人间利益的算盘。金钱不免把它冷冰冰的光彩,沾染了这个超脱一切的生命,使这个感情丰富的女子也不敢相信感情了。

"只有你爱我。"她对拿侬说。

这女子的手抚慰了多少家庭的隐痛。她挟着一连串善行义举向天国前进。心灵的伟大,抵销了她教育的鄙陋和早年的习惯。这便是欧也妮的故事。她在世等于出家,天生的贤妻良母,却既无丈夫,又无儿女,又无家庭。

几天以来,大家又提到她再嫁的问题。索漠人在注意她跟特·法劳丰侯爵的事,因为这一家正开始包围这个有钱的寡妇,像当年克罗旭他们一样。

据说拿侬与高诺阿莱两人都站在侯爵方面;这真是荒唐的谣言。长脚拿侬和高诺阿莱的聪明,都还不够懂得世道人心的败坏。

　　　　　　巴黎　一八三三年九月　　原作
　　　　　　牯岭　一九四八年八月　　译竣

亚尔培·萨伐龙
Ya Er Pei Sa Fa Long

亚尔培·萨伐龙

在王政时代，特·华德维男爵夫人的府第，是勃尚松总主教来往而颇有感情的几处沙龙之一。这位太太，简括一句，算得勃尚松妇女界顶有势力的人物。

特·华德维先生是大名鼎鼎的华德维的侄孙。那位过去的华德维又是杀人犯和叛教徒中最幸福最显赫的一个，古古怪怪的轶事，讲起来未免太偏于掌故了。叔祖是捣乱得厉害，侄孙却安静到极点。在贡台这一郡里过着蛀虫在板壁里那样的生活之后，他娶了望族特·吕泼家的独养女儿。特·吕泼小姐把年收二万法郎的田产，和华德维岁入一万法郎的不动产联合了起来。瑞士贵族的盾徽（华德维祖籍是瑞士），给嵌入特·吕泼家老盾徽的中心。这件从一八〇二年就决定的婚事，直到一八一五年第二王政时代以后才履行①。特·华德维夫人生下一个女儿三年之后，母家的祖父母辈全都下世，遗产清算完了。华德维家便把老屋出卖，搬进州公署街特·吕泼家美丽的府第，大花园一直伸展到石梯街那边。华夫人在家时是虔诚的姑娘，婚后更其来得虔诚了。她是居士会里女后之一，这个社团给勃尚松的高等社会蒙上一副阴沉的面貌，一派假贞节的态度，跟这个城的性格正好调和。

特·华德维男爵先生是一个枯索的男人，没精打采的，迟钝的，好像疲乏已极，可不知给什么弄乏了的，因为他有的是颠顶愚昧的福气；但因他的太太是一个头发金褐色的女子，性格的冷酷变成了话柄（"像华德维太太一样的尖刻"这句话，至今还有

---

① 史家称法国大革命后拿翁失败波旁王旗复政时期为王政时代：一八一四年至一八一五年六月为第一王政时代；一八一五年七月至一八三〇年为第二王政时代。

193

人说),所以司法界里几个爱打趣的便说,男爵是给这块岩石弄乏了的。吕泼这个字,在拉丁文里的语源,确是岩石的意思。一般观察社会深刻的人,定会注意到洛萨莉是华德维和特·吕泼两家联姻后唯一的结晶品。

特·华德维先生的生活,消磨在一所富丽的车床工场里,整天的车磨着。补充这生活的,是他欢喜集藏的脾气。一般研究疯狂的哲学家医生,认为这种收藏癖集中在零星小件上时,即是精神失常的初步。华德维男爵搜罗贝壳,昆虫,和勃尚松地区的地质断片。有些好持异议的人,尤其是妇女,提到特·华德维先生时总说:"他真高尚呀!"从初婚起他就看到不能制胜妻子,便专心于机械的工作和讲究的饮食了。

特·吕泼的府第不乏相当的豪华,堪和路易十六的壮丽匹配,显出一八一五年上两大世家混合起来的贵族气息。府内闪耀着一种古老的奢华,够得上古董的资格。雕成树叶形的水晶挂灯,中国绸缎,大马士革的绫罗,地毯,金漆的家具,一切都跟古老的号衣古老的仆役调和。虽然用的餐具是家传的黝黑的银器,餐桌正中放着大玻璃盆,四面围着萨克司出品的瓷器,肴馔却精美非常。华德维先生为了消遣和调剂生活起见,躬自做厨房与酒窖的提调,他挑选的酒,在一州里颇负盛名。特·华德维夫人的财产是很重要的,因为她丈夫的一份,只是露克赛的田地,岁入一万法郎左右,从没增加过一笔遗产。毋须特别提的,是特·华德维夫人和总主教间亲密的交情,使她府上常有教区里三四位优秀的有风趣的神甫出入,都不讨厌吃喝。

一八三四年九月初,在不知为了什么大庆而举行的一次盛宴中,正当太太们团团围在客厅炉架前面,先生们一组组的站在窗框前面时,仆役忽然通报特·葛朗赛神甫来到,他一出现,全场便起了一阵欢呼。

"唔，喂！那件官司呢？"有人对他嚷着。

"赢了！"这位副主教回答。"我们本已绝望的法院判决，您知道为什么……"

这句话是指一八三〇年以后的法院组织，正统派几已全部辞职。

"判决书宣告我们全盘胜诉，把初审的判决变更了。"

"大家以为你们是输定了呢。"

"没有我，的确输定了。我把我们的律师打发到了巴黎去，正当要上庭交手的时候，我找到一个新律师，靠了他才打赢了，一个了不起的人物……"

"在勃尚松吗？"特·华德维先生天真地发问。

"在勃尚松。"特·葛朗赛神甫回答。

"啊！不错，是萨伐龙。"坐在男爵夫人近旁的一位俊俏的青年，名叫特·苏拉的说。

"他花了五六夜功夫，吞下那些文件那些案卷；跟我商议了七八次，每次都是好几小时。"特·葛朗赛神甫——他从二十天以来还是初次在特·吕泼府上露面呢——接下去说，"终于，萨伐龙先生把我们的敌人从巴黎请来的名律师完全打败了。这个青年人真是奇妙，据推事们说。这样，僧侣会获得了双重的胜利。第一它在法律上得胜了，第二它战胜了市政府的辩护人，就是在政治上战胜了自由主义。我们的律师说：我们的敌人不该以为毁坏总主教区的利益会到处受人欢迎……'庭长不得不迫令听众默静。所有的勃尚松人都拍手叫好。于是旧修道院的房产，仍归勃尚松大寺的僧侣会管理。萨伐龙先生并且在离开法院时邀请他的巴黎同僚吃饭。那位同僚接受之下，对他说：'谁得胜，谁荣耀呀！'还毫无怨恨地祝贺他的胜利。"

"您从哪儿觅来这个律师呢？"特·华德维夫人问。"我从没听人提过这名字。"

"可是您从这里就可望见他的窗子。"副主教回答。"萨伐龙先生住在石梯街，他的花园跟府上只隔一堵墙。"

"他不是贡台郡人。"特·华德维先生说。

"他什么地方的色彩都没有，简直不知是哪儿人。"特·夏洪戈夫人说。

"那末他是什么呢？"特·华德维夫人说着，一边搀着特·苏拉先生的胳膊向餐室走去。"假如他是外乡人，什么机缘会使他定居在勃尚松？在一个律师，这真是挺古怪的念头。"

"挺古怪的念头！"年轻的阿曼台·特·苏拉应声说。

如今少不得要叙述一番这位特·苏拉的身世，才能令人明白这件故事。

历来法国和英国交换着一些虚浮的风气，因为连铁面无情的海关也阻拦不住，所以愈加持续不断。我们在巴黎称为英国式的时髦，在伦敦称为法国式，反过来也是如此。两个民族的敌忾，在两点上是消灭了，一是言语问题，二是服装问题。《神佑吾王》那支英国国歌，原是吕利①替哀斯旦或阿太莉的合唱部分谱的音乐。英国女子穿到巴黎来的裙撑②，是一个法国女子在伦敦发明的，就是那有名的朴茨茅斯公爵夫人，发明的经过大家知道；起先，人们把这裙撑当做笑柄，甚至第一个英国女子初次在蒂勒黎御园前面出现时，几乎被群众挤死；可是裙撑终究被接受了。这

---

① 系法国十七世纪音乐家。
② 系十八世纪欧洲妇女用鲸鱼骨做的圆形架子，束在腰部，再穿裙了，使裙的外形特别饱绽圆满。

亚尔培·萨伐龙

个风气控制了欧洲妇女有半世纪。一八一五年法国和列国讲和时，大家把英国的低腰身衣服嘲笑了一年，全巴黎的人都去瞧卜蒂哀与勃吕奈演出的《可笑的英国妇人》；但一八一六年和一八一七年，法国女子的腰身，从一八一四年的紧扣乳房起，逐渐下降，直到显出腰部轮廓为止。近十年，英国又送了我们两件语言学上的小礼物。来源不甚清白的"纨绔子弟"这名词①，原已化出三个后身：怪物，妙人，漂亮哥儿；它们却被英文里的"花花公子"（Daildy）和"狮子"（Lion）先后代替了去。狮子可并不连带产生"母狮"之名。母狮是从阿弗莱·特·缪塞有名的诗句里来的："您曾否在巴塞龙那瞧见……那是我的情妇我的母狮。"在这两个名词和这两种主要观念之间，曾经有过一番融和，或者有过一番混淆，要是您爱这么说。胡闹也好，杰作也好，巴黎都尽多尽少吞得了；只消一桩胡闹的事叫巴黎人开怀之后，要外省人不来染指是不容易的。所以当"狮子"披着长发，挂着胡须，穿着背心，不用手帮忙而单靠面颊与眼眶的拘挛夹着眼镜，在巴黎大摇大摆时，某些省城里就可看到一些二等狮子，凭着连靴套长脚裤的风流典雅，对同乡们的不修边幅表示抗议。因此，一八三四年时，在阿曼台-西尔伐-雅各·特·苏拉身上，勃尚松瞻仰到了狮子。苏拉这姓氏，在西班牙占领时代②写做苏勒耶士；勃尚松城内西班牙家庭出身的人，阿曼台·特·苏拉要算独一无二了。当初西班牙分发许多人到贡台来经营，却很少西班牙人住下。苏拉祖上的定居，是为了和红衣主教葛朗凡有联络之故。年轻的特·苏拉先生老讲着要离开勃尚松，凄凉的，佞神的，文学

---

① pelits-maitres 一词，原指一度与波旁家争王位的公蒂亲王的党徒。
② 贡台地区在十七世纪前为西班牙领土，勃尚松为贡台的首府。贡台之成为法属领土，仅从路易十四朝中叶始。

气息极薄的城,刀兵必经和长期驻兵的城;但它的风俗,动态,面目,都值得加以描绘。这个见解,便使这个前程渺茫的男子,在新街跟州公署街相接的地方,三间家具寥寥的屋内住下。

年轻的特·苏拉少不得有一头小老虎,这小老虎是他一个佃户的儿子,小厮十四岁身材臃肿,名叫罢皮拉。狮子把小老虎打扮得很讲究:铁灰色的短布大褂,束着漆皮腰带,深蓝色瓦棱布短裤,红背心,上下半截颜色各别的漆皮长统靴,黑带镶边的圆帽,有特·苏拉徽记的黄钮扣。阿曼台给他白纱手套,供给洗衣费,伙食自理,三十六法郎一月的工资,这就教勃尚松的女工们大吃一惊:一年四百二十法郎给一个十五岁的小厮,外快在外!所谓外快是旧衣服的出卖,肥料的出卖,苏拉把所蓄的两匹马中的一匹跟人交换时的酒资。用鄙吝的经济手段喂养的两匹马,统扯每年耗费八百法郎。从巴黎定购的化装品,领带,身上佩带的小骨董,成罐的鞋油,衣著,总计年需一千二百法郎。倘把小厮(或小老虎),马匹,超等衣著,和每年六百法郎的房金加起来,可以得到三千法郎的总数。可是年轻的特·苏拉先生的父亲,只传下四千法郎一年的进款,靠几块贫瘠的分种田,还需花本钱去经营,经营的结果对收益又毫无把握。狮子的生活费,零用钱和赌本,统共派到近三法郎一天。所以他常常在旁人家里用晚餐,午餐则吃得特别省。逢着迫不得已要自己破钞用晚饭时,他就派小老虎到一家饭铺去叫两盘菜,从不花到二十五铜子以上。在大众眼里,年轻的特·苏拉先生是一个挥霍无度,穷奢极侈的阔少;哪知这可怜虫要把年头跟年尾拉拢起来所运用的机智和本领,直可替一个高明的管家妇博得荣名。涂在靴或鞋上的六法郎的油,偷偷地洗了又洗以便戴三倍长久的五十铜子的黄手套,一条好戴三个月的十法郎的领带,四件二十五法郎的背心,连靴套的长脚裤；所有这些衣饰在一个首府会令人怎样起敬这个诀窍，是无人懂得的，尤其在勃尚松！既然在巴黎我们看到一般傻瓜花了三百法郎弄来的空架子，连烫发和一件荷兰细布的衬衫在内，进到一些妇女家里，就能压倒最优秀的男子而博得她们的青眼，怎么又能教外省人不迷了心窍？

要是您觉得这个穷光蛋的成为狮子未免太便宜，那末得知道阿曼台·特·苏拉去过三次瑞士，而且坐着车，每天赶很少的路，巴黎去过二次，又从巴黎去过英国一次。他被认为见闻广博的游历家，能说："在我所到过的英国……"富孀们对他说："您这到过英国的人……"最远他到过龙巴地，环绕过意大利的几口湖。他阅读新出的书。还有当他在家洗手套的时候，小老虎罢皮拉总回报客人说："先生在工作。"因此人家说"这是一个思想很急进的人"，想借此减低阿曼台·特·苏拉的身份。阿曼台有本事用勃尚松派的俨然的样子，讲些流行的滥调俗套，使他有资格列为缙绅阶级中最博学的人物之一。他身上佩带着流行的小骨董，头脑里装着报纸检查过的思想。

一八三四年代，阿曼台是一个二十五岁的小伙子，中等身材，褐色头发，胸膛突得很厉害，肩头也照样的显著，大腿带些圆形，脚已经发胖，手又白又肥，从两鬓到下颏，留着一圈络腮胡子，短髭够得上跟军营里爷们的媲美，一张红红的大胖脸，塌鼻子，褐色的眼睛没有表情；并且毫无西班牙二人的模样。他大踏步向着肥胖的路上走，那是对他的抱负大不利的。他指甲干净，胡子修齐，衣饰最细小的部分都整饬如英国派。所以人家把阿曼台·特·苏拉看做勃尚松第一美男子。每天按时到府的一个理发匠（每年花费六十法郎的另一豪举！）预言他将是批评时装和风雅问题的权威。阿曼台起身很迟，梳洗完毕之后，约摸中午时分骑马出门,到他的一处分种田上打枪。对这件事情,他和晚年的拜伦一样重视。随后在三点左右回家,一路在马上给女工们和路人们瞻仰。他所谓的"工作"一直要做到四点,之后,他开始更衣,去赴人家的晚宴,把黄昏消磨在勃尚松贵族家里打韦斯脱①,到十一点回家睡觉。再没一种生活更合时,更本分,更无疵点的了,因为星期日和节日的教堂仪式,他都准到。

要您懂得这种生活是如何阔绰,必得把勃尚松说明几句。没有一个城市比它对进步更深闭固拒的了。勃尚松的官吏,公务员,军人,凡是巴黎派来当一个什么差使的,一古脑儿被包括在"客帮"这个颇有意义的名词之内。客帮是个中立圈,好似教堂一般,是城里的贵族社会和中等社会相遇的唯一场合。在这个圈子内,为了一言半语,一瞥一视,一举一动,就能在中产妇女和贵族妇女之间,发动这一家对那一家的仇恨,保持到老死,把分隔两个社会的不可超越的鸿沟愈加扩大了。除了格莱蒙-圣-约翰,蒲弗勒蒙,特·塞,葛拉蒙几姓,以及住在贡台区田庄上的几个大族以外,勃尚松最早的贵族,也不过追溯到两个世纪以前,被路易十四征服的时代。这个社会本质上是司法界构成的,那种傲慢,那种顽固,那种严峻,那种实际,以及那种不能和维也纳宫廷②相比的高傲,因为勃尚松人在这一点上会模仿维也纳无耻的交际社会。什么雨果,诺第哀,傅立叶③,替本地增光的人物,都谈不到,人家不理会这些。贵族之间的婚姻,当孩子们在摇篮里的时候已经定局,最重大和最细小的事都在那时确定

---

① 系十九世纪最流行的牌戏。
② 维也纳宫廷乃欧洲最古老的贵族,勃尚松的后起贵族竭力加以模仿。
③ 以上诸人皆生于勃尚松。

了。从没一个外乡人，一个不速之客遛进这些家庭；那些校官或有爵位的军官在此驻防时，哪怕是法国最高的门第出身，也得费尽心机才能教当地的贵族予以接待；为此所用的外交手段，恐怕泰勒朗亲王①也会很欣幸的领教，以便拿到国际会议上去应用。一八三四年代，在勃尚松穿连靴套长裤的只有阿曼台一个。这已可说明年轻的特·苏拉先生的阔绰。再则，一件小故事可以使您彻底了解勃尚松。

我们这件故事开始的前些时候，州公署觉得需要为它的机关报从巴黎去请一位编辑，来抵制《大新闻报》在勃尚松发刊的《小新闻报》，和当年共和政府策动的《爱国报》。巴黎派来一个青年，完全不熟悉贡台的，一开场便串起《夏里伐里》派②的角色来。中间派的首领，一个市政厅里的人物，把这个记者叫了来，对他说："告诉您，先生，我们是一本正经的，不止是正经，而且是惹人厌的，我们绝对不愿人家使我们开心，我们笑过之后就要懊恼得发怒。把文章写得像《两世界杂志》里最笨重的长篇大论一样的难消化，您还不过和勃尚松人的腔派仅仅合拍。"

编辑依了他的话，讲着最难懂的玄妙的土话，果然大受欢迎。

年轻的特·苏拉先生所以不曾丧失勃尚松上流社会对他的敬意，还是靠他们纯粹的虚荣心；贵族们很乐意装做适合潮流，能对那些到贡台来游历的巴黎贵族，提供一个和他们仿佛的青年。所有特·苏拉私下做的工作，骗人的玩艺，表面的奢豪，骨子里的安分，都有着一个目的；否则这勃尚松的狮子早不在地方上了。阿曼台心想娶一个有钱的妻子，能有一天证明他的田庄并没

---

① 系拿破仑时代的外交人臣，后又与波旁家族沆瀣一气。
② 系一八三二年巴黎发刊的著名讽刺报。

抵押，证明他有着积蓄。他想教全城关心他，成为当地最美最风雅的男子，以便先获得洛萨利·特·华德维小姐的注意，然后获得她的婚约！

一八三〇年，年轻的特·苏拉先生开始他花花公子的生涯时，洛萨莉才十四岁。一八三四年，特·华德维小姐的年龄，正到了少女们很易被阿曼台勾引大众注目的怪腔派吸动的时候。很多狮子是打了算盘，预备投机而做起狮子来的。华德维府上，十二年来每年有五万法郎的进款，支出却从不超过二万四，虽然他们每星期一五两次的招待勃尚松高等社会，星期一是晚餐局，星期五是夜会。这样，十二年来怎会没有每年二万六千的储蓄，用着这些旧家所特有的神不知鬼不觉的手段存放在一边！外面很普遍的相信，特·华德维夫人因为田产已经很多，所以她的积蓄在一八三〇年上以三厘利存放着。由此，洛萨莉的奁资，总该在每年四万法郎上下的收益。五年以来，狮子像田鼠一般的苦干着，为的要把自己的地位维持在严厉的男爵夫人的敬意的顶尖上，一边还得装出讨好特·华德维小姐自尊心的姿态。阿曼台在勃尚松的地位赖以维持的那些巧妙，男爵夫人胸中雪亮，并且因此很看重他。她三十岁时，特·苏拉就依在她的翼下：他胆敢赞美她，奉她为偶像，甚至能对她——世界上只有他能——讲述几乎所有的虔诚妇女都爱听的粗野笑话，她们靠着崇高的德性，尽可凝视深渊而不致失足，观看魔阱而不会陷落。您懂得为何这狮子连最平常的把戏都不玩么？他把自己的生活摊得明明白白，好像露天一样，谁都看得清楚，为的要在男爵夫人身畔扮做自甘牺牲的情人，好让她把不许肉体消受的罪恶，在精神上痛快一下。一个男人而能有特权把唐突的说话灌在一个虔婆耳里，便是她心目中可爱的人物。倘若这模范狮子对人心认识更深的话，他大可毫无危险的在勃尚松女工中间干几件风流事，她们看他像王一样呢：用这种办法来对付严厉而假贞节的男爵夫人，他的事情只会更加顺利。在洛萨莉前面，这位律身谨严的家伙，显出是花大钱的阔客：宣扬着豪华生活，让她窥见一位时髦太太在巴黎当漂亮角色的远景，那儿他是将来要以国会议员的资格前去的。这些高明的手段获得完满的成功。一八三四年时，组成勃尚松高等社会的四十个旧家的母亲，提起年轻的特·苏拉先生，一律认为是勃尚松最可爱的青年；在特·吕泼府上，谁也不敢跟这红人争座，全勃尚松都把他看做洛萨莉·特·华德维未来的丈夫。关于这个题目，男爵夫人甚至已和阿曼台谈过几句，男爵的装聋作哑，更替这谈判加了一重保障。

因为有一天会成巨富而身价大增的特·华德维小姐，自幼在母亲很少出门（因为她那样的爱总主教）的特·吕泼府邸里教养长大，受着清一色的宗教教育束缚，受着母亲严格的道德管教，和专制的压迫。洛萨莉实在一无所知。研究过哥德利著的地理，圣经，古代史，法国史，加减乘除，一切都经过一个老耶稣会徒的严密检查，这好算知道什么事情吗？绘画，音乐，跳舞是禁止的，仿佛那些是不能美化人生而要败坏人生的。凡是各种针线和零星女红，男爵夫人都教给女儿：缝衣啦，刺绣啦，编织啦。十七岁的洛萨莉，只念过《传教徒通讯录》和一些关于贵族徽章学的书。报纸从没污过她的眼目。每天早上她给母亲带到大教堂去做弥撒，回来吃中饭，在花园里散步一会之后，做着女红，坐在男爵夫人旁边招待来客，直到晚餐时分。然后，除了星期一五之外，她陪着特·华德维夫人消磨黄昏，从不能超过母亲规定的发言量。十八岁时，特·华德维小姐是一个娇弱的少女，纤瘦的，平板的，黄头发，白皮肤，毫无表情。淡蓝的眼睛，在眼皮翻动时倒还美丽,眼皮往下一垂,有一团阴影罩在面颊上。轮廓整齐的额角,被几点红癜损害了光彩。她的脸庞真像杜莱和班吕琪以前诸画家①笔下的圣女:同样肥肥的脸盘,虽然单薄些,同样由耽想造成的带忧郁性的细腻,同样严肃的天真。她身上的一切,连姿势在内,都令人想起那些处女,只在细心的识者眼里,才在神秘光彩之下显出美。她有好看的但是红色的手,有女庄主般最美的脚,平常她穿着纯棉料的长袍;但在星期日和节日,母亲准她穿绸。她在勃尚松裁制的服装,把她装扮得几乎丑了;可是她的母亲倒想从巴黎的时装上获取妩媚,华丽,和风雅,靠着年轻的特·苏拉先生帮忙,她的装饰最细微的部分,都取法于巴黎。洛萨莉从没穿过丝袜或长统靴,只穿纱袜和皮鞋。大宴会的日子,她穿着一件轻纱袍,垂着头发,脚下套了一双古铜色皮鞋。在洛萨莉的这种教育和谦卑的态度之下,藏着一副铁一般的性格。生理学家与深刻的人性观察家,会叫您大为错愕的告诉您,脾气,性格,性灵,天才,在家庭里会经过长时期的间隔而重现,跟所谓遗传病一般无二。因此才气和痛风症一样,有时会一跳两代。这种现象,我们可在乔治·桑身上找到一个著名的例子:撒克斯元帅的精力,气魄,观念,都在乔治·桑身上重现;因为她的父亲是撒克斯元帅的私生子②。鼎鼎大名的华德维的果断,传奇式的豪胆,重又降临在侄曾孙女身上,再加特·吕泼族的固执与自恃血统高贵的傲气,愈加强化了她的个性。但这些优点,或这些缺点,倘您喜欢这么说,埋在这颗外表柔弱的少女灵魂里,其隐藏之幽深,不下于火山未成形前丘陵之下的熔岩。特

---

① 系指文艺复兴早期的画家。
② 撒克斯元帅为波兰王的私生子,十八世纪时以武功仕法国,封授元帅。

·华德维夫人或许已窥到这双重的血统遗产,所以把洛萨莉管得那么严,甚至有一天总主教埋怨她待女儿太苛时,她回答说:"让我管教罢,大人,我是识得她的!躲在她皮肉底下的撒旦不止一个呢!"

男爵夫人对女儿的特别注意,尤其因为她认为这是她做母亲的荣誉攸关。再说她也无事可做。格罗底特·特·吕泼那时三十五岁,差不多是寡妇,因为丈夫车磨着各种木料的蛋盅,拼命要用硬木制造六根轴梗的轮盘,替他的宾客做烟罐;所以他的太太只能和阿曼台·特·苏拉毫无邪念的调调情。当这个青年人在她府上的时候,她忽而把女儿打发开,忽而把她叫回来,想从这颗年轻的心中发现一些嫉妒的动作,以便有驯服它们的机会。她模仿警察对付共和党人的办法;但她白费心力,洛萨莉绝不露出任何骚动。于是严峻的虔婆埋怨女儿没有心肠,洛萨莉对母亲的认识,足以知道如果她觉得年轻的特·苏拉先生"不错"的话,定会招惹一顿臭骂。所以对于母亲的一切挑逗,她只回答几句所谓耶稣会徒派的句子①。其实这俗称是不妥的,因为耶稣会徒是强者,而这些吞吞吐吐的省略句子只是弱者藏身的铁丝架。于是母亲认为女儿装腔作势。倘使不幸而华德维和特·吕泼的真性格闪露一下时,母亲便提出儿女对父母应有的尊敬,迫令洛萨莉柔顺地服从。这种争斗是在日常生活最幽密的核心发生的,表面上绝对不露声色。副主教,这位亲爱的特·葛朗赛神甫,故总主教的朋友,无论以本区主教的资格而论是如何精明,却总猜不透这种争斗曾否煽动母女间的仇恨,是否母亲先存下妒意,是否阿曼台在母亲身上追求女儿的行为已经逾限。站在世交的地位上,他既

---

① 耶稣会徒派这个形容同系指虚伪与狡黠的意思。

不盘问母亲，也不盘问女儿。洛萨莉，为了年轻的特·苏拉先生，精神上二太吃亏了，便如俗语所说的不耐烦他，当他对她说话，想逗引出她一些心腹时，她总很冷淡。这种憎厌之心唯有母亲的眼睛看得见，永远被抓为训话的题目。

"洛萨莉，我不懂你为什么对阿曼台这么冷淡；是不是因为他是我们一家的朋友，我们，你的父亲和我都喜欢他的缘故……"

"唉！妈妈。"有一天那可怜的孩子回答道，"要是我待他好了，岂不罪过更大？"

"什么话？"特·华德维夫人嚷道。"你这是什么意思？你的母亲是不讲理的，也许，照你想来，母亲在无论哪一点上都不讲理？但愿从今以后，别再有同样的话从你嘴里出来，对你的母亲……"

这场拌嘴持续了三点三刻，而洛萨莉又把这一点提出了。母亲气得面孔发白，打发洛萨莉进了卧室。洛萨莉在那儿寻思这场争吵的意义，什么都寻思不出，她本是无辜的呀！因此，当勃尚松全城以为年轻的特·苏拉先生已十分迫近他追逐的目标，而他也为此解掉了领带，耗费了多少罐的鞋油，用掉了多少黑油使须髭发亮，穿旧了多少漂亮背心，用去了多少马蹄铁和绑腰（因为他穿着件皮马夹，狮子们的绑腰），其实阿曼台与对象之间的距离，比任何初入门的生客还要远，虽然他有尊严高尚的特·葛朗赛神甫撑腰。并且在我们这件故事开始的时候，洛萨莉全没有知道年轻的阿曼台·特·苏勒耶士是为她预备的——现在我们再来叙述那天晚餐桌上的情形。

"夫人。"特·苏拉先生对男爵夫人说，一边等太热的汤冷却，一边想把他的叙述弄得曲折些。"有一天，驿车把一个巴黎人送进这里的国家旅馆,他看了几处房子,拣定石梯街上迦拉小姐那所屋子的二层楼。随后这外乡人径奔市政府,把实际住址和行使公权的住址备了案。接着他提出合格的证件在法院律师表上注了册,到他的新同僚那里,法院的僚属那里,推事那里,一切司法界人士那里,投了名片,上面印着:亚尔培·萨伐龙。"

"萨伐龙这个姓是出名的。"深通贵族徽章学的洛萨莉说。"萨伐龙·特·萨伐吕司这一族是比利时最老最显贵最富的世家之一。"

"他是法国人而且是南方人。"阿曼台·特·苏拉接着说。"如果他要袭用萨伐龙·特·萨伐吕司的盾徽,他必得在上面加一条横线。在比利时勃拉防州现在只有一位萨伐吕司小姐,一个遗产甚富的待字的闺女。"

"横线其实是私生子的标识。"特·华德维小姐又接上来说,"但一个特·萨伐吕司伯爵的私生子依旧是贵族。"

"够了,洛萨莉!"男爵夫人说。

"您要她懂得盾徽学。"男爵插嘴道:"她的确很懂呀!"

"讲下去罢,阿曼台。"

"您懂得在一个样样分门别类,确切肯定,整理就绪,编号入册,像勃尚松这样的城里,亚尔培·萨伐龙毫无困难地被我们的那些律师接受了。各人只说:哦,一个全不知道勃尚松的可怜虫。哪个糊涂蛋劝他上这儿来的?他想来干什么?不亲自去拜会法官而光是投一张名片,真是大错特错!所以过了三天,再也不提萨伐龙。他雇用了故迦拉先生的贴身男仆,略知烹调的奚洛末做当差。谁也没见过或会过亚尔培·萨伐龙,所以更容易把他忘掉。"

"难道他不去做弥撒吗?"特·夏洪戈夫人问。

"他星期日上圣·彼得堂,但他去的是第一场,早上八点。他天天夜里一二点钟起来,工作到八点,用早餐,再工作,在花园里绕个五六十圈;然后进去用晚餐,在六点与七点之间睡觉。"

"您怎么知道这些的?"特·夏洪戈夫人问特·苏拉先生。

"第一,夫人,我住在石梯街转角上的新街,远远里望得见这位神秘角色所住的屋子;再则,在我的小老虎和奚洛末之间,天然有他们的交际。"

"这么说,您还跟罢皮拉谈天?"

"不然教我散步的时候怎办?"

"唔,那末,您请律师怎么又会请一个外乡人?"男爵夫人这么一句又把发言权递还给副主教。

"首席庭长曾经捉弄这位律师,指定他在重罪法庭替一个近乎白痴的乡下人当义务辩护,这乡下人被控伪造罪。萨伐龙先生却使这可怜虫得到开释,证实他无罪,说他上了真正罪犯的当。不但他的论见获得胜利,并且逼得人家把两个证人扣押,坐实之后都判了罪;他的辩词打动了法院当局和陪审官。隔了一天,陪审官中有一个商人把一件颇为棘手的案子委托萨伐龙先生,又胜诉了。在我们当时的形势之下,裴里哀先生既无法到勃尚松来①,特·迦尔色诺先生便劝我请这位萨伐龙律师,预言我们一定胜利。等我一看见他,一听他谈话,我便信任他,而果然我没有看错。"

"难道他有什么了不得的地方?"特·夏洪戈夫人问。

"是的。"副主教回答。

"那末,请您解释给我们听听。"特·华德维夫人说。

---

① 裴氏父子均为法国电上有名的律师。

"我第一次见他。"特·葛朗赛神甫说道,"他在过道隔壁的房内(从前迦拉老头的会客室)招待我,那间房给他全部漆成旧橡木色,装满了法律书,摆在漆着同样颜色的书架上。除了油漆和藏书以外,再没旁的华贵装饰,因为家具只有一张雕花旧木书桌,六张花绸面椅子,绿镶边的浅褐色窗帘,地板上铺着一张绿地毡。这间书屋靠着过道里的火炉取暖。我在等待的时候,完全没把我的律师想象作年轻的样子。这个特殊的背景同他的面貌调和得很,因为萨伐龙先生穿着西班牙毛织的黑晨衣,束着一根红腰带,穿着红软鞋,红法兰绒背心,红便帽。"

"魔鬼的号衣呀!"特·华德维夫人嚷道。

"是呀。"神甫说道:"但是一张气宇轩昂的脸:乌黑的头发已经有几根白丝,像我们画上圣·彼得与圣·保禄的头发,虬结的,亮晶晶的,其硬如毛,雪白的圆脖颈好似女人的一般,庄严的额上分布着气概不凡的纹缕,就像伟大的计划,伟大的思想,深沉的内省在巨人额上刻画下来的;橄榄色的皮肤隐约有些红瘢,方鼻子,火热的眼睛,深陷的面颊,刻画出充满痛苦的两条长长的皱痕,常带笑容的嘴,纤削的下颏太短了些;太阳穴里有着褶裥,凹陷的眼睛,在眉毛浓密的眼眶下转动,像两颗火球;但虽然布满这些热情的标识,他依旧保持着一副非常隐忍的,镇静的神态;动人心坎的柔和的声音,出我意料地会在法庭上那样的运用自如,显出真正演说家的嗓子,时或音清而语黠,时或微言而多讽,忽而引吭如雷鸣,忽而跌宕作冷嘲,犀利无匹。萨伐龙先生是中等身材,不肥不瘦。一双手像大主教的①。我第二次上他家,他把我让进藏书室隔壁的卧房;一口窳劣的衣橱,一张

---

① 此系指多肉浑圆之手。

窳劣的地毯，一张中学生用的卧床，窗上挂着洋布窗帘。当我看着这些陈设而错愕时，他对我微微一笑。他刚从另一间小书斋里出来，当我的面旋上了门锁，那是谁也不能进去的，据奚洛末说，他也只能在门上叩几下。第三次，他在书房里用着极菲薄的午餐；但这次因为他隔夜整晚的查阅我们的案卷，我又带了代诉人同去，需要在他家耽留很久，而代诉人奚拉台先生又欢喜絮聒，我便有了仔细打量这个外乡人的机会。当然这不是一个平常的人。这副威严而又温和，沉着而又烦躁，饱满而又虚弱的面具之下，藏着不少秘密。我发觉他微微有些伛背，好似一个肩负重任的人。"

"为什么这个能言善辩的人离开巴黎呢？他抱着什么计划到勃尚松来？外乡人在此很少成功的希望，难道没人告诉他吗？人家会利用他，但勃尚松人决不让人利用他们。既然来了，他又为什么毫无活动，直等到庭长心血来潮才露头角？"那个俏丽的特·夏洪戈夫人这样问。

"当我把这副壮美的相貌仔细研究过后。"特·葛朗赛神甫接着说，一边狡黠地望着发问的对手，仿佛他还有什么话藏在肚里不说，"尤其当我今天听见他和那巴黎的大将舌战过后，我想这个三十五岁上下的人，将来定有一番惊天动地的表现……"

"您的官司赢了，您给了他报酬，我们还提他做甚？"特·华德维夫人这样说，因为她发觉自从副主教讲着这件事情以来，她的女儿几乎目不转睛地盯住他的嘴唇。

于是谈锋换了方向，再也不提亚尔培·萨伐龙。

教区里最能干的副主教所描绘的这幅肖像，因为其中藏着一部真正的小说，所以对洛萨莉越显得有小说般的魔力。她破题儿第一遭遇到这种异事，这种奇迹，为一切青年幻想所企望的，为在洛萨莉的年纪上那么活跃的好奇心所纵身捕捉的。这个阴沉的、痛苦的、雄辩的、勤奋的亚尔培，给特·华德维小姐拿来跟那位肥头胖耳的，雄赳赳的，甜言蜜语，胆敢对着世代簪缨的特·吕泼大谈风雅的特·苏拉相比之下，真是如何理想的人物！阿曼台只给她挨骂受气，并且她也把他觑破了，不像亚尔培·萨伐龙浑身是谜，好让她细细的猜。

"亚尔培·萨伐龙·特·萨伐吕司。"她在肚里暗暗念着。

然后是要看见他，瞧见他！……这是一个素无欲望的少女的欲望，她在心中，想象中，脑海中，把特·葛朗赛神甫所说的一句一句重新温过，因为每个字都发生了效果。

"美丽的额角！"她想道，眼望着饭桌上每个男人的额角，"我连一个美丽的额角都瞧不见……特·苏拉先生的那个是太饱满了；特·葛朗赛神甫的那个美固然美，但他年已七十，头发全秃，不知他的额角到哪儿为止。"

"你想什么呀，洛萨莉？你简直不吃东西……"

"我肚子不饿，妈妈。"她说。"手像大主教的一般……"她又往下想，"我记不起我们那风神俊美的总主教了，虽然他替我行过坚信礼。"

她在幻想的迷宫中来回踱躞的时候，终于记起她偶尔半夜醒来，从床上瞥见两座贴邻花园的丛树中间，闪耀着一扇明亮的窗子："原来就是他的灯光。"她私忖道："我可以看见他！我一定要看见他。"

"特·葛朗赛先生，僧侣会的讼案算是完全结束了么？"洛萨莉在大家静默的一刹那劈面问着副主教。

特·华德维夫人很快地和副主教交换了一个眼色。

"这对你有什么相干呢，亲爱的孩子？"她对洛萨莉说，那种假作温柔的语调使她的女儿从此留了心。

"人家还可上诉到最高法院；但我们的敌人得三思而行。"神甫回答。

"我真不会相信洛萨莉会把一桩官司想了一顿饭的辰光。"特·华德维夫人又补上一句。

"我自己也想不到。"洛萨莉说，说时那副迷惘的神态令人发笑。"可是特·葛朗赛先生那样的聚精会神，弄得我也关切起来。真是无心的呀！"

大家离开餐桌，宾主一齐回到客厅。洛萨莉整个黄昏静听着，要晓得人家还提不提亚尔培·萨伐龙；但除了每个来客对神甫祝贺他诉讼胜利，而并无颂扬律师的话以外，再也不涉及本问题。特·华德维小姐不耐烦地等着夜阑人静。她立意要在二点到三点之间起来，瞭望亚尔培书斋的窗子。到了那时，对那几乎光秃的树隙间透过来的烛光凝睇之下，她差不多有种快感。凭了少女所特有的好眼光，再加好奇心为之扩展得更远的视线，她看见亚尔培在写作；她自以为辨出家具的颜色，好像是红的。壁炉的烟突在屋顶上吐着一缕浓密的黑烟。

"当大家酣睡的时分，他守护着……好似上帝！"她心里想。

女子教育包括着那么严重的问题，因为一个民族的前途靠在做母亲的身上，而这是法国的大学院久已不理会的。这儿便有一个问题：我们应该启发少女呢，还是压抑她们的思想？不消说宗教制度是压迫的：如果您启发她们，就会在未成熟的年龄上造出妖魔；如果您禁止她们思想，又会遇到出人意外的爆发，如莫利哀描写得那末真切的阿匿斯[①]，把这股平日压迫着的思想，那么

[①] 系莫利哀名剧《女子学校》中主角，是一个天真无知的女了，常在人前说出极唐突的话。

新鲜，那么犀利，像野人一般迅速而往前直冲的思想，交给一件意外的事故摆布，就如谨慎的勃尚松僧侣会中最谨慎的教士之一，以不谨慎的叙述促成了特·华德维小姐致命的危机。

次日早晨，特·华德维小姐一边穿衣，一边不由得望着亚尔培·萨伐龙在特·吕泼家园贴邻的花园中散步。

"倘使他住在旁的地方。"她私忖道，"我又将怎办？现在我能看见他。他在想什么呢？"

在洛萨莉一向见到的勃尚松人的面貌中，唯有这个奇人的脸相压倒一切而巍然独显；她远远地看见过后，一转念便想透入他的内心，刺探如许神秘的底蕴，一听这雄辩的声音，领受一下这对美目的瞥视。这些她心里都想要，可是如何得到呢？

整天她呆呆地全神贯注的做着绣作。就像阿匿斯一流的姑娘，装得一无所思的样子，其实对什么都想到家，使她的阴谋诡计，算无遗策。洛萨莉这次深思熟虑的结果，是决意要忏悔。次日早晨，弥撒完毕以后，她在圣母寺跟奚罗神甫谈了几句，把他灌了迷汤，忏悔给定在星期日早上七时半，在八点那场弥撒之前。她撒了一打左右的谎，以便能有这么一次，在律师去做弥撒的时间等在教堂里。末了她又对父亲大发孝心起来，到工场里去看他，问他无数关于车床技术的问题，最后劝他车大东西，车柱子。一朝怂恿父亲开始了螺旋柱子，做了车工上最难的技术之一以后，她又劝他利用花园正中的一大堆石头，拿来造一座假山洞，洞顶盖一所瞭望塔式的小神堂，那么可以用到他的螺旋柱子，在客人面前炫耀了。

正当这个素被冷淡的可怜人为了这个计划而高兴时，洛萨莉拥抱着他说："最要紧别跟母亲说是谁给您出的这个主意；她会骂我的。"

"放心就是。"特·华德维先生回答，他在可怕的特·吕泼小姐淫威之下，和女儿一样的喘不过气来。

由此，洛萨莉有把握看到很快就可造起的一所有趣的瞭望台，可以望到律师的书斋。世界上有些男人，尽管少女们为之使尽那样杰出的外交手腕，往往会像亚尔培·萨伐龙一样全不得知。

焦灼地期待着的星期日终于到了，洛萨莉细磨细琢的化妆，把伺候特·华德维母女的女仆玛丽爱德看得笑起来。

"小姐这样仔细的梳妆，我还是第一次看见呢！"玛丽爱德说。

"你教我想起。"洛萨莉一边说，一边对玛丽爱德瞥了一眼，害得她面孔通红，"你有些日子也比平常装扮得厉害。"

离开石级，穿过庭院，跨出门槛，走在街上，洛萨莉的心，跳得像我们预感有大事临头的时候一样。至此为止，她不知走在街上是怎么回事；她原以为母亲会从她脸上窥破她的计划，不许她去忏悔；她觉得脚里有一股新的血在流，急急的提起来，仿佛踏在火上一般！自然罗，她同忏悔师约的是八点一刻，对母亲说是八点，为的好在亚尔培身旁等待一刻钟。她在弥撒开始之前到了教堂，做了一番简短的祷告之后，走去瞧瞧奚罗神甫已否坐在忏悔亭里，借此在教堂里绕一个圈子，然后她拣了一个可以望见亚尔培进来的地方等着。

在好奇心替特·华德维小姐安排下的那种心境中，真要一个奇丑的男人才会显得不美。可是原已出众的亚尔培·萨伐龙，加上他的仪态，他的行动，他的姿势，连他的衣装在内，一切都有那种唯"神秘"一词可以形容的气氛，当然使洛萨莉的印象更加深刻了。他一进来，本是黝暗的教堂，洛萨莉觉得忽然明朗了。

她迷着他迟缓的近乎庄严的步履,为肩荷整个世界的人所惯有的,他的举动,他的深沉的目光,都表现出他头脑里有一股扫荡一切的或控制一切的思想。洛萨莉至此才明白副主教一席话的边际。是呀,这对闪出一丝丝金色的半褐半黄的眼睛,的确遮掩着一股热情,闪闪烁烁地透露出来。洛萨莉,不顾玛丽爱德的注意,不辞唐突的兀自迎着律师走去,好和他四目相对一下;而这蓄意探索的目光,竟把她的血给换了,因为她的血沸腾激越,仿佛体热增加了一倍。亚尔培一坐下来,特·华德维小姐便也拣了一个座位,好让她在奚罗神甫未到以前完完全全望着他。当玛丽爱德说"奚罗神甫来了"时,洛萨莉觉得只过了几分钟。及至她从忏悔亭里出来,弥撒业已终场,亚尔培已经走了。

"副主教说得不错。"她想,"他痛苦着!为何这匹大鹰,他的眼睛就像鹰,降落在勃尚松?噢!我要全部知道,可是怎办?"

在这簇新的欲火鼓动之下,洛萨莉一针不错地做着挑绣,心里做着种种盘算,面上装着天真的傻样,蒙蔽她的母亲。从星期日那天特·华德维小姐受到了一眼之后,或者如果您喜欢借用拿破仑的名句来形容一下爱情的话,从她受到了"火的洗礼"之后,她非常兴奋的推动着瞭望台计划。一等到有两根柱子车好之后,她便对母亲说:

"妈妈,父亲脑筋里有一个古怪的念头,想用园子中间的那堆石头搭一座瞭望台,他正在车磨这石台用的柱子;您赞成这个计划么?我觉得……"

"你父亲所做的事情,我一概赞成。"特·华德维夫人冷冷地答道,"服从丈夫是女子的义务,纵使她在思想上不同意……在特·华德维先生觉得好玩的时候,干么我要反对一件本身无所谓的事情?"

"但是从台上我们可以望到特·苏拉先生的屋子,而我们站在台上时,特·苏拉先生也可望见我们。恐怕人家会说……"

"洛萨莉,你有意来指导你的父母不是?你自以为对于人生对于体统,比父母懂得更多不是?"

"我不说了,妈妈。而且父亲说可以把假山洞当做小房间,很凉快的,可以在里面喝咖啡。"

"你父亲这个主意挺好呢。"特·华德维夫人回答,说着想去瞧瞧那些柱子。

她对男爵的计划表示赞同,在花园底上指定一块基地,不会被特·苏拉望见,却清清楚楚可以望到亚尔培·萨伐龙的屋内。一个承揽商给叫了来,承造一个山洞,通到洞顶的是一条三尺宽①的小径,石隙里种些雁来红,菖蒲,常春藤,白英,金银花,野葡萄藤。男爵夫人主张在洞内四面用粗木做护壁,当时正流行粗木做的花盆托,洞底上挂一面大镜子,放一张有床罩子的罗汉榻,一张留着树皮的镶嵌木桌。特·苏拉先生提议地下铺沥青。洛萨莉想出在顶上挂一盏粗木座子的挂灯。

"华德维家在园子里弄着有趣的玩艺儿呢。"勃尚松城里有人说。

"他们有的是钱,尽可为一些想入非非的念头花上一千大洋。"

"一千大洋?"特·夏洪戈夫人问。

"是呀,一千大洋。"年轻的特·苏拉先生回答。"他们从巴黎请了一个人来装饰内部,一切都是乡下式,但弄出来是怪好看的。特·华德维先生亲自做挂灯,正在雕花呢……"

---

① 此系法国旧尺,约合三公寸三分。

"有人说倍尔盖给叫去挖地窖。"一个神甫插嘴道。

"不是。"年轻的特·苏拉先生接着说,"他在替山洞安排三合土的地基,防止潮湿。"

"他们家一点子大的事您都知道。"特·夏洪戈夫人酸溜溜地说,一面望着她大女儿中的一个,从去年起已经到了出嫁的年龄。

特·华德维小姐想着她的瞭望台的威风,颇为得意,觉得自己确比周围的谁都高明。谁也猜不到这件工程是单单为了一个被认为迟钝愚唉的小丫头,想从更近的地方瞧一下萨伐龙律师的书斋之故。

亚尔培·萨伐龙为僧侣会讼案所做的显赫的辩诉,因为惹动了律师们的妒忌,所以特别被人忘得快,而且萨伐龙厮守着他的隐居,哪儿都不露面。一个外乡人在勃尚松本来就容易被人遗忘;再加没有吹捧的帮闲,不见宾客,他愈益增加了令人遗忘的机会。虽然如此,他在商事裁判所辩护了三次,三件棘手的案子,结果都闹到法院。因此他得到了四个主顾,四个城里的商业巨头,承认他有识见,有外省人所谓的"好眼力",把案子委托了他。华德维家的瞭望台揭幕那天,萨伐龙也树起他的纪念碑来。靠他和勃尚松富商巨贾的暗中联络,他创办了一份半月刊,叫做《东方杂志》,由每股五百法郎的四十股凑成,资本交给他第一批的六位主顾,教他们明白勃尚松是米罗士①与里昂②中间的联络站,是莱茵河与龙罗河中间的重镇,所以勃尚松的气运大有促进的必要。

倘使要跟东北隅的斯特拉斯堡竞争,勃尚松除了在商业上应

---

① 法国东北隅的首府。
② 法国中部偏东的首府。

居要镇以外,岂不也应该在文化上做个中心?而与东方各州利益有关的重大问题,只能在一份杂志上讨论,把斯特拉斯堡和第戎的文学势力抓过来,替法兰西东部做一番启明工作,防止巴黎集权化,那该是何等的光荣!亚尔培想出来的这些理由,从十几个巨商嘴里传出去,当做他们自己的主意。

萨伐龙律师并不抬出自己的名字,把财政交给他第一个主顾蒲希先生管理,他是由于太太的路线和宗教书籍的最大出版家之一有关系的;萨伐龙却保留着编辑权,和创办人应享的一部分利益。商会向各地去鼓吹:陶尔,第戎,萨冷,纽夏丹,汝拉,蒲葛,南都阿,龙·勒·梭尼哀,要求他们精神上的援助,要求皮越,勃莱斯德,贡台三州全部好学之士加入合作。凭着商业关系和同行情谊,凭着定价的低廉(每季定价只有八法郎),获得了一百五十份定户。为避免因投稿不用而伤害本地人的自尊心起见,律师把文学栏的编辑职务交给蒲希先生的长子阿弗莱,一个非常热衷,全不知文学事业的陷阱和苦闷的二十岁的青年。亚尔培暗中操着实权,把阿弗莱·蒲希造成了自己的信徒。在勃尚松,这位法庭之王只和阿弗莱一人有亲密的来往。每早阿弗莱到花园里来和亚尔培商量每期的内容。不消说,创刊号里有一篇阿弗莱的《感想录》,为亚尔培所认可的。谈话中间,亚尔培对阿弗莱暗示一些伟大的思想,文章的题目,给这青年去利用。因此,大商人的儿子自以为利用着这个大人物!在他眼里,亚尔培是一个天才,一个深刻的政治家。对刊物的成功大为高兴的商人们,只消缴纳股本的十分之三。再添二百份定户,杂志的股东就有五厘的红利可分,编辑费是不支的。而且这编辑费也非金钱所能支付。

到第三期上,杂志已办到和法国所有的日报交换,那本是亚尔培在家阅览的。这第三期内登着一篇中篇小说，署名 A. S.；大家猜是名律师的手笔。虽然勃尚松的高等社会认为这刊物有自由主义气息而很少注意，但仲冬时节，终于有人在特·夏洪戈夫人家里谈起贡台初次出现的那个中篇来了。

"爸爸。"洛萨莉说，"勃尚松有一份杂志了，你应该去定一份放在你那里，因为妈妈是不让我阅读的；但你可以借给我。"

为了急于服从他亲爱的洛萨莉，服从五个月以来对他表示温情的女儿起见，特·华德维先生亲自去定了一份全年的《东方杂志》，把先出的四期借给了女儿。夜里，洛萨莉一口气把那中篇，把那生平第一次读到的小说吞了下去；她觉得只活了两个月，从前的日子都是白过的！所以这件作品对她发生的作用，不能以普通的内容去判断。一个巴黎人把新兴文学的手法与光彩带到外省来的这篇作品，姑不必批评它真正的优劣，但在一个初次在文学作品中发挥处女的聪明和纯洁的心的少女眼中，总不能不算是一篇杰作。并且洛萨莉根据她听到的意见，直觉地构成一种观念，更特别抬高了这小说的价值。她希望从中觅得多少亚尔培的情操，或者他的一部分生活史。从最初几页起，这个意念便在她胸中证实了；读完之后，她更确信自己没有猜错。据夏洪戈沙龙里的批评家们说，亚尔培大概是模仿几个现代作家，因为不能创造，便讲述自身的悲欢离合，或生涯中一些神秘的事故。下面便是他心腹的剖白。

爱情造成的野心家

一八二三年，以游历瑞士为旅行主旨的两个青年，在七月里一个晴朗的早上，从吕赛纳出发，乘着一条三个划手的小艇，往弗吕仑前进，决意在四郡湖畔所有的名迹胜境都耽留一下①。吕赛纳到弗吕仑途中的环湖风景,千变万化,凡是最苛求的幻想所期望于高山的,大河的,湖泊的,巉岩的,幽溪的,绿草的,丛树的,急流的,无不具备。有的是萧条的荒野,有的是柔媚的山岬,有的是娇艳清新的溪谷,密林矗立在峻峭的花岗岩上如帽顶的羽饰,幽静凉爽的港湾张开着臂抱,盆地上的宝藏被幻梦的远景点缀得更美了。

在可爱的越梭镇前面经过时,两个朋友之中的一个尽望着一座木屋;木屋似乎刚造不久,四周围着栅栏,坐落在一个土岬上,快与湖水相接。小艇在屋前驶过的辰光,最高层的房间底上探出一张妇人的脸,想瞧一瞧湖上扁舟的景致。凝视木屋的青年,正和陌生女子无意的目光相遇。

"在这儿耽下来罢。"他对他的朋友说,"我们原把吕赛纳作为游历瑞士的大本营,但若我改变主意,让我留在这儿看守衣物,你不会觉得不行吧,雷沃博?你爱怎么办都可以,为我,我的游程已经完毕——船家,把船靠岸,让我们在村上吃中饭——我会到吕赛纳把我们的行李全部搬来,在你离开这儿以前,你可以知道我的住处,回来好找到我。"

"这里也好,吕赛纳也好。"雷沃博说,"没有什么分别,毋须我来阻止你这下子的使性。"

这两个青年是一对名副其实的朋友。他们俩同年同学,一同在法科毕业之后,一同在暑假里来一个照例的瑞士旅行。由于父亲的意志,雷沃博已经预定回去进巴

---

① 吕赛纳住四郡湖之北端,弗吕仑在四郡湖之南端。

黎某公证人的事务所。他的方正，他的柔和，冷静的感官和聪明，保证了他驯良的天性。雷沃博眼见自己将来是巴黎的公证人，他的生涯摆在面前，好似一条穿越法国平原的大路，整个的前程后果，他都抱着隐忍的情怀接受下来。

他的伙伴洛道夫，和他的性格正是一个对照，这相反的两极使他们的联系愈加密切。洛道夫是一个贵族的私生子；贵族的早逝，来不及采取必要的措置，保障他所爱的女子和洛道夫的生活。洛道夫的母亲受了这一下命运的播弄，不得不走英勇牺牲的一路。她把孩子的父亲慷慨赠与的东西全部出售，集了一笔十多万法郎的款子，作为自己的终身年金，以很高的利率存放着，每年约有一万五千法郎的进款，决心全部充作儿子的教育费，使他具备最能挣钱的本领，并且靠着历年撙节，预备好一笔资金，等他成年时应用。这是冒险的办法，完全依靠她的寿命的①办法；但非这样大胆，这位仁慈的母亲就没法过活，没法充分的教育这孩子——她唯一的希望，唯一的前途，唯一的快乐之源。母亲是一个魅人的巴黎女子，父亲是比利时勃拉防州一个优秀的世家子弟，父母相爱的热情简直不分轩轾；洛道夫便是这热情的结晶，赋有极度敏锐的感觉。从童年起他就处处显出强烈的热诚。在他身上，欲望竟是一股支配全生命的力和动机，是幻想的刺激素，是行动的意义。智慧通灵的母亲一发觉这种气质大为惶急，做着种种努力。但洛道

---

① 终身年金除存款人在世时可按年支取定额本利外，一俟存款人身故，全部本金皆告没收，故云依靠寿命。

夫对于欲望的执著，依旧如诗人之于幻想，学者之于计算，画家之于描绘，乐师之于作曲。他一方面温柔如母亲，一方面又挟着犷野的气势，固执的思想，追求他欲望的目标，恨不得把时间吞噬。幻想他的计划成就时，他永远把实现计划的步骤一笔勾销。母亲说："将来我的儿子生了孩子，他是要他们一下子就长大的。"因为指导得当，这股美妙的热情使洛道夫学业优异，成为英国人所谓的完美的绅士。母亲对他很得意，却依旧替他担忧着什么重大的祸事，倘使这颗那么温柔那么善感，那么暴烈而又那么慈悲的心，一朝被爱情抓住的话。所以这位谨慎的太太，竭力鼓励雷沃博与洛道夫的友谊。她看到这位冷静而忠诚的公证人，万一她不幸而撒下洛道夫时，有资格做他的监护人，做他的知己，多少可以代替她的职司。洛道夫的母亲四十三岁，却风韵依然，使雷沃博为之倾倒。在这种情形之下，两个青年更形亲密了。

所以深知洛道夫的雷沃博，看见他为了楼上的一瞥而勾留在村上，放弃原来逛圣·高太的计划时，毫不惊奇。白鹅饭店替他们端整午餐时，两个青年在村里遛达了一趟，在那美丽的新屋附近，跟村民随意谈天的当儿，洛道夫发现一个小布尔乔亚的家庭，依照瑞士很流行的习惯，愿意招留他食宿。人家给他一个可以饱览湖景的房间，四郡湖上招引游客的秀丽的港湾历历在目。这座屋子和陌生女郎露面的那所，只隔一条十字岔道和一个小码头。

洛道夫只要花一百法郎一月，便什么生活的琐事都不用管了。但屋主史多弗夫妇一想到为他应付的开支时，便要求预付三个月。你一接触瑞士人，就看到一副高利贷的面孔。中饭之后，洛道夫拿着本来预备带往圣·高太去的简单衣物，立刻在房里安顿下来，眼看雷沃博本着严守纪律的精神重新出发，去为自己为洛道夫完毕游程。洛道夫坐在一块突出湖岸的岩石上，等到雷沃博的小艇完全消失时，便偷眼打量着新屋，希望瞥见那陌生女子。可是直到他回寓，屋子里始终没有动静。在晚餐桌上，他向史多弗夫妇询问邻舍街坊的琐事。史先生从前是纽夏丹城中的制桶匠；这些房东是毋须你多请，就会把他们的唠叨倾箱倒箧背给你听的，所以洛道夫所要知道的有关陌生女郎的消息，完全打听明白了。

陌生女郎叫做法尼·勒佛雷斯。勒佛雷斯是英国历史悠久的一个大族；但李查逊用来创造了一个声名狼藉的人物，把所有同姓的人全连累了①。勒佛雷斯小姐为了父亲的健康住到湖上来，医生说吕赛纳郡的空气于他有益。这两个英国人来的时候没有仆从，只带一个十四岁的女孩子，对法尼小姐很忠心，一个会侍候的怪聪明的哑巴。他们在上年冬季之前，寄居在裴格曼先生家。裴先生从前在意大利大湖中美丽岛和母亲岛上，替鲍洛梅奥伯爵当园丁头。裴氏夫妇每年有三千法郎的进款，把楼上的房间租给勒佛雷斯家，年租二百法郎，租期三年。勒佛雷斯老人年纪九十开外，衰老得厉害，境况的艰难使他不能有什么消费，很少出门；人家说他的女儿翻译英国书和自己著书来养活他的。因此，乘船，骑

---

① 英国小说家李查逊名著 *Clarisse Harlowe* 中有姓勒佛雷斯的人物，以放浪淫逸著称。

马，雇向导去游历四周名胜的事，勒佛雷斯父女一样都不敢尝试。窘迫到这步田地，大大地引起了瑞士人的同情，尤其因为他们失掉了一个赚钱的机会。房东的厨娘以每月一百法郎的代价包下三位英国人的伙食。但越梭镇上都相信这个退职的园丁头，尽管想冒充布尔乔亚，还是借了厨娘的名从中渔利。裴格曼夫妇在宅子四周辟有美丽的花园，起了一所华丽的花房。鲜花啊，鲜果啊，奇异的植物啊，使那位年轻的小姐经过越梭镇时拣中了这所屋子。人家猜法尼小姐十九岁，是老人最小的女儿，大概给他宠惯的。不到两个月以前，她从吕赛纳弄来一架出租钢琴，因为她似乎爱音乐爱得发疯。

"她爱花爱音乐。"洛道夫私忖道，"还没出嫁？多运气哇！"

第二天，洛道夫托人去要求参观在本地小有声名的花园和花房。园主并不马上答应，真是古怪！倒要讨洛道夫的护照看。他立刻送了去，到下一天才由厨娘送回，说主人们请他赏光参观。洛道夫上裴格曼家时，那种浑身打战的情绪，唯有感情强烈，会把有些人要使用一世的热情在一刹那间耗费精光的人才领会得。他认为老园丁夫妇是他的珍宝的守护者，特意在穿扮上讨好他们。他一边赏玩花坛，一边不时觑一眼屋子，可是非常谨慎：园丁老夫妇显然对他存着戒心。但不久他的注意力集中在那个哑巴的英国女孩身上了：虽然年轻，她的机灵却使他疑心是一个非洲女子，至少是西西里岛民。小姑娘皮色金黄，像一支哈瓦那雪茄，火辣辣的眼睛，亚美尼人的眼皮，长长的睫毛全然不是英国人的，头发比墨还要黑，而在此近乎橄榄色的皮肤下面，有着刚强的脾气，和狂热兴奋的成分。她用刺探的目光瞅着洛道夫，全不知道害羞，紧盯着他每个小动作。

"这摩尔小姑娘是哪一家的?"他问可敬的裴格曼夫人。

"英国人家的。"裴格曼先生回答。

"她总不是生在英国的!"

"也许他们从印度带回来的。"裴格曼夫人说。

"人家说年轻的勒佛雷斯小姐欢喜音乐，在医生逼我住在湖上疗养的时期，要是她允许我和她一起玩音乐，我才高兴呢……"

"他们没有外客，也不招待外客。"老园丁说。

洛道夫咬咬嘴唇；出门之前，人家没请他进屋里去坐，也不曾给领到屋面和土岬之间的那部分园子中去。在那一边，屋子二层楼上有一条宽大的木回廊，上面有很深的屋檐遮着，好似瑞士木屋的式子，四周都有这样的屋檐。洛道夫把这幽雅的建筑夸奖了一番，只是枉然。当他辞别裴氏夫妇之后，不觉的呆住了，好似一切心思巧妙，想象丰富的人，满以为可操胜券而终于失败的情形一样。

傍晚他坐了小艇游湖，沿着土岬，一直到勃罗奈，到歇费兹，回来已是黑夜降临时分。远远里他瞥见窗子打开着，灯火大明，听到钢琴声和嗓音曼妙的歌声。于是他停下来，听着唱得出神入化的意大利曲调，悠然神往。歌声住后，洛道夫上岸把船和两个船夫打发了。他不怕弄湿脚，去坐在给湖水侵蚀的花岗石礁上，背后是有刺的皂角树排成浓密的篱垣，篱内是裴格曼家的一条走道，道旁种着还没长成的菩提树。一小时以后，他听见有人在头上一边走一边讲,但传到耳边来的是意大利语,两个女子,两个少女的口音。他趁谈话的人走在园中小径的一端时,无声无息的爬到另外一端。经过半小时的努力,他居然达到小径的尽头,拣了一个他可瞧见她们而她们迎面来时瞧不见他的地位。他发觉两个女子中的一个便是那哑巴,不禁大为诧怪,她和勒佛雷斯小姐讲着意大利语。那时正是晚上十一点。湖面上与屋子周围静悄悄的没有一点声息,两个女子自以为万分安全:越梭全镇只有她们俩的眼睛还未阖上。洛道夫认为小姑娘的哑巴是不得已的伪装。听她们讲意大利语的腔调,洛道夫猜她们便是意大利人,所谓英国人是假的。

"这是些亡命的意大利人喔。"他心里想,"一定害怕奥国的或撒地尼亚的警察。那少女要到黑夜里才能太太平平的出来散步和谈话①。"

立刻他沿着篱垣躺下,蛇行着想从两株皂角树的根隙间找一条路。趁那冒充的法尼小姐和假装的哑巴走在小径另一头时,他顾不得弄坏衣服或刺伤背脊,穿过了篱垣;月色甚明,他正躲在阴暗里,当她们走近到只离他一二十步而无法看见他时,他蓦地站了起来。

"不用怕。"他用法语对意大利女子说,"我不是间谍。你们是逃亡者,我猜着了。我是法国人,被您瞧了一眼而在越梭耽下来的。"

说至此,洛道夫腋下给一件钢铁的东西击中了,痛得马上倒在地下。

---

① 一八二〇至一八二一年间,意大利北部撒地尼亚邦发生革命,要求宪政,解除奥国束缚,终为撒王查利及奥国武力镇压。

"把他缚了石头往湖里丢。"那可怕的哑巴说。

"哟！奚娜。"意大利姑娘叫了起来。

"还好没打中要害。"洛道夫说着，从伤口拔出一支中在下肋骨上的短剑；"再高一些，就直进我心窝去了。怪我不好，法朗采斯加。"他记起奚娜说过好几遍的这个名字，"我不怨她，别责备她：能够同您交谈这种福气，的确值得受此一击！不过，请您引路，我得回史多弗家去。你们放心，我决不声张。"

法朗采斯加惊疑定后，帮助洛道夫站起身子，对饱含着泪水的奚娜说了几句。两个女子硬要洛道夫坐在一张凳上，卸下外衣，背心，领带。奚娜揭开他的衬衣，把创口深深地吮吸了一会。法朗采斯加跑去拿了一大方英国绷带来蒙住了伤口。

"您这样可以回家了。"她说。

她们俩每人扶着他一条胳膊，把洛道夫搀送到一扇小门口，钥匙就在法朗采斯加胸衣袋里。

"奚娜懂得法语吗？"洛道夫问法朗采斯加。

"不懂的，可是您别慌。"法朗采斯加说，稍稍带着不耐烦的口气。

"让我看您一看。"洛道夫感动地回答，"也许我要长久不能再来……"

他靠在小门的一根柱头上，端相着美丽的意大利姑娘，她也让他看了一会，在此最幽美的静寂里，在此瑞士诸湖中最美的湖上所遭逢的最美的良夜。法朗采斯加确是古典的意大利女子，就像你所幻想的，虚拟的，或者说是你所梦见的那种意大利女子。第一吸引洛道夫的是典雅妩媚而婀娜多致的身段，纤弱的外表掩藏不了结实的躯干。红里泛白的面色，表示她受着突然的刺激，但那双潮润的，绒样的乌黑眼睛，依旧流露出一股肉感。一双手，希腊雕塑家雕在光滑的石像上的一双最美的手，扶着洛道夫的胳膊；雪白的肤色映在黑衣服上格外分明。冒昧的法国人只窥见一张微嫌太长的椭圆脸形，忧郁的嘴巴半开着，在两片宽阔鲜红的唇间露出一排光彩照人的牙齿。线条的美，保障了法朗采斯加这种光辉的持久性；但最使洛道夫动情的，乃是那种可爱的潇洒，乃是这姑娘整个儿沉浸于同情心时的意大利风的爽直。

法朗采斯加嘱咐了奚娜一句，奚娜便扶着洛道夫送到史多弗家门口，拉了门铃，一遛烟的逃了，赛似一只燕子。

"这些爱国党人下起手来可真辣！"洛道夫躺在床上觉得痛楚时这么想。"往湖里丢！奚娜要在我脖子上缚了石头沉在湖里呢！"

天亮之后，他派人到吕赛纳请最好的外科医生；医生来了，他要他严守秘密，说是名誉攸关。雷沃博游览回来那天，正逢他的朋友开始起床。洛道夫对他编了一个故事，托他到吕赛纳去取行李信件。不料雷沃博带来了最凶恶最残酷的消息：洛道夫的母亲死了。当两个朋友从熊城到吕赛纳，再从吕赛纳向弗吕仑出发那天，雷沃博的父亲所写的这封报丧信就到在那里。虽然雷沃博有着预防，洛道夫仍旧受不住刺激，死去活来大发了一场。未来的公证人一等朋友脱离险境，便揣着全权委托书动身回法国。这样，洛道夫可以留在越梭，世界上唯一可抚慰他的痛苦的地方。这法国青年的处境，绝望，以及使他的丧母特别难受的情况，传遍了越梭镇，引起关切和同情。假装的哑巴每天早上来看一次法国人，把他的病况报告她的女主人。

洛道夫能够出门时，就去装格曼家谢法尼·勒佛雷斯及其父亲的关切。自从搬进装家以来，意大利老人还是第一遭放一个陌生人进门；洛道夫凭着新丧和教人放心的法国人资格①，受到极诚恳的招待。在这初次的夜会上，法朗采斯加在灯光之下显得那么娇艳，在这颗颓丧的心中无异射入了一道光明。她的笑容在他的哀伤上缀上一朵希望的蔷薇。她唱歌，却不唱快乐的曲调，而专挑一批适配洛道夫心境的庄严高远的音乐。他领会到这种体贴的用心。八点左右，老人让两个青年单独相对，没有一些疑虑的神色，径自回房去了。法朗采斯加唱歌唱乏了时，把洛道夫领到外边回廊上，对着壮丽的湖山，教他坐在一张粗木凳上，靠近着她。

"亲爱的法朗采斯加，我可以冒昧问您的年纪么？"洛道夫说。

"足十九岁。"她答道。

"假如世界上能有什么东西可以减轻我痛苦的话。"他接着说，"那将是希望从您父亲那边得到您。不管你们的经济状况怎样，我觉得像您这样慈悲，您比王者的女儿还更富有。我颤抖着吐露出您在我心中所引起的情操：那是深邃的，永久的。"

"嘘！"法朗采斯加把右手的一只手指放在唇边说，"别再往下说了：我已经不自由，我已出嫁了三年……"

---

① 意国内战时，法国是赞助革命党的。

他们之间深深地静默了一会。当意大利姑娘觉得洛道夫的姿势可怕时,发现他已晕过去了。

"可怜的!"她心里想,"我还当他是冷淡呢。"

她去找了盐来放在洛道夫的鼻孔前,把他救醒了。

"嫁了!……"洛道夫眼望着法朗采斯加说,眼泪直流。

"孩子。"她说,"还有希望。丈夫年纪……"

"莫非八十岁了?……"洛道夫问。

"不。"她微笑着回答,"六十五。他装做老态龙钟来瞒过警察的。"

"亲爱的。"洛道夫说,"再来几下这一类的刺激,我就要死了……非认识我二十年,决不能知道我这颗心有何等威力,不能知道这颗心追扑幸福的热诚是何等性质。"他又指着栏外的茉莉树说,"这株树向阳光舒展时,并不比我一个月来对您的恋慕,会施展出更蓬勃的活力。我用专一的爱情爱着您。这专一的爱情将是我生命的内在的原则,我也许要为之而送命!"

"噢!法国人啊,法国人啊!"她微嘬着嘴装作不相信的神气叫着。

"不是要从时间手里等着您、得到您么?"他严肃地接着说,"可是您记住:如果您刚才的话是真诚的,那末我将忠实地等您,不让任何旁的感情进入我的心。"

她狡狯地望着他。

"什么都不让它进我的心。"他说,"连逢场作戏都不许。我得挣我的家业,应该为您富丽堂皇的端整一份,您天生是一位公主……"

听到此,法朗采斯加不禁微微一笑,在她脸上添了一重最迷人的表情，仿佛伟大的达·芬奇在《莫娜·丽莎》上描绘得那么奇妙的神气。这笑容使洛道夫停了一会。

"……是的。"他继续说着，"您现在为了逃亡，不得不过窘迫的生活。啊！倘使您愿我比旁人更幸福，使我的爱情超凡入圣的话，请您当我作朋友看待。我不是也该成为您的朋友么？我可怜的母亲留下六万法郎积蓄，您分一半去可好？"

法朗采斯加定睛望着他，目光直透入洛道夫的心底。

"我们什么都不需要，我的工作足够我们享受。"她用着严肃的声气回答。

"可是法朗采斯加工作，我受得了么？"他嚷道，"一朝等您回到本国，收回您丢下的财产时……"说至此，法朗采斯加又望着洛道夫。"您可把借我的钱还我。"他这么说着，又体贴地望了她一眼。

"不谈这个罢。"她说这话时的手势，目光，姿态，都显得高贵无比。"去挣一份显赫的家业，在您国内成为一个出类拔萃的人物，这是我的愿望。声名是一座活动的桥梁，可以令人飞渡深渊。鼓起您的雄心来，那是应该的。我相信您有卓越雄伟的能力；但您施展的时候，与其为了我，毋宁为了大众的幸福：您只会在我眼里显得更伟大。"

在这次持续两小时的谈话里，洛道夫发觉法朗采斯加对自由思想抱着一腔热忱，还有那促成拿波里，比特蒙，西班牙三重革命的对自由的崇拜。临走他由伪装哑巴的奚娜送到门口。十一点钟时，这村中已没有人闲荡，毋须提防了；洛道夫把奚娜拉在一边，轻轻地用他勉强的意大利语问道："孩子，你的两个主人究竟是谁？告诉我，我给你这块崭新的金洋。"

"先生。"孩子拿着钱答道，"男主人是米兰有名的书店主人郎波里尼，革命党领袖之一，奥地利一心要关在史比特堡①的煽动家。"

"一个书店主人的妻子？……唔，那倒更好。"他想，"我们是同等地位。"——"她又是什么出身呢？"洛道夫重新问奚娜，"她态度简直像王后一般。"

"意大利女子都是这样的。"奚娜高傲地回答，"她父亲姓高龙那。"

法朗采斯加低微的身世加大了洛道夫的胆子，他在小艇上张了天篷，在船尾放着靠枕。布置就绪，这位恋人便去邀法朗采斯加游湖。她接受了，无疑是为了在村人面前扮演帝国少女的角色；但她带着奚娜同走。法朗采斯加·高龙那最细小的动作，都透露出极优秀的教育和最高贵的身份。一看她坐在船端上的姿势，洛道夫觉得和她是多少隔离了；面对着贵族的真正高傲的表情，他预先盘算好和她亲昵的心思消散了。法朗采斯加目光一变，俨然是个公主模样，像中世纪的公主们一样有她的特权。她似乎已猜到这武士的心思，胆敢自命为她的保护人。在法朗采斯加接待洛道夫的客厅的家具上面，在她的装束上面，在那天端来侍候他的零星器具上面，洛道夫已经认出阀阅世家与富有资产的标识。如今这些印象统统给回想起来，而当他被法朗采斯加的尊严压倒

---

① 史比特堡为奥国境内一古堡名，以幽禁名人著称于世。

之后，他不禁沉吟着思索起来。奚娜这尚未成年的心腹，偷偷地斜睇着洛道夫，好像也在暗中讪笑他。意大利姑娘的身世显见与态度不符，这在洛道夫胸中又是一个新的谜，他怀疑其中还有像奚娜伪装哑巴一样的别的玄虚。

"您想往哪儿去呢，郎波里尼夫人？"他问。

"往吕赛纳。"法朗采斯加回答。

"好！"洛道夫私忖道，"她听我喊出她的姓氏并不诧怪，一定她早已料到我会打听奚娜，这刁滑的妮子！"

"您对我有什么不满呀？"他一边说一边终于坐到她身旁，做一个手势求她伸出手来，她却把手缩了回去。"您冷冰冰的，一本正经的，用我们的口语说是：别扭的。"

"不错。"她微笑着答道，"是我不对。这不应该，这是布尔乔亚气，你们在法文里说起来是：没有艺术家风度。的确，宁可痛痛快快的说个明白，却不要对一个朋友抱着仇视或冷淡的心思，何况您已对我证明您的友谊。也许我对您已经过了限度。您一定把我看做一个很普通的女子。"洛道夫再三做手势表示否认，她虽然看见，却毫不理会的接下去说，"是的，我发觉到这一点，便自然而然回复了我的本来面目。唔，好罢，我将用几句最真心的话来结束一切。记住，洛道夫：凡是一种感情跟我对真爱情的观念和预见抵触的时候，我觉得有力量把这感情抑捺下去。像我们在意大利那样的爱，我也能够；但我知道我的责任：没有一种陶醉使我忘掉。我自己不曾同意而就嫁了这可怜的老人之后，很可利用他慷慨地容许我的自由；但三年的婚姻等于接受了配偶的法律。所以最强烈的热情也不能引起我恢复自由的欲望,即使无意之间也不曾有过这种欲望。爱弥里奥识得我的性格,他知道,除了我的心是属于我自己而能委许于人之外,我不会给人家握我的手,因此我刚才拒绝您。我要被人家爱,教人家等,忠实地热烈地高尚地等,我只能报以无限的温情,温情的表现又不出我方寸之间,那里才是自由的园地。一朝把这些明白了解之后……噢!"她用着一种少女的姿态往下说,"我又可变成轻狂,爱说爱笑,疯疯癫癫,像一个不懂亲昵的危险的痴丫头。"

这场那么清楚,那么爽直的表白,所用的那种声气,那种语调,加以那种目光,使所说的内容显得句句是真心实话。

"一位高龙那公主也不能说得更好了。"洛道夫微笑着说。

"这是不是。"她高傲地答道,"对我出身卑微的一种责备?在你的爱情上面,是不是需要一个盾徽?米兰最有光彩的姓,史福查,加诺伐,维斯公底,德利维齐奥·于齐尼,写在店铺上面的有多少!有些姓亚尔钦多的还开着药铺;但是相信我,虽然我的身份不过是一个女店主,我却有着公爵夫人的情操。"

"责备?不,夫人,我是想恭维您的……"

"用一个比较来恭维么?……"她狡猾地问。

"啊!告诉您。"他答道,"为免得担心我的说话把情操歪曲起见,我得告诉您:我的爱是绝对的,包含无限的服从和尊敬。"

她满意地点点头,说:"那末阁下是接受了条件?"

"是的。"他说,"我懂得在女子强壮旺盛的机体里面,爱的机能是不会消失的,而您为了谨慎,想把它束缚起来。啊!法朗采斯加,在我这年纪,和一个像您这样高超,这样庄严秀美的女子共同培植的温情,竟是满足了所有的欲望。照您愿望的那样来爱您,不就使一个青年免于卑下的情欲吗?不就使他把精力运用于他日后以之自傲的,只留下美丽的回忆的热情吗?……您真不知您在比拉德与里琦山脉上,在此壮丽的盆地内,添加了何等的色彩,何等的诗意……"

"我很愿意知道呀。"她天真地说,但一个意大利女子的天真中间仍有多少狡黠的意味。

"哎,这个时间将照耀我一生,好比王后额上的一颗钻石。"

法朗采斯加把手放在洛道夫手上,代替了回答。

"噢!亲爱的,永久亲爱的,告诉我,您从没有爱过,是不是?"

"是的!"

"而您允许我高尚地爱您,一切都等上天安排?"

她温柔地点头。两颗巨大的泪珠在洛道夫的脸颊上淌着。

"喂,怎么啦?"她这样说的时候,不再像王后般的尊严了。

"我已没有母亲可以告诉她我是怎样的幸福,她离开了尘世,不曾看到能减轻她临终苦难的……"

"什么呢?"她问。

"不曾看到她的温情由另一股同等的温情替代了。"

"可怜的孩子。"法朗采斯加感动着说。过了一会她又道:"相信我,一个女子知道她的爱人除了她,世界上便一无所有,看见他孤独的,无家可归的,心里只有对她的爱,总之一个女子知道自己把爱人整个的占有了时,那对她是何等甜蜜,是加强她的忠诚的极大的因素!"

两个情人这样地彼此倾吐以后,心中感到一种甘美的恬静,一种庄严的宁谧。确切的信念是人类情操所要求的基础,因为宗教情操就从不缺少这信念;人永远相信会获得神的酬报。唯有与神明之爱相似的时候,爱情才觉得稳固。所以必得把这两种爱情充分体验过来,才能了解这一刻的沉醉,人生独一无二的一刻,一去不返,如青春期的情绪一样。信任一个女子,把她当做个人的宗教,当做生命的意义,当做最微渺的思想的动力!……这不就是一种再生么?……这时候,一个青年男子多少把他对母亲的爱掺入了爱情。洛道夫与法朗采斯加深深地静默了一会,彼此用友善的充满思想的目光对答着。周围的景色是自然界最美的景色之一,他们俩在其中彼此了解;外界的庄严璀璨,一方面因他们内心的庄严璀璨而获得印证,一方面也帮助他们把这唯一的一刻的最飘忽的印象,镌刻在心版上。法朗采斯加的行动全没轻狂的样子;一切都显得阔大,丰满,胸无城府。这种豪迈之气深深地打动了洛道夫,认为这是意大利女子跟法国女子不同之处。水面,陆地,天空,少女,一切都巍峨雄伟,无限温馨;在此大处浩瀚小处富丽的场面中,他们的爱情也兼有雄壮与温柔的情调;积雪的峰顶那么峭厉,蓝天衬托着山岗起伏的线条那么强劲,使洛道夫想起他的幸福就该是这种境界:积雪环绕之下的一片富饶的原野。

然而心头这股甜美的醉意，不免受着骚乱。一条小船从吕赛纳那边驶来；已经凝眸远瞩了一会的奚娜，没有忘记她扮哑巴的身份，做了一个快乐的姿势。小船渐渐驶近，等到法朗采斯加终究分辨出面貌的时候，她对一个青年喊道："蒂多！"她站起身子，不顾掉下水的危险，挥着手帕叫着："蒂多！"蒂多命令他的船夫划近，两条船拢在一条线上了。法朗采斯加和那男子用土话讲得那么起劲，使一个像洛道夫般只懂些书本上的意大利文而从未去过意大利的人完全没法了解，也没法猜测谈话的内容。蒂多的美貌，法朗采斯加对他的亲昵，奚娜的快活的神气，都教洛道夫闷闷不乐。而且没有一个爱人被对方为了无论何种原因而暂时丢在一旁时，会不觉得难过。蒂多使劲把一口小皮袋丢给奚娜，看模样是装满了金子，接着又有一包信件掷给法朗采斯加，她一边挥手和蒂多告别，一边就读起信来。

"赶快回越梭。"她吩咐船家。"我不愿让可怜的爱弥里奥多挨十分钟的苦难。"

"发生了什么事呀？"洛道夫等她读完最后一封信时问道。

"自由啦！"她回答，兴高采烈得像艺术家。

"还有钱！"终于可以开口的奚娜像应声虫般答应着。

"是的。"法朗采斯加接着说，"苦难受完了！我工作到现在已经十一个多月，开始厌倦了。我决不是一个干文学的女人。"

"那个蒂多又是谁？"洛道夫问。

"可怜的高龙那铺子里的财政部长，换句话说，是高龙那的儿子。可怜的家伙！他没法从圣·高太来，也没法走蒙·赛尼或桑·伯龙：他是从海路，走马赛，穿过法国来的。也罢，三星期内我们可以在日内瓦舒舒服服的过活了。喂，洛道夫。"她看见这巴黎人露出悲伤的神气说道，"日内瓦湖难道比不上四郡湖？……"

"让我对这座幽美的裴格曼庄子表示一番遗憾罢。"洛道夫指着土岬说。

"可怜的，来跟我们一起用晚餐，好增加您一些回忆。"她说。"今天是大庆，我们没有危险了。母亲告诉我，一年以内，我们或许会获得大赦。噢！亲爱的祖国！……"

这句话把奚娜听得哭了，说道："再过一冬，我要死在这里了！"

"可怜的西西里小羊！"法朗采斯加一边说，一边抚摩奚娜的头，那种姿势和感情使洛道夫也愿给她这么抚摩一下，虽然其中并无爱的成分。

船一傍岸，洛道夫跳上沙滩，伸手挽着法朗采斯加，一直送她到裴格曼家门口，然后回去更衣，以便赶快再去。

书店主人和妻子坐在回廊上，洛道夫一眼瞥见九十老翁的面容因喜讯所致的变动，不禁做了个惊奇的姿势。他看到一个六十左右的人，保养得很好，冷冰冰的意大利人，身子笔直像个 I，虽然稀少却还乌黑的头发，露出一个白的脑袋，犀利的眼睛，牙齿雪白完整，一张凯撒型的脸，一张外交家式的嘴巴上堆着一副近乎嘲弄的笑容，差不多是虚伪的，就像一般有教养的人用来遮盖真情实意的笑容。

"这是我丈夫的本来面目。"法朗采斯加郑重地说。

"简直是初会面的新交了。"洛道夫错愕地回答。

"一些不错。"书店主人说,"我一向在串演喜剧,而且很会化装。啊!在帝政时代,我在巴黎玩过这一套,跟蒲里安纳,缪拉夫人,阿勃朗丹士夫人,还有别的……年轻时所费心学习的事情,即使是无聊的,对我们都有用处。如果我的太太不曾受过男子的教育——那在意大利是反常的——那末我非得去当樵夫就不能在这儿过活了。可怜的法朗采斯加!谁能说她有一天会不养活我?"

洛道夫听着这可敬的书店主人,那么自在,那么和善,那么健旺,相信其中还有什么别的玄虚,便像一个受骗的人那样一声不响地寻思着。

"怎么啦,先生?"法朗采斯加天真地问他,"我们的幸福教您不快活么?"

"您的丈夫是老少年。"他附在她耳边说。

她听了大笑起来,笑得那么坦白,那么撩人,弄得洛道夫更加愣住了。

"他只有六十五岁呀。"她说,"但我敢断言,这究竟还是……令人宽慰的事情。"

"在您提出的条件之下显得多么圣洁的爱情,我不愿您拿来开玩笑。"

"嘘!"她跺着脚道,一边望望她的丈夫是否听着,"永勿扰乱这亲爱的人的安静,像孩子一样纯洁的,我爱把他怎样就怎样的人。他是。"她又接着说,"在我的保护之下。您真不知为了我是自由党人之故,他以何等尊贵的精神把他的生命财产来冒险！因为他是不赞成我的政见的。这算不算爱，法国先生？但他们家里是这样的。爱弥里奥的兄弟，被他的爱人为了一个可爱的青年而欺骗时，他把剑插在自己的心窝里；十分钟前他对贴身的男仆说：我很可能杀死我的情敌；但这太使我的'女神'伤心了。"

这种高贵与俏皮，伟大与稚气的融和一片，使法朗采斯加这时成为世界上最动人的造物。晚餐和餐后的时间都非常快乐，在两个被解放的亡命者，这当然是应有的欢喜，但在洛道夫是可悲的。

"她会不会变成轻佻？"他在回到史多弗家的路上想。"她分担我丧母的哀痛，而我却不附和她的欢乐！"

于是他责备自己，替这个童心未褪的少妇做辩护。

"她没有一些虚假，全凭她的印象支配……"他心里想，"我难道要她变成一个巴黎女子不成？"

次日和以后的几天，总之在二十天内，洛道夫整日消磨在裴格曼家，无意之间观察着法朗采斯加。在某些心灵，赞赏之下决不会没有明察。年轻的法国人在法朗采斯加身上看出轻率大意的少女成分，看出尚未驯服的妇人的真性格，有时和她的爱情挣扎着，有时又满怀乐意的在爱情中浮沉。老人完全像父亲对女儿一般的对她，法朗采斯加也对他表示十分真切的感激，显出她天生的高尚。这个局面和这个女子，为洛道夫是一个猜不透的谜，但要推究明白的心思使他越来越离不开他们。

这些前后的日子充满着幽密的欢欣，掺杂着哀愁，反抗，拌嘴，比洛道夫与法朗采斯加融洽无间的时候更可爱。总而言之，这种无思无虑的温情，对一些极其无谓的事情嫉妒（已经！）的温情，完全显露她的天真，越来越使洛道夫着迷了。

一天晚上，法朗采斯加表示希望早日离开越梭，因为她所需要的东西这里大都没有。

"您爱奢侈！"他对她说。

"我！"她说，"我爱奢侈，正像我爱艺术，爱拉斐尔的一幅画，爱一匹美马，爱一天晴好的日子，或拿波里的海湾。爱弥里奥。"她叫道："我们在这儿过着艰难的生活，我有没有抱怨过？"

"那时您已不是原来的您了。"老书店主严肃地回答。

"话说回来，布尔乔亚羡慕豪华，不是挺自然的么？"她说着对洛道夫和她的丈夫狡黠地瞟了一眼。"我的脚。"她伸出一双玲珑的小脚说，"是不是为劳苦生的？我的手……"她伸出一只手给洛道夫，"这双手配不配做活？您走开。"她对丈夫说，"我有话跟他讲。"

老人非常乐意的走开了：他对妻子很放心。

"我不愿您陪我们到日内瓦去。"她对洛道夫说，"日内瓦是一个多是非的地方。虽然社会上的闲言闲语绝对惹不到我的头上，我却不愿人家飞短流长，并非为我，而是为他。他究竟是我的唯一的保护人，我要使他能以我为荣，这是我的志气。我们走后，您在这儿再留几天。到日内瓦来的时候，先来见我的丈夫，让他把您介绍给我。在大众眼前，且藏起我们永矢勿渝的深刻的爱。我爱您，您已经知道；但我用来证明我的爱的方式，是您永远不会在我的行为中间，发觉什么能引起您嫉妒的成分。"

她把他拉到回廊一角，捧着他的头，在他额上吻了一下，一溜烟跑掉了，让他呆在那里。

下一天，洛道夫得知装格曼家的房客拂晓已经动身。从此他觉得越梭再也住不下去，便绕着最远的路向凡佛进发，一路上是不必要的匆忙。意大利女郎等着他的湖在吸引他，十月底他到了日内瓦。为免得城里的不方便起见，他在城墙外活水镇上租了一间屋。安顿停当之下，他第一件事是打听房东，一个从前的珠宝商，问他最近有没有一批意大利的亡命者，一批米兰人到日内瓦来。

"没有，据我所知。"他的房东回答道。"罗马的高龙那亲王和公主租着耶勒诺先生的别庄，湖边最美的庄子之一，订了三年租期。它坐落在狄沃大底别墅和拉芬·特·第安先生的庄子之间。拉芬·特·第安先生的庄子是租给鲍赛昂子爵夫人的。高龙那亲王是为了女儿和女婿来的，女婿是刚道斐尼亲王，拿波里人，或者如果您喜欢说，是西西里人，从前缪拉王的党徒，最近一次革命的牺牲者。新近到日内瓦的就是这几个，却都不是米兰人。凭着高龙那家在教皇那边所得的庇护与有力的斡旋，才得到国外列强和拿波里王的许可，让刚道斐尼亲王与公主住在这里。日内瓦决不干使神圣同盟①不欢的事情。瑞士的独立就靠这个同盟保障的。我们的任务不在于批评外国朝廷。这儿有的是外国人：俄国人呀，英国人呀。"

---

① 即一八一五年奥相梅特涅克所发起的俄奥普三国同盟，用以压迫各小国的自由运动的。

"还有日内瓦人。"

"是呀,先生。我们的湖多美!拜伦勋爵在此住了近七年,在狄沃大底别墅,现在大家去走一走,好似去逛高贝和法尔奈①一样。"

"您能不能知道,一星期前是否来了米兰一个书店主人和他的妻子,姓郎波里尼,革命首领之一?"

"我到外宾俱乐部去时可以知道。"这位退休的珠宝商说。

洛道夫第一次散步的目标,自然是狄沃大底别墅,拜仑爵士的寓所,因为大诗人最近去世之故而招引了很多游客的:天才一死,即便成圣。从活水镇起的沿湖的路是很窄的,像瑞士所有的路一样;但在某些区处,就着山地形势的分配,留有相当空间,刚好给两辆车子迎面驶过。他离开耶勒诺庄子只有几步路了,还不曾知道前面便是耶勒诺庄子;那时他听见背后有车子的声音,站的地方是两山之间的窄道,他便爬在一块岩石顶上让车。不用说,他望着车子驶近,一辆华丽的敞顶四轮车,套着两匹精壮的英国马。车子底下,装束如天神似的坐着法朗采斯加,旁边是一个僵硬若浮雕般的老妇;他一眼瞥见,不禁一阵眼花。一个浑身金线的小厮直立在车厢后面。法朗采斯加认出了洛道夫,看见他好似雕像站在底座上的神气,便微笑起来。洛道夫一面步上小坡,一面目送车子拐了弯,进入一所乡村别墅的门,他便也向着大门紧跟上去。

---

① 后者为服尔德晚年所居,前者为斯太埃夫人流寓之处,皆在日内瓦湖畔。

"谁住在这里呀?"他问园丁。

"高龙那亲王夫妇跟刚道斐尼亲王夫妇。"

"刚才回来的不就是她们么?"

"是的,先生。"

顿时洛道夫眼前去了一层幕,过去的情形全明白了。

"但愿这是她最后的一套玄虚。"这个情人错愕之下想。

他深怕成为女孩子家使性的玩具,因为他听见讲过意大利姑娘们的使性是怎么回事。但把一个生为公主的公主当做布尔乔亚看待,把中世纪最有名的旧家之一的女儿当做书店主妇看待,那在女子的心目中该是何等罪过!洛道夫为了自己的过失,更加想知道他是否被误解,是否要被摈。他掏出名片来求见亲王,立刻被引见了;那个伪充的郎波里尼老人迎着他走来,对他非常客气,表示拿波里人惯有的殷勤,陪他沿着阳台散步,从阳台上可以远瞰日内瓦,于拉,别庄林立的山岗,以及辽阔的湖岸。

"您瞧,我的妻子始终离不开湖。"他把各处的风景对客人指点过后说。"今天晚上我们有一个音乐会。"他向华丽的耶勒诺庄子走回头时又这样说,"希望您能来,让我们——公主和我——高兴。两个月共忧患的生活,和悠久的友谊没有分别。"

洛道夫虽然满腹的好奇心,却不敢求见公主,只一路想着夜会,慢慢走回活水镇。他的爱情,不论过去已如何广大,几小时内为了他的焦虑,为了等待什么变故发生,越发无限止地扩大了。如今他懂得有成名的必要,以便在社会上和他的偶像骈肩。在他眼中,因了她在越梭所表现的朴实与洒脱的行动,法朗采斯加愈显伟大。高龙那公主天生的傲态教洛道夫发抖,他要有法朗采斯加的父亲跟母亲和他为敌,至少自己是这么想。刚道裴尼公主的再三嘱咐他谨慎将事,至此才显出她是一往情深的证据。在不愿危害前途的条件之下,法朗采斯加不是明明说过爱洛道夫吗?

  终于,九点敲了,洛道夫可以跨上车子,用着我们不难了解的情绪说:"到耶勒诺别庄,刚道斐尼亲王家!"终于,他踏入贵宾满堂的客厅,不得不站在门旁的一群人中间,因为那时场上正唱着洛西尼的一阕二部合唱。终于,他望见法朗采斯加了,却不曾被她瞧见。公主站在只离钢琴两步的地方。她的美妙的头发,那末浓那末长,用一个金箍拢着。烛光照耀之下的脸庞,映出意大利女子所特有的那种白色,只在灯光下面才充分发挥出它的效果。她穿着舞会服装,让人欣赏她的一对美艳的肩头,少女一般的腰肢,古典雕像上的胳膊。她的高雅庄严的美,这儿没有人可以匹配,虽然场中有着媚人的英国女子和俄国女子,有着日内瓦最美的妇人和旁的意大利闺阁,其中特别光彩照人的有那著名的华莱士公主,和这时正在演唱的女歌唱家丹底。洛道夫靠在门框上,瞅着公主,向她射着一道凝注的,固执的,撩人的目光,可以见出他全部的意志都集中在所谓"欲念"这个情操之上,有一股令人不得不注意的威力。法朗采斯加有没有受到这目光的火焰?有没有预备随时见到洛道夫呢?过了几分钟,她的视线遛到门这边来,仿佛受着这道爱的热流吸引,于是她的目光毫不迟疑地直注入洛道夫的目中去了。一阵轻微的颤抖，在这庄严娇艳的脸上和美妙的躯体上波动了一下：心灵的震撼起着反应了！法朗采斯加脸红了。在此疾如闪电的交流中，洛道夫仿佛过了整个的一生。他的幸福有什么可以相比？她爱着他啊！这位崇高的公主，在大庭广众之间，在幽美的耶勒诺别庄内，依旧信守着那个可怜的逃亡者所说的话，信守着那个寄居装格曼家的任性女郎所发的诺言。此时此景的陶醉，使一个人甘愿做一世的奴隶！刚道斐尼公主趁着无人注意的时光，唇边浮着一副微妙的笑容，隽美而又俏皮，坦白而又得意，望着洛道夫，神气仿佛求他原谅她过去的隐瞒身份。一阕终了，洛道夫去找亲王，亲王殷勤地把他领到他妻子前面。洛道夫跟高龙那亲王夫妇与法朗采斯加，经过正式的介绍，寒暄了一番。之后，要轮到公主去加入著名的四部合唱了：Mi manca la voce《我声呜咽》，唱的人除她之外，还有丹底，还有男中音名歌家日诺凡士，以及那流亡的意大利亲王——他要不是一个亲王的话，凭他的嗓子也会成为一个艺术之王的。

"您在这儿坐罢。"法朗采斯加说着，把自己的椅子让给洛道夫。"哎哟！我想姓名弄错了：从刚才起，我是洛道斐尼公主了。"

说这句话时有一种风趣，一种魅力，一种天真，令人在这句隐藏信誓的笑话之下，回想起越梭的快乐日子。和她挨得这么近，绮罗的裙角和轻纱的飘带，几乎拂着他一边的面颊，听着疼爱的女子歌唱，洛道夫不禁有销魂荡魄之感。但当着这种情景，唱的又是《我声呜咽》的曲调，由意大利最美的歌喉表现，洛道夫的热泪盈眶自是不难想象的了。

在爱情里，像几乎所有的事情里一样，有些本身极其渺小的事实，是从前千百件零星小事的结果，它们的内容在继往开来的作用上变得广大无边。爱人的价值早已感觉到千百次；但一桩细事，譬如散步中间凭了一句话或出其不意的爱的表示，所致的心灵交融的接触，能把爱情激荡到最高峰。这种精神现象，可用人类原始时代就很熟悉的形象来说明：在一根长的索链中，有些必不可少的交接点，它们的结合力特别牢固。那晚洛道夫同法朗采斯加在众人面前的确认，正是联系过去与未来的那种交接点，把实际的关连种在心坎中更幽深的地方。鲍舒哀①是一个极懂爱情而又把爱情藏得极深的人，他提起人生中幸福的时光如何难得时，也曾说到这种承前启后的交接点。

由自己来赞赏一个所爱的女子是一种快感，看到了她被大众赞赏又是一种快感：这两种快感洛道夫同时兼而有之。爱情是回忆的宝库，虽然洛道夫的那所已经琳琅满室，他又加入些珍贵的明珠：例如专诚为他的微笑，迅速的瞥视，以及法朗采斯加受他感应之后的歌声的抑扬，听众热烈的掌声甚至引起丹底的嫉妒。因此他整个欲望的威力，他心灵的这种特征，全都倾注在此美丽的罗马女子身上：他一切思想一切行为，都把她当做不变的原则和终极。洛道夫的爱，就像所有女子都梦想的那种爱，那样的强烈，那样的坚贞，那样的凝固，把法朗采斯加化为他的心的本体；他觉得她好似一道更纯

---

① 系法国十七世纪大文学家。

洁的血融和在他的血里，好似一颗更完全的灵魂融化在他的灵魂里；在他生命的最微末的动作之下，她的作用好比地中海底金黄的沙隐在波涛之下。总之，洛道夫最微渺的憧憬也是一种活泼泼的希望。

几天之后，法朗采斯加也确认了这股广大无边的爱；但它那么自然，那么为两人同感，所以她并不惊奇：她正配受这种爱。

她和洛道夫在园子里平台上散步时，发觉他如多数的法国人一样，表白情愫时有些自鸣得意的动作，她便说：

"一个年轻美貌的女子，有相当的艺术天才可像丹底一般谋生，可以给虚荣心多少快感，您爱这样的一个女子有什么奇怪，有什么不可思议？那个伧夫不因之一变而为情种？这些对我们都不成问题。我们需要的是：坚贞地，固执地，远远地，长时期的相爱，除了知道彼此相爱的欢乐以外，没有旁的欢乐。"

"哎哟！"洛道夫说，"您看见我埋头于野心勃勃的工作时，您不会觉得我的忠实减少价值吧？您相信我会乐意看见您有一天把刚道斐尼公主这美丽的姓氏，换上一个无名小子的姓氏么？我要成为本国最优秀的人物之一，富有，伟大，使您对我的姓氏像对您高龙那的姓氏感到同样的骄傲。"

"倘我看不见有这样的情操存在您心中，我才大大地生气哩。"她露着一个迷人的笑容回答。"可是别把野心的工作过分苦您自己。得保持您的青春……人家说政治能把一个男人突然之间变老。"

女人们最难得的，是绝不妨害温情的那种快活的兴致。深挚的情操和少年的癫狂混合之下，使法朗采斯加这时候妩媚之上再加妩媚。她的性格的关键是：善笑也善感，兴奋过后能回复巧妙的俏皮，而且出之以洒脱自在的态度，使她成为魅力无边的女子，声名远播于意大利境外。在女性的爱娇下面，她藏有渊博的学识，得力于她在高龙那古堡所过的近乎修院的，极度单调的生活。这位遗产巨大的姑娘，最初被派定进修院，因为她是高龙那亲王夫妇的第四女儿；但她的两个长兄和一个姊姊的去世，把她突然从隐遁生活中拉回到俗世，一变为罗马诸州内妆奁最富的闺女之一。她的姊姊原来许配给刚道斐尼亲王，西西里最大财主之一；姊姊死了，就把法朗采斯加嫁给他，免得两家的原定计划有所更动。高龙那和刚道斐尼两姓是世代姻亲。从九岁到十六岁，在一个家庭教士指导之下，法朗采斯加饱览家中的藏书，研究着科学，艺术，文学，让她热烈的幻想有所寄托。但学问养成了她对于独立和自由思想的爱好，使她和她的丈夫一同投身于革命。洛道夫还不知道法朗采斯加除了现代五种语言之外，也懂希腊文，拉丁文，希伯莱文。这个可爱的女子深悟一个博学女子的主要条件，是深藏。

　　洛道夫整个冬天耽留在日内瓦。一冬过得像一天。春天来了，虽然厮伴着一个秀慧博学，年少痴憨的姑娘，洛道夫仍不免感到残酷的痛苦，他勇敢地忍着，但有时不由得在态度之间，眉目之间，言语之间流露出来，也许是因为他觉得对方并没分担他的痛苦之故。有时他对法朗采斯加的镇静佩服之余，竟至着恼，她像那些英国女子一样，以不动声色为尊严，淡泊宁静的态度大有摈斥爱情之概；洛道夫宁愿她骚乱不宁，所以埋怨她麻木，因为他存着世俗的偏见，以为意大利女子应该是狂热善变的。有一天洛道夫在这个问题上和她打趣时，她认真起来，严肃地说道：

"我是罗马女子啊！"

这答句的语调颇有深奥的涵义，令人觉得它是生辣的讽刺，教洛道夫听了心悸。五月才开放出它嫩绿的宝藏，太阳有时已发出仲夏的威力。两个情人倚靠在石栏杆上，临着船艇上落的石级，那部分的平台刚好是从地面到湖面最陡峭之处。贴邻的别庄内也有一座相类的埠头，像天鹅般闪出一条快艇，挂着有飘带的旗子，张着暗红的天幔，下面一个妩媚的妇人懒洋洋地坐在红垫褥上，头上缀着鲜花，当船夫的是一个水手装扮的男人，他在这个妇人的目光之下划得特别优美有致。

"他们多幸福！"洛道夫辛酸地说，"格兰·特·蒲尔高涅①，唯一能和法兰西王室竞争的名门望族中最后的一个女子……"

"噢！……她是私生子那支上传下来的，而且靠着……"

"她终究是鲍赛昂子爵夫人，并不……"

"并不踌躇！……对不对？那就老老实实地跟加斯东·特·奈伊先生隐遁了。"这位高龙那家的女儿说，"她是法国人，而我是意大利人呀，亲爱的先生！"

法朗采斯加离开了石栏，丢下洛道夫，一直走到平台的另一端，烟波浩渺，湖景辽阔的那一端；洛道夫望

---

① 早期法国史上曾有好几位君王出身于蒲尔高涅族。

着她慢慢地走过去，疑心自己伤害了这颗那么天真又那么练达，那么高傲又那么谦卑的心灵。他觉得一阵寒冷，跟着法朗采斯加过去，也不理会她阻止他的手势，发觉她擦着眼泪，一个这样刚强的人的眼泪！

"法朗采斯加。"他握着她的手说，"你心里可曾有一点点的后悔？……"

她一言不答，挣出那只拿着绣花帕子的手，重新擦着眼睛。

"原谅我。"他又说。冲动之下，他用亲吻来替她擦掉眼泪。

法朗采斯加激动得很厉害，竟没发觉他这个热情的动作。洛道夫以为是默契，便大着胆子搂着法朗采斯加的腰肢，把她紧挝在怀里，攫取了一吻；但她挣脱了他的臂抱；那个壮美的姿势显出是她的贞节起了反抗；她站在两步以外，并不发怒但很坚决地望着他说："您今晚动身，不到拿波里不再相见。"

这命令虽然严厉，仍旧虔诚地给执行了，因为那是法朗采斯加的意志。

回到巴黎。洛道夫发现家里已摆着刚道斐尼公主的肖像，是名画家希奈作的，像希奈所作的一切肖像一样的美。这位画家经过日内瓦往意大利。因为他曾坚拒给好几位太太的画像，洛道夫不信刚道斐尼亲王虽然那样热望要一幅妻子画像，能够说服这位名画家；但大概是法朗采斯加把他迷了，居然破例作了两幅。一幅是原本，精心杰构之作，就是送给洛道夫的；一幅是临本，留给爱弥里奥的。这些是她在一封美丽动人的信里告诉他的。当面为了顾虑体统的拘束，在信里不存在了，她的思想可在此得到些补偿。洛道夫复了信去。从此两人之间开始了更无穷尽的通讯,他们所能容许的仅有的快乐。

洛道夫存着他的爱情应有的那股雄心,立刻着手他的事业。他先是想要财富,把他所有的精力,连同所有的资本,一齐投到一桩企业中去冒险;但他不得不毫无世故地和奸险的骗局奋斗,终于战败了。三年的时间,努力和勇气,在一桩巨大的企业中消耗掉了。

洛道夫倒台的时候,正是维兰内阁倒台的时候。强项的爱人想向政治去要求实业所拒绝他的东西;但在投身于政治生涯的暴风雨之前,他带着浑身的创疤痛楚,先到拿波里去裹扎伤口,汲取勇气。那时节,当拿波里新王登极的时候,刚道斐尼亲王夫妇被召回国,没收的财产也发还了。在洛道夫的斗争中,这是甘美无比的休息,他充满着希望在刚道斐尼府邸逗留了三月。

洛道夫重新开始建造他的财富。他的才干已经显露,正当要实现野心的愿望,快要获得一个显要的职位来报偿他忠诚的服务时,一八三〇年七月的暴风雨爆发了,他的船又沉了。

她和上帝!这两个证人鉴临着一个优秀青年的最勇敢的努力,最大胆的尝试,但至今为止,照顾愚人们的上帝——幸运!——不曾来照顾他。而这再接再厉的运动家,靠了爱情的支持,受着永远友善的目光和永远忠诚的心烛照,再开始新的战斗!但愿普天下有情人都为他祈祷!

一口气吞完这篇故事时,特·华德维小姐双颊炽热,血管发烧，哭着，为了愤懑而哭着。受着当时流行的文学影响的这个中篇，是洛萨莉在这类作品中第一次读到的东西，其中描写的爱情，不说是出于大家的手笔，至少是一个似乎讲述亲身经历的人的文学，而故事的真实，即使写得不巧妙，也已能打动童贞未失的心。洛萨莉可怕的骚动，发热与眼泪，原因就在于此：她妒忌法朗采斯加·高龙那。她完全相信这诗意浓郁的小说底下所有的真诚：亚尔培在叙述他热烈的初恋时，大概是故意把姓名隐瞒起来的，也许连地方在内。洛萨莉被一股阴险的好奇心抓住了。哪个女人会不像她一样的要知道她情敌的真姓名呢？因为她已经在爱了！念着这些富有传染性的篇章时，一路在心中念着这个庄严的句子：我爱他！她爱着亚尔培，胸中感到一股辛辣的醋意，要把他夺过来，从那陌生的情敌手里把他劫下来。她想到自己不爱音乐，想到自己生得不美。

"他永远不会爱我的。"她私忖着。

这个念头使她愈要知道自己有没有猜错，是否亚尔培真的爱着一个意大利公主，是否她也爱他。在此生死关头的夜里，当年有名的华德维高人一等的果断的性格，在此女承继人身上全部施展了出来。她想出奇奇怪怪的计划；而且，凡是少女被毫无远见的母亲幽禁在孤独中间，忽然被一件重大的事故，为平时束缚她们的教育制度不曾料到也不曾阻止的事故刺激起来时，她们的想象都曾在一些想入非非的计划四周打转。她想从假山上用一座梯子爬到亚尔培的花园里，趁他睡熟的辰光，从窗里瞧一瞧他书斋的内部。她想写信给他，想破坏勃尚松社会的封锁线，把亚尔培引入特·吕泼家的沙龙。这件工作，连特·葛朗赛神甫也要叹为观止的奇迹，一念之间已经确定了。

"啊！"她想道，"父亲在露克赛田庄上有些争执呀，让我到那边去！倘没有讼案发生，我可以制造，那末他可以到我们的客厅里来了！"她一边嚷着一边从床上跳起，奔向窗子，去看那半夜里照着亚尔培的迷人的灯光。一点已经敲了，他还睡着。

"我可以看到他起来，说不定他会走到窗前来！"

这时候，特·华德维小姐看到一件事情使她有方法探到亚尔培的秘密。在幽微的月光中，她瞥见两只胳膊从假山顶上的亭子里伸出来，帮助亚尔培的男仆奚洛末爬过墙头，钻到亭子里去。洛萨莉立刻认出，奚洛末的那个共谋犯是玛丽爱德，她们的贴身女仆。

"玛丽爱德跟奚洛末！"她心里想，"玛丽爱德，一个那么丑的女人！他们俩都该害臊呀。"

玛丽爱德固然丑得可憎，而且年纪已经三十六，但她所得的遗产却有好几块田。她在特·华德维夫人家已服侍了十七年，很受主母看重，为了她的虔诚，她的忠实，她的服务的年代；不消说她把工资和外快撙节下来，存放出去。拿每年大约二百法郎来计算，连利息和遗产，大概一共值到一万五千法郎。在奚洛末眼里，一万五千法郎简直更改了视觉原理：他发现玛丽爱德有美丽的腰身，天花在那张枯索平板的脸上所留下的窟窿和疤瘢，他再也看不见了；歪斜的嘴巴，他觉得是笔直的，并且从萨伐龙律师雇用了他，使他跟特·吕泼公馆接近以来，他便正正经经进攻这个和主母一样古板一样假贞节的虔婆了，她跟所有丑陋的老姑娘一样，倒比最美的女子挑剔得更严。这小亭夜会的一幕，对于一般明察的人固然很易分析清楚，对洛萨莉却还不甚了了，倒反受到最危险的教训，给她一个坏榜样。一个母亲严格教育着她的女儿，用她的羽翼庇护了她十七年，却在一小时内被一个女仆把这件长久而艰苦的作业给毁了，有时不过由于一句话，往往不过由于一个动作！洛萨莉重新睡下，盘算着怎样充分利用这次的发现。下一天早上，玛丽爱德陪她上教堂做弥撒的时候（男爵夫人那天不舒服），洛萨莉抓着女仆的手臂，使她大吃一惊。

"玛丽爱德。"她说，"奚洛末得到他东家信任吗？"

"不知道，小姐。"

"别跟我假惺惺了。"洛萨莉冷冷地回答。"你昨天夜里让他在小亭下面拥抱。莫怪母亲想这样那样装饰亭子时，你极力的赞成！"

洛萨莉从玛丽爱德的手臂上感觉到她的颤抖。

"我对你并没什么恶意。"洛萨莉接着说，"放心好了，我不对母亲提一个字，你要看奚洛末多少次都可以。"

"可是，小姐，那完全是诚心诚意的。奚洛末除了娶我以外并无他念……"

"那末为什么你们要在夜里相会？"

玛丽爱德狼狈之下，一句都答不出。

"听我说，玛丽爱德，我也在爱，我！我暗中爱着，独个儿爱着。归根结蒂，我是父母的独养女儿；所以你对于我的希望，比对世界上任何人的希望都要大……"

"当然，小姐，您可以相信我们生死如一。"玛丽爱德对着这个意想不到的转圜大为高兴的说。

"第一，要不声张大家都不许声张。我不愿嫁特·苏拉先生；但我要，绝对的要一样东西：你答应了我这个条件我才替你包庇。"

"什么东西呀？"玛丽爱德问。

"我要看萨伐龙律师教奚洛末送到邮局去的信。"

"做什么用呢？"玛丽爱德骇然的说。

"噢！不过读一遍罢了，过后你再替我投到邮局。这不过把信略为耽搁一下，如此而已。"

这时候，洛萨莉和玛丽爱德进了教堂，各人肚里转着念头，再没心绪念弥撒祭里的日祷文了。

"我的上帝!这些事情里有着多少的罪过呀?"玛丽爱德心里想。

洛萨莉的灵魂,头脑,心,都给那篇小说搅乱了,终于明白那故事是专诚为她的情敌写的。像一般孩子一样,老对一件事情思索的结果,她想到《东方杂志》一定由亚尔培寄给他的爱人的。

"噢!"她一边想一边跑着,像一个苦恼万分的人祈祷的姿态,"噢!怎样能摆布我的父亲去翻阅杂志社的定户簿呢?"

午饭以后,她跟父亲撒着娇在花园里绕了一圈,把他带到亭子下面。

"我的小爸爸,你相信我们这份杂志会流传到国外去吗?"

"它才不过开头呢……"

"可是我打赌它已经寄到外国。"

"不见得。"

"那末你去瞧就是,把外国定户的名字记下来。"

两小时以后,特·华德维先生告诉他的女儿说:"我没有猜错,还没外国定户。他们希望在纽夏丹,在伯尔尼,在日内瓦会有。固然他们现在有一份寄往意大利,但是赠阅的,寄给一位米兰的太太,住在大湖边上倍琪拉德的别庄上。"

"姓名呢?"洛萨莉兴奋地问。

"阿琪奥洛公爵夫人。"

"您认识她吗,爸爸?"

"自然我听见人家提过。她未出阁前是索但里尼公主,翡冷翠人,一个门第极高的女子,跟她的丈夫一样有钱,丈夫在龙巴地有着最美的产业。大湖边上他们的别庄是意大利名胜之一。"

过了两天,玛丽爱德把下面的一封信交给洛萨莉。

亚尔培·萨伐龙

亚尔培·萨伐龙致雷沃博·阿纳耿

啊！是的，亲爱的朋友，你以为我在旅行，我却到了勃尚松。没有一些成功的端倪时，我什么都不愿对你说，现在却已露出曙光来了。是的，亲爱的朋友，我消耗了我最纯洁的血，费掉了多少精力，糟蹋了多少勇气，经营着多少事情而都流产之后，我想学你的样：拣一条平凡的路，康庄大路，最长的，最稳当的。在你那张公证人的椅子上，我几曾看见你翻过筋斗？但别以为我内心生活有任何变化；那秘密，世界上只你一人知道，并且还在她给我指定的限度以内。朋友，过去我不曾对你说明，但我在巴黎的确厌倦得要死。我全部的希望所寄托的第一桩事业，弄得毫无结果，由于两个合伙人的恶辣手段，通同起来欺骗我，使我两手空空，不能再做左右全局的活动。那次的结局，使我不得不放弃寻觅金钱的幸运；可是我已为之蹉跎了三年的生活，其中一年消耗在辩护上。也许我的结果还要糟，倘使我二十岁上不曾被迫去学习法律的话。我又想成为一个政治家，单单为了能有一天名登贵族院，获致亚尔培·萨伐龙·特·萨伐吕司伯爵的头衔，把一个在比利时业已消灭的美丽的姓氏在法国复活起来，这姓氏不但在比利时已传不下去，而且我既不是一个合法的儿子，也不曾获得法律的追认。

"啊！我早就相信他是贵族！"洛萨莉叫着，把信掉在地下。

你知道我曾怎样用功读书，干着默默无闻的，但是忠诚的，但是有益的新闻事业，替那个在一八二九年上还对我忠实的政治家当过出色的秘书。正当我的名字开始显耀，正当我要以参事院咨议的资格，借着这必不可少的阶梯进入政治机构的时候，七月革命把一切都化为乌有，我又犯了忠于战败方面的错误，我为他们奋斗，他们消灭了，我还在奋斗。啊！为什么我那时只有三十三岁，怎么我不曾要求你替我造成候选资格？我把我一切的热忱和危险都瞒着你。为什么？我有着坚决的信仰！那时我们俩的意见决不会一致。十个月前你看见我那样高兴、那样快乐、写着我的政论文章时，我正在绝望啊：我眼见自己到了三十七岁，全部的财产只有二千法郎，没有一些声名，刚刚在一件高尚的事业中失败下来，不去迎合当时的热情而只适应未来的需要的一份日报。我简直不知走哪一条路。可是我明明白白感觉到我的力量！忧郁而受伤之下，我在这个从我手里遛走的巴黎城中，拣些冷僻的地方闲荡，想着我受了欺骗的雄心，可是并没放弃。噢！那时我有多少愤懑不平的信写给她；写给我的这个第二意识，这另外一个我！有时候我对自己说："干么要替自己的生活定下一个如是远大的计划？干么我样样都要？干么我不去做些近乎机械的事情来等候幸福？"

于是我目光转到一个可以糊口的位置。我正要去主持一份报纸，跟一个见识有限，野心勃勃而崇拜金钱的经理合作，忽然我害怕起来。

"她肯不肯要一个屈膝到这步田地的情人做她的丈夫？"我问自己。

这个念头使我回到了二十二岁！噢！雷沃博，这些彷惶困惑把一个人的心灵消磨得多厉害！鹰隼被囚，雄狮受缚，真是何等的痛苦！它们感到拿破仑所感到的一切痛苦，不是在圣·赫勒拿岛，而是在蒂勒黎河滨大道上，八月十日那天①，他眼见路易十六的懦弱不知自卫而愤懑，而反映出他拿破仑壮志未伸的苦恼，因为他是有镇压暴动的力量的，就像他以后在十月里在同一地方所表现的那样②。唉！拿破仑在那一天上所感受的痛苦，我已捱受了四年之久：这便是我过去的生活。我在蒲洛涅森林荒凉的走道上，做过多少次准备在国会讲坛上发表的演说！这些无裨实际的练习，至少训练了我的口才，养成了用言语表达思想的习惯。当我暗中受着这些磨难的时候，你却结了婚，付清了你受盘事务所的费用，在圣玛丽受了伤，得了十字勋章，当着你本区区公所的副区长。

听我说！我小时候捉弄金壳虫的辰光，这些可怜的虫有一个动作几乎使我浑身发烧。我看见它们再三努力想往上飞，虽然张开了翅翼，却始终飞不起来。我们那时说：它在计数！我看了心中难受，不知是为了同情心，还是为了这是我前程的一种幻影。噢！张开了羽翼而飞不起来！这便是我从那件美妙的事业失败以来的情形。使我憎厌的那件事业，现在却给四个家庭发了财。

七个月前，我决心在巴黎的法庭上露头角，因为眼见多少律师变了达官显宦，辩护士方面的人才一扫而空

---

① 系一七九二年八月十日，路易十六被囚，翌年一月二十三日被国民会议判死刑。

② 系一七九五年十月五日巴黎群众为反抗国民会议独裁而起暴动，直扑蒂勒黎御园，卒为少年军官拿破仑荡平。

了。但我想起在报界里我有多少敌人,并且在此人才荟萃的巴黎舞台上,要得到无论什么成功都不容易,我便下了一个狠心,拣了一条有把握而比较最迅速的路。在我们的谈话中,你明白解释给我听勃尚松的社会组织,一个外乡人想要在那里出头,要想引起一些极其微末的注意,要想结婚,要想进入那边的社会,要想得到无论哪方面的成功,都不可能。但我还是拣了这个地方来树立我的大旗,很有理由想到在此可以避免竞争,可以单枪匹马的弄到议员资格。贡台不愿见外乡人,那末外乡人也不愿见贡台人好了!他们拒绝他进入他们的客厅,那末他永远不去就是!无论哪儿他都不露面,甚至连街上也不出去,但这里有一个制造议员的阶级,就是商人阶级。我要把我本来熟悉的商业问题再加特别研究,我将替人家打赢官司,调解争执,成为勃尚松最有权威的律师。过些时候,我再创办一份杂志保卫本地的利益,所谓本地的利益我可制造出来,教它存在或教它复活。等到我一票一票地赢得了相当的票数时,我的名字就可从投票匦中一跃而出。人家尽可在长久的时期内瞧不起一个无名律师,但自然会有机会给他出人头地,一件义务辩护啦,旁的律师不愿接受的案子啦。只要我开口一次,我便有十拿九稳的把握。这样思索过后,亲爱的雷沃博,我便把藏书装了十一口箱子,买了些一朝可能用到的法学书,加上我全部的行李,连同家具,一并交给运输公司往勃尚松送。我拿了文凭,搜罗了一千法郎,便来跟你告别。驿车把我送到勃尚松,三天之内找到了一所小小的屋子,面临着花园,我华贵地布置了一间神秘的书斋,为我日夜不离的,其中闪耀着我的偶像的肖像——我把生命奉献给她的偶像，是她充实了我的生命，成为我努力的原则，我勇气的秘钥，我才具的因素。随后，当我的家具和书籍运到时，我雇了一个伶俐的男仆，于是我在家守了五个月，像一匹鼹鼠过冬似的。其时我的名字早已登录在律师表上。终究有一天，人家指定我在重罪法庭替一个可怜虫当义务律师，无疑是为了至少要听我开一次口！勃尚松最有势力的商人之一正在陪审官席内，他刚有一件棘手的案子。我替我的当事人花尽了心机，获得了最完满的成功。原来他是无辜的，我教庭上在证人栏中逮捕了真凶，经过的情形真像演戏一般。临了，庭上也和旁听的群众一样表示佩服。我还替预审推事遮了面子，说要发觉一桩组织那么严密的阴谋几乎是不可能的事。接着我就赚得了那个大商人的委托，替他打赢了官司。大寺的僧侣会又选中我担任一件跟市政府争了四年的讼案：我又得胜了。在三桩案子里我一跃而成为法朗希一贡台地域最大的律师。可是我把我的生活隐藏在最深沉的神秘中间，遮掩着我的抱负。我养成了使我毋须接受人家邀请的习惯。人们只能在早上六点到八点之间来和我接洽，晚餐过后我就睡觉，再在夜里起来工作。把僧侣会初审已败诉的案件来委托我的那位副主教，是一个颇有思想颇有势力的人，他自然言语之间表示谢意。我回答他说："先生，我可以替你们胜诉，但不愿收受公费，我要求的不止是公费……（神甫为之全身一震）得知道我出头跟市政府作对是大有损失的。我到这儿来，为的是要在离开的时候身为国会议员，所以我只愿接受商业案子，因为唯商人能制造议员，而假使我替教士们辩护的话，他们便要猜忌我，而你们在他们眼里确是教士啊。我肯接受你们的案件，因为我在一八二八年时当过某部长的私人秘书（神甫又做了一个惊讶的动作），以亚尔培·特·萨伐吕司的名字当过参事院咨议（又是一震）。我一向忠实于君主政体，但既然你们在勃尚松不是一个多数党，我不得不借助于中产阶级的票数。因此我向您要求的公费，是将来在适当的时机暗中替我张罗票数。我们彼此守着秘密，我将替本区里所有的教士当义务辩护。我过去的历史请您一字莫提，希望互相守信。"当案子结束，他来道谢时，给我一张五百法郎的钞票，附在我耳边说："票数还是有效的。"在我们五次会谈中，我相信已赢得这位副主教做朋友。现在，手头堆满了案件，我只接商人们的诉讼，藉口说商务诉讼是我的专长。这个手段替我抓住了生意人，使我能够寻觅有权势的人物。因此，一切都顺利。再过几个月，我将在勃尚松买一所屋子来完成我的候选资格。在这件买卖上面，我要你帮忙，借资本给我。如果我死了，如果我失败了，损失也不致巨大到在你我之间成为问题。房租可以抵补你资本的利息，并且我要等候一个好机会，使你在这笔押款上面没有损失。

啊！亲爱的雷沃博，拿一个赌棍来譬喻罢，当他袋里带着所剩的全部家业走进国际俱乐部，在最后的一夜去孤注一掷，去拼个倾家荡产或成家立业的时候，他也不会有我在此野心赌博的最后一局里所听到的无时或息的耳鸣，手掌里的冷汗，头脑的昏沉骚动，以及浑身内部的颤抖。唉！亲爱的唯一的朋友，我奋斗快满十年了。这场与人与事的斗争，逼我继续不断地倾注我的精力，使我欲望的机括日趋迟钝，把我的精神消耗殆尽。表面上是年富力强，内里我是觉得崩溃了。多过一天，我的内心便多摧残一天。每逢重整旗鼓，做着新的努力时，我总感到下次是没有力量再来的了。要说力量，我只有享受幸福的力量了；倘使它不把蔷薇的花冠加在我的头上，我之为我便要消灭，我将变成一件衰败零落的东西，在世界上更无希冀，我也再不愿成为任何东西。你是知道的，权威与荣名，我所寻访的这个巨大的精神财富不过是次要的：那为我只是获取幸福的手段，迫近我偶像的阶石而已。

像古代的竞走者一样，在断气的时光到达终点！眼看财富与死亡同时在门口双双出现！在爱情熄灭的时分得到他的爱人！挣得了过幸福生活的权利时，再没精力来享受！噢！注定着这种命运的人有多少啊！

当塔尔这个野心的神，一定有一个时候会停下来，交叉着手臂，不愿再演那永远上当的角色，不把地狱放在眼里。哎哟，我就会到这步田地的，万一有什么事情使我的计划失败，万一当我爬在外省的灰土里，为了选举票而像饿虎一般在商人四周选举人四周匍匐之后，万一把我可在大湖边上望着她所望的湖水，睡在她的目光之下，听她说话的时间，去消磨在辩护那些乏味的讼案之后，而我仍不能跃登宝座攫取一个光荣的姓氏，来承继阿琪奥洛这个姓氏的话，那末，我就会到那步田地！不但如此，雷沃博，有些日子我竟懒洋洋地觉得浑身软化；从我心灵深处升起一股憎恨欲死的情绪；尤其当我长久地出神之后，在想象中预先体味着幸福的爱情的时候！欲望的力量是不是在我们心中只有一定的容量，欲望过度的膨胀会不会使它根本消灭？总之，这时候我的生活是美妙的，受着信仰的光辉照耀，受着工作与爱情的光辉照耀。再会，朋友。我拥抱你的孩子们。替我向你贤慧的太太致意。

你们的　亚尔培

洛萨莉把这封信看了两遍，其中大概的意义都镌刻在她心里了。她一下子窥到了亚尔培过去的生活，因为她机灵的聪明替她解释了许多细节，给她瞭望到浩瀚的边际。把这封自白的信跟杂志上的小说参证之下，她对亚尔培整个的为人都了解了。这颗优美的心灵，这股坚强的意志，本已气势不凡，她自然还要加以夸张；于是她对亚尔培的爱恋一变而为激烈的热情了，再加她青年的锐气，孤独的烦闷，潜伏的魄力，益发火上添油，助长了这热情的猛烈之势。在一个青年人，恋爱本已是自然律的一种作用；但当爱情的需要把一个非凡的人物做了对象时，其中势必还要添入在年轻的脑中洋溢泛滥的狂热。所以特·华德维小姐几天之内便到了爱情高潮中非常危险而近乎病态的阶段。男爵夫人倒对女儿很满意，因为她一心一意转着自己的念头，不再和母亲别扭，仿佛用心做着各种女红，实现了母亲的理想，成为一个柔顺听话的女儿。

律师每星期出庭二三次。虽然忙得不堪，他对法院，商业纠纷，杂志，都能应付裕如，而且他深深地躲在暗里，懂得他的成功越是黯晦越是遮藏，越是来得实在。但他对无论哪条成功的路径都不曾疏忽，研究着勃尚松的选举人名单，探寻他们的利益所在，打听他们的性格，他们来往的朋友，以及他们嫌恶的对象。一个红衣主教觊觎教皇的宝座时，也不会像他这般设想周密！

一天晚上，玛丽爱德来替洛萨莉更衣去赴一处夜会时，授给她一封信；女仆心里对着这种背信的行为怀着鬼胎，而特·华德维小姐一见信封上的地址，也立刻气吁吁的，脸色忽红忽白起来。

> 意大利　倍琪拉德
> **阿琪奥洛公爵夫人**　　　　台收
> （前索但里尼公主）

在她眼里的这个地址，无异在伯沙撒王眼中闪耀的弥尼，提客勒，毗勒斯见①。她藏起信，下楼随母亲上特·夏洪戈夫人家。这晚上她心里又是悔恨又是焦虑。她对于刺探亚尔培给雷沃博信上的秘密，已经觉得羞愧。她好几次自问：倘若亚尔培知道了这桩罪行，因为非法律所能惩罚而格外卑鄙的罪行，这个高浩的男人还会不会爱她？她的良心坚决地回答说：不！她用苦行来补赎罪过：持着饿斋，跪在地下交叉着手臂，做着苦行，几小时的念着祷文。她也强迫玛丽爱德忏悔。热情中间添入了最真诚的禁欲苦修的成分，使热情变得格外危险。

"这封信我看不看呢？"她心里忖着，一边听着特·夏洪戈家姑娘们谈话。姑娘们一个十六岁，一个十七岁半。洛萨莉把这两个朋友看做小丫头，因为她们不曾暗地里爱什么人。她在是与否之间踌躇了一小时之后想道："要是我读这封信，当然也是最后一封了。既然我已费尽心机探听他写给朋友的说话，为何我不能知道他写给她的信呢？就算这是一桩丑恶的罪行，可也不是爱情

---

① 《旧约·但以理书》第五章。

的证据吗？噢！亚尔培，我岂不是你的妻子吗？"

洛萨莉一上床，便拆开信来，那是一天一天接着写的，以便公爵夫人对亚尔培的生活和情绪获有真切的形象。

二十五日

亲爱的灵魂，一切都顺利。在以往的收获中，我新近又加上一桩最可贵的：我对选举运动中最有势力的人物之一帮了一次忙。好像那些只能制造荣名而永远不能自己登龙的批评家一样，他制造议员而永不能自为议员。那个好家伙想用低价来表示他的感激，简直连钱袋都不打开，只和我说"您愿意进国会吗？我能使您当选。"我假意回答道："如果我决定干政治，那将是为了效忠于贡台，表示我对它的感激，报答它对我的赏识。""好罢，我们来替您决定就是，那时我们可在国会里有一分势力，因为您一定会大显身手。"

这样看来，亲爱的天使，不论你怎么说，我的恒心终必获得胜利之冠。最近的将来，我将站在法兰西的讲坛上对我的国民说话，对全欧洲说话。我的名字将由法兰西报界无数的喉舌传到你的耳边！

是的，像你所说，我来到勃尚松时已经老了，而勃尚松使我更老了；可是一朝入选之后，我能立刻回复青春，好似西施德五世①一样。那时我将开始我真正的生活，进入我的世界。那时我们俩不是骈肩平等了么？萨伐龙·特·萨伐吕司伯爵，驻某某国大使，当然可以娶

---

① 系一五八五——五九〇年间的教皇。登极前老态龙钟，行不离杖。六十四岁被选为教皇时，立即投杖而起，健步如飞。

一个索但里尼公主,阿琪奥洛公爵的寡妇了!在继续不断的斗争中维护身心的人,能因胜利而回复青春的。噢!我的生命!我多快活的从藏书室奔到书斋,在你的肖像前面,在写信之前把我这些成就先诉给你听!是的,我的票数,副主教的,将要受到我帮助的人的,还有上面所说的那个主顾的,业已使我有了当选的把握。

二十六日

自从那幸运的晚上,美丽的公爵夫人一瞥之下把流亡的法朗采斯加的诺言确认以来,已经到了第十二个年头了。啊!亲爱的,你三十二岁,我三十五岁;亲爱的公爵七十七岁,他比我们两人总加的年纪还大十岁,但仍是那样矍铄!请你替我祝贺他罢。我的耐性不减于我的爱情。并且我还需几年的光阴,才能把我的财产增高到堪和你的名字匹配。你瞧,我很快活,今天我简直笑了:这是希望的功用啊!我的忧郁或快乐,一切都是从你那边来的。登峰造极的希望,永远使我觉得第一次见到你,把你我的生命如土地之与阳光似的结合为一,还不过是昨日的事。这十一年真是何等的痛苦,今天又是十二月二十六了,我到你公斯当湖畔别庄上来的纪念日。十一年来我追求着幸福,受着你的照耀像一颗明星似的,可是你高高的挂在天空,不是凡人所能几及!

二十七日

不,亲爱的,不要到米兰去,留在倍琪拉德罢。米兰使我害怕。我也不喜欢可恶的米兰风气,天天晚上在斯加拉歌剧院跟一大伙人聊天,其中不免有人对你吐露一些温柔的字句。为我，孤独赛如那块琥珀，可使一条虫在它的核心保存它永远不变的美。一个女子的灵和肉，在孤独中间可以永久纯洁，不失她青春期的模样。

二十八日

你的塑像永远完不成的吗？我要你的大理石像，油画像，画在小骨董上的工笔像，各色各种的肖像，来排遣我的不耐烦。我老等着倍琪拉德别庄南面的风景，回廊的风景：我所缺的就是这两幅。我今天特别忙，除了一个"无"字以外什么都无可奉告，但这"无"便是一切。上帝不是从无造出世界来的吗？这"无"是一句话，是上帝的一句话：我爱你！

三十日

啊！我收到你的日记了！谢谢你的准期！那末你真的高兴看到我们初会的细节用这种方式描写吗？……哟！我一边掩饰情节一边还大大的担心你生气咧。我们不曾有过短篇小说，而一份没有短篇小说的杂志，等于一个没有头发的美女。我天性不会无中生有，无可奈何，我便运用了我灵魂中唯一的诗篇，我回忆中唯一的奇遇，用可以公开讲述的语气来叙述，一边写一边不住的想着你，这是我一生唯一的文学作品，不能说出之于我的笔下，只能说出之于我的心坎。犷野的索玛诺被我变成了奚娜，你不觉得好笑吗？

你问我身体怎样？比巴黎时好多了。虽然工作繁重，究竟清静的环境对心灵大有影响。亲爱的天使，令人疲倦，令人衰老的，乃是虚荣未逞的悲伤，乃是巴黎生活的不断的刺激，乃是和野心的敌手勾心斗角的挣扎。宁谧却是镇静的油膏。你的信，把你日常生活中琐琐碎碎的事情告诉我的长信，它所给我的喜悦是你所想不到的。你们做女子的，万万不知道一个真正的爱人对那些无聊的事情感到何等兴趣。你的新衣的样品，我看了十二分的高兴！知道你的穿着，难道为我是一件无足轻重的事吗？要知道的事多着哩：你的庄严的额角是否光彩奕奕？我们的作家能否给你解闷？诗人加拿利的歌唱是否教你兴奋？我读着你所读的书，联想到你在湖上游览我也怦然心动。你的信多美，和你的灵魂一样隽永！噢！你这朵天国之花，我日夜膜拜的花！没有这些可爱的信，我还活得成吗？十一年来，你的信在我艰苦的途程中支持着我，赛似一道光明，一缕香气，一支有规律的歌，一种神明的粮食，安慰生活，魅惑生活的一切！万万少不得啊！要是你知道我未接你来信时的怆痛，要是你知道一天的迟到所给我的苦恼！她病了吗？还是他病了？我简直在天堂和地狱之间来回，我疯了！亲爱的女神！希望你在音乐上用功，锻炼你的歌喉。我很高兴彼此对工作和时间的分配一致，使你我虽然隔着阿尔卑斯山，仍过着同样的生活。想到这点，我便心神欢畅，有了勇气。我还没告诉你，当我第一次出庭辩护时，我想象你在旁听，忽然之间我就有了使诗人高出凡人的那股灵感。如果我进了国会，噢！你一定要到巴黎来听我的处女演说！

三十日晚

天哪！我多爱你！可怜，我寄托在我的爱情和希望上面的事情太多了。万一有什么不测把这条过于沉重的小舟倾覆了时,我的生命也要给它带走的了!和你离别已经三年,而一转到往倍琪拉德去的念头,我的心便跳得那么厉害,使我不得不停止再想……看见你,听你那儿童般的抚慰人的声音!用眼睛来拥抱你象牙般的肤色,在阳光中那么灿烂,令人猜出里面藏着你高贵的思想的肤色!赏玩着你抚弄键盘的手指,在一瞥之中接受到你整个的灵魂,在一声"天哪!"或一声"亚尔培多!"的语调中接受到你整颗的心,在你家满缀鲜花的橘树前面一同散步,在这清幽绝俗的景色中消磨几个月……这才是人生!噢!追求权势,名誉,财富,多无聊!一切都在倍琪拉德呀!这里才有诗意,这里才有光荣!我真该替你当总管,或者逗着爱情的意志,在你家里当骑士,可是我们热烈的情绪不容许我们接受。再会罢,我的天使,眼前的这种喜乐,仿佛是希望的火把投射下来的一道光明,一向我当它是磷火的;倘使我以

后有表示忧伤的时光,那末,请你看在眼前的喜乐份上原谅我罢。

"他多爱她!"洛萨莉叫着,听让这封信从手里掉下,仿佛重的拿不住。"过了十一年,还写这样的信?"

"玛丽爱德。"洛萨莉吩咐女仆道,"明天早上你去把这封信丢在邮局里;告诉奚洛末,我所要知道的事已全盘知道,教他忠忠心心的服侍亚尔培先生。我们大家去忏悔这些罪过,可别说出那些信是谁的,寄给谁的。是我不好,是我一个人犯的罪。"

"小姐哭过了。"玛丽爱德说。

"是的,我却不愿给母亲发觉;替我去端些冰冷的冷水来。"

在热情奔放的暴风雨中，洛萨莉常常听从她的良心。两颗忠贞的心把她感动了，她做了祈祷，心想自己只有退让的份儿，只有尊重两个在德性上分不出高下的人的幸福，他们在命运之下低头，一切听凭上帝的意志，别说犯罪的行为，连恶意的愿望都没有。她受着青年人天然赋有的正直的感应，这样地决定过后，觉得自己高卓些。下这决心的时候，也有少女的一种想法在鼓励她：她要为他牺牲！

"她不懂得爱。"洛萨莉想道，"啊！换了我，对一个这样爱我的男人，我将牺牲一切。被爱！……什么时候轮到我呢？由谁来爱我呢？这个矮小的特·苏拉先生只爱我的财产；倘使我是一个穷人，他连睬都不会睬我。"

"洛萨莉，我的小乖乖，你在想什么呀？你绣到图样外面去了。"男爵夫人对她的女儿说，她正替父亲绣着软鞋。

一八三四到一八三五年间的冬天，洛萨莉心中老是思潮起伏，骚乱不宁；但到了春天四月里她刚满十八岁的时候，她有时私忖道：打败一个阿琪奥洛公爵夫人究竟颇有意思。在静默与孤独中间，对于这场斗争的默想，把她的热情和恶念重复燃烧了起来。左一个计划，右一个计划，她预先培养着她传奇式的胆气。虽然像她这种性格是例外，洛萨莉型的女子不幸还是太多，这件故事之中的教训正好给她们一个榜样。那个冬天，亚尔培·特·萨伐吕司不声不响的在勃尚松有了大大的进展。存着十拿九稳的心，他焦灼地等着解散国会。他在中间派里面，征服了勃尚松一个幕后操纵的人物，很有潜势力的一个有钱的承揽商。

古代的罗马人曾经到处费过很大的心机，花过数目很大的款子，使他们帝国境内所有的城市都有清冽甘美的水做饮料。在勃尚松，罗马人喝的是亚西爱山上的泉水，离城相当遥远。在杜勃河环绕之下，勃尚松坐落在一块马蹄铁地形的中心。所以在一座受着杜勃河灌溉的城里,要重建古罗马人的输水大桥来饮用当年罗马人饮用的水这回事,只有在这严肃气氛最标准的外省,才会鼓动人心。他们会一本正经的重视些无聊的事情,重建输水大桥之举便属于这一类。如果这荒唐的念头深深地种在勃尚松人的心坎里,那势必要筹措一大笔经费,让地方上有势力的人从中取利。亚尔培·萨伐龙·特·萨伐吕司一口咬定杜勃河的水只配在大桥下边流,可充饮料的只有亚西爱的泉水。一篇篇的文章在《东方杂志》上登出了,表示勃尚松商界的意见。不分什么贵族和中产阶级,中间派和正统派,政府党和反对党,大家一致要求喝罗马人喝过的水,要求有一座穿空而过的输水大桥来赏玩赏玩。亚西爱泉水问题变成了勃尚松的口号。好似凡尔赛的两条铁路问题,好像那些借名敛钱的事业,在勃尚松有些暗藏的利益把这个主意格外闹得有声有色。反对这计划的通达事理的人,其实也不过是少数,都被认为傻瓜。大家所关切的只是萨伐龙律师的两个计划。做了十八个月的地下工作之后,这位野心家在法国这最迟钝最排外的城里,居然掀风作浪,像俗语所说的执掌着晴天雨天,从没出门却有了实际势力。他定下一个古怪的方案,就是有势力而不出名。这年冬季,他替勃尚松的教士们打赢了七场官司。所以他有时已预先闻到议会里的气息。他一想到将来的胜利,心房便膨胀起来。这个宏愿使他鼓起了多少兴致,发明了多少手段,把他紧张得没头没脑的精神所剩的最后一些力量,整个地吞吸了去。人家赞美他轻财仗义,主顾们给他公费,他从不争多论少。但这轻财仗义实在是精神上的高利贷,他等着比世界上所有的黄金更贵重的报酬。他面子上说是为了帮忙一个境况窘迫的商人,在一八三四年十月,用雷沃博·阿纳耿的资金买了一所能完成他候选资格的屋子。这笔便宜的买卖,绝不显出是期待已久寻访已久的目的物。

亚尔培·萨伐龙

"您真是一个了不起的人物。"特·葛朗赛神甫对萨伐吕司说，他自然冷眼觑着律师，而且猜中他的心思。这次副主教是带一个修士来请教律师的。"您是。"他对萨伐吕司说，"一个变相的教士。"这句话使萨伐吕司心里一震。

至于洛萨莉方面，凭着她娇弱的少女的刚愎自用，决意要把萨伐吕司引到家里来，介绍给特·吕泼沙龙里那批贵客。这时她的欲望还不过是看看和听听亚尔培。可以说她这样是让步了，然而让步往往只是暂时的休战。

露克赛田产是华德维祖传的产业，每年的收入净得一万法郎；要是在别人手里，进益实在不止这一些。男爵的马虎，仗着妻子四万法郎的岁入，随便把露克赛交给一个老当差莫第尼哀经管。可是每当男爵和男爵夫人想起过一下乡村生活时，总上幽美如画的露克赛来。古堡，花园，全部出之于那个赫赫有名的华德维的经营，他在精神矍铄的晚年，在这块美丽的地方花过不少心血。

在阿尔卑斯的支脉上，有两座光秃的小山头，名叫大露克赛和小露克赛；两山的水到维拉峰为止，从一条峡口里往下流去，跟杜勃河的水源汇合。在两山之间，横跨着峡口，老华德维筑了一条巨大的堰，堰上留着两个出口，排泄过量的水。堰的上流形成了一口幽美的湖；堰的下流形成了两条瀑布，在几十步外汇合起来灌在一条小河里。从前被露克赛急流冲刷的荒芜的盆地，如今就靠这条小河灌溉。老华德维把这口湖，这块盆地，两座山，一古脑儿用围墙围起来；开掘河道及支流所得的泥土，把那条堰筑有三阿邦①宽，堰上起了一座别庄。当特·华德维男爵在上流筑成那口小湖的时候，他是两座露克赛山的业主，但用作湖面的

---

① 系占代量度名，比例不详。

盆地并不属于他的，而是大众走惯的路，像一块马蹄铁般的地形，直到维拉峰山麓为止。可是大家对这凶横的老人害怕得厉害，在他活着的时候，坐落维拉峰山阴的李赛村上，没有人敢对他哼个不字。男爵去世的当儿，他已在两座露克赛的斜坡和维拉峰山麓之间，迤逦筑了一堵坚固的墙，使得维拉山崖左右两边冲着峡口的盆地不致被山洪淹没。这样，他就占据了维拉峰。他的子孙也俨然以李赛村的保护人自居，直到今日。那个老凶手，老叛教徒，老教士华德维，把他晚年的生涯消磨在种树筑路上面，筑了一条出色的走道，从一座露克赛山的山腰起直达大路。附属于这个花园和庄子的，有些荒芜的田，有些两山之间的木屋，和从未砍伐过的树林。一片荒僻幽静的境界，听让大自然控制着，任凭野草野木随意滋长，却尽有些奇妙的胜境。如今你们可以想象出露克赛庄园的风光了。

　　至于洛萨莉怎样运用惊人的手腕，怎样发挥天赋的机智来暗中达到她的目的，可以毋须细述，免得使这件故事累赘：只要知道她在一八三五年五月中间，听从了母亲的命令，坐着一辆轿车，驾着两匹租来的肥马，随着父亲往露克赛进发。

　　爱情使少女们了解一切。到露克赛以后第二天早上，洛萨莉一边起床，一边从窗里望见汪洋一片的水，水上浮着一缕烟雾似的水汽，飘入松柏的密林，沿着两旁的石壁，往山顶袅袅上升，她看了不禁惊叹一声，想道：

　　"他们是在湖畔相爱的啊！她此刻还是住在湖畔。爱情竟离不开湖。"

　　一口有溶雪灌注的湖是蛋白色的，透明的，仿佛一颗其大无比的钻石；但像露克赛湖那样坐落在满布松柏的两座花岗岩中间，笼罩着大草原般的静寂，那是谁见了都要像洛萨莉一样惊叫起来的。

"这是鼎鼎大名的华德维的赏赐。"她的父亲对她说。

"据我看。"女儿答道,"他是想教后人原谅他的过失。我们上船去遛一趟罢,到尽头为止,回头吃中饭可以胃口好一些。"

男爵招呼了两个会划船的园丁,带着总管莫第尼哀同去。湖面宽六阿邦,有些地方宽十阿邦到十二阿邦,长四百阿邦。不久洛萨莉一行便到了湖的尽头,维拉峰的山麓。

"我们到了,男爵。"莫第尼哀说着,指挥两个园丁把船系住。"您愿意去看看……"

"看什么?"洛萨莉问。

"噢!没有什么。"男爵回答道。"但你是一个谨慎的姑娘,我们有着共同的秘密,不妨告诉你使我操心的事:从一八三〇年以来,李赛乡为了维拉峰,跟我找麻烦,而我想不让你母亲得知,跟他们妥协,因为她固执成性,会像烈火似的烧起来,尤其当她一朝知道是李赛乡的乡长,那个共和党人,掀风作浪的策动这件争执来讨好乡民的话。"

洛萨莉竭力掩饰着心头的高兴,以便更能操纵她的父亲。

"什么争执啊?"她问。

"小姐。"莫第尼哀回答道,"李赛乡的人一向有权在他们那半边的山坡上放牧采柴。可是那一八三〇年份当选的乡长香多尼先生,却说整个维拉峰都是他一乡的公产,坚持一百几十年以前大家还打我们的田地上过……这样说来,我们变了不是在自己家里了,您明白。而且这个野人,甚至跟李赛乡上老一辈的人一样的说,湖面这块地是当初华德维神甫强占的。这简直是露克赛的末日了!"

"不幸,我的孩子,在自家人中间说,这都是实在的。"特·华德维先生天真地说,"这块地当初是强占得来,因为年代久远而含糊下来的。所以为一劳永逸起见,我想提议以友善的态度,在维拉峰这一边划定疆界,然后砌起一堵墙。"

"如果您对共和政府让步,它将来会把您吞掉。应该由您去威吓李赛呀。"

"昨天晚上我也这么对先生说。"莫第尼哀回答,"但为坚持这种主张起见,我提议请先生来瞧一瞧,在维拉峰这边或那边,无论山腰山脚,有没有什么围墙的痕迹。"

一百年以来,维拉峰业已成为李赛乡和露克赛的分界,双方尽量在山上垦荒,可是谁也不曾得到什么大好处,所以彼此从没走极端。争执中的目的物,一年倒有六个月盖着雪,自然而然使问题冷下来。直要一八三〇年的革命狂潮把平民的保护者煽动之下,才能旧案重提,给李赛乡乡长用来点缀一番他在此瑞士边境上的清静生涯,使他的治迹永垂不朽。香多尼,从他姓氏上就可看出,祖籍是纽夏丹①。

"亲爱的爸爸。"洛萨莉回到船上时说,"我赞成莫第尼哀。如果您要获得维拉峰做疆界,必须打起精神来周旋,设法弄到一个判决,教这香多尼奈何您不得。为什么您害怕呢?赶快去请那个出名的萨伐龙律师,别让香多尼先把他请了去。替僧侣会打败市政府的人,一定会给华德维打败李赛乡长!再说,露克赛有一天要成为我的产业的(当然越晚越好,我希望),唔,那末别留给我什么讼累。我喜欢这块地,我要常常来住,我要尽可能的加以扩充。在这些岸上。"她指着露克赛两山下的低地说,"我将筑起花坛,辟出几所赏心悦目的英国园亭来……我们上勃尚松去,把特·葛朗赛神甫,萨伐龙先生,还有母亲,倘她愿意的话,把一应人众邀齐之后,再回到这里来。那时您才好打定主意,可是换了我,主意早已打定的了。您姓了华德维,您却害怕斗争!倘

---

① 系瑞士州名。

使您诉讼失败：您瞧，我决没半个字埋怨您。"

"噢！你既然取这种态度。"男爵说，"那我也很乐意，我去拜会律师便是。"

"并且，打一场官司是挺好玩的呀。那会使生活更有意思，来来去去，到处奔走。您将投奔无数的门路去接近那批法官，对不对？……岂不是我们有过二十多天没看见特·葛朗赛神甫，讼案忙得他什么似的！"

"但那是为了整个僧侣会的生存啊。"特·华德维先生说，"再则，总主教的良心，自尊心，教士们赖以生存的一切都牵涉在内！萨伐龙还没知道他对僧侣会帮得是怎样的忙！他简直救了它。"

"听我说。"她附在他耳边说道，"倘若您请到了萨伐龙帮您，您就会赢，是不是？好罢，让我来替您出个主意：您唯有托特·葛朗赛神甫才请得到萨伐龙先生。如果您相信我，那末让我们俩一同跟神甫谈一谈，别教母亲参加，因为我知道一个方法，可以教他答应去把萨伐龙律师请来。"

"要不跟你母亲说明是不容易的！"

"回头特·葛朗赛神甫会替您代庖，可是您得决定在下届选举中投萨伐龙律师的票，您就可见到他了。"

"参加选举！宣誓！"特·华德维男爵嚷道。

"对啦！"她说。

"那你母亲又怎么说？"

"说不定她会盼咐您这么办呢。"洛萨莉回答，她从亚尔培给雷沃博的信里知道副主教早已有约在先。

四天之后，特·葛朗赛神甫老清早遛进亚尔培的寓所，他隔夜已把这次的访问咨会过。老教士这次是来替华德维家征服这位大律师的，这一个举动显出洛萨莉暗地里用了手腕和策略。

"我能给您帮什么忙呢,副主教?"萨伐吕司说。

神甫非常亲切地叙述了事由,亚尔培冷冷地听完了,答道:"神甫,要我担任华德维家这件案子是不可能的,您可以明白为什么。我在此地的角色是要保守绝对的中立。我不愿沾染色彩,而且到选举前夜为止,我应当继续成为一个谜。为华德维家辩护,在巴黎毫无问题;但这里样样事情都被猜疑,在大众眼里我势必成为贵族阶级的御用人物。"

"啊,喂!"神甫说,"在选举的日子,当候选人们互相攻击的时候,您以为还能躲着不让人知道吗?那时大家都将知道您姓萨伐龙·特·萨伐吕司,当过参事院咨议,王政时代的人物!"

"到了选举的日子。"萨伐吕司说,"我什么都可以不顾虑了。我准备参加预选会的演讲……"

"如果特·华德维先生和他的党派拥护了您,您还可以十十足足多添一百票,而且比您所预算的那些票数更可靠。以利益为主的阵营老是会动摇,但以信念为主的是分化不了的。"

"唉!要命!"萨伐吕司说,"我很敬爱您,肯帮您很大的忙,我的神甫!也许有法子跟魔鬼妥协。不论特·华德维先生的讼案怎样,我们可以交给奚拉台,指点他去办,把诉讼程序拖延到选举之后。我只能过了选举出庭辩护。"

"那么答应我一桩。"神甫说,"您到特·吕泼府上去一次;那边有一个十八岁的姑娘,将来有一天可有每年十万法郎的收入,您装作追求她的样子……"

"啊!那个我常常看见站在小亭上的女子……"

"正是,正是那位洛萨莉小姐。"特·葛朗赛神甫接着说,"您是有野心的;如果您博得她的欢心,您将成为一个野心家所期望的人:部长。在十万法郎的岁收之外,加上您惊人出众的才干,区区部长是不成问题的。"

"神甫。"亚尔培兴奋地说,"特·华德维小姐哪怕有三倍于此的财产,哪怕对我五体投地的崇拜,我也不可能娶她……"

"您已经结了婚?"特·葛朗赛神甫问。

"不在教堂,也不在市政府。"萨伐吕司回答,"但在精神上。"

"像您这样信誓旦旦的情形,精神上的结婚比什么都糟糕。凡是生米不曾煮成熟饭的事都可以不做的呀。明哲的人从不光着脚上路。切勿把您的财富把您的计划建筑在女人的意志之上。"

"我们不谈特·华德维小姐。"亚尔培严肃地说,"且把正事决定下来。为了您,为了我所敬爱的您,我答应给特·华德维先生辩护,但要过了选举以后。到那时为止,他的案子将由奚拉台依照着我的意见去办。我所能效劳的就是这样了。"

"但有些问题是要实地视察以后才能决定的。"副主教说。

"让奚拉台去就是。"萨伐吕司回答道,"在一个我认识非常清楚的城里,凡是性质足以损害我选举利益的行动,我都不愿意干。"

特·葛朗赛神甫离开萨伐吕司时,狡狯地望了他一眼,仿佛笑这个青年战士的毫不通融的政策,同时仍佩服他的坚决。

下一天,洛萨莉从父亲嘴里得知了亚尔培和特·葛朗赛神甫谈话的结果;她站在小亭上望着书斋里的亚尔培,想道:

"啊!我不惜把我父亲卷入诉讼!我花了那么大的气力想引你到我家来!啊!我不惜犯了该死的罪孽,而你竟不肯涉足特·吕泼的客厅,不让我听到你千变万化的声音?华德维和特·吕泼家求你帮忙,你胆敢提出条件!……唉!上帝知道,我本来只想得到一些小小的幸福来满足自己:看到你,听你讲话,和你一块儿上露克赛,使露克赛因你到过之后对我成为一块圣地。我原没有更大的愿望……但现在非做你的妻子不可了!好罢,你尽管望着她的画像，端相着她的客室，她的卧房，她的别庄四面的外景，她的花园里的景致。你还等着她的石像！好，让我把她本人替你变成了大理石罢……并且这个女人也不爱你。艺术，科学，文学，歌唱，音乐，把她的感官和聪明已夺去一半。何况她已经老了，三十岁出头了，我的亚尔培一定不会幸福的！"

"你呆在那儿干什么，洛萨莉？"母亲这样喊着，把女儿的思索打断了。"特·苏拉先生在客厅里，已留意到你的姿态，显见你在胡思乱想，那在你的年纪上是不应该的。"

"特·苏拉先生难道憎恨思想不成？"她问。

"那末你真是在思想了？"特·华德维夫人说。

"可不是么，妈妈。"

"啊！不，你并没思想。你望着律师的窗子，那种聚精会神的模样既不雅观，也不合礼，旁人见了已是难看，让特·苏拉先生发觉尤其不该。"

"哦！为什么？"洛萨莉说。

"喔，让你知道我们的用意也是时候了：阿曼台觉得你很好，而你做起特·苏拉伯爵夫人来也未必不快活。"

惨白像百合花，洛萨莉当下一句不答，情绪给刺激得那么厉害，竟把她呆住了。但面对着这个被她顷刻之间恨入骨的男人，不知怎样会装出一副像舞女对观客所扮的笑容。终究她笑开了，竭力掩藏着渐趋平复的愤怒，因为她决意要利用一下这个又胖又蠢的青年。

"阿曼台先生。"她趁着男爵夫人走在前面，故意把一对青年留在花园里时说，"您竟不知萨伐龙先生是一个正统派[①]。"

---

① 拿破仑一世放逐后，法国拥护波旁王室长房的一派称为正统派：忠于王政时代的路易十八与查理第十，反对一八三〇年后的路易·斐列伯。

"正统派？"

"一八三〇之前，他是参事院咨议，和首相有密切关系，受着太子和王妃的信任。您一向不说他坏话，真是您的好处；但您还要更好，倘使您今年去加入投票，把可怜的特·夏洪戈先生代表勃尚松的资格取消，把萨伐龙捧上台。"

"您又为什么突然对这萨伐龙关切起来？"

"亚尔培·特·萨伐吕司先生，是特·萨伐吕司伯爵的私生子，（噢！您千万要守秘密，）如果他当选了议员，就答应接受我们露克赛的案子。露克赛，爸爸告诉我，将来是我的产业，我愿意上那边住，好幽美的所在！当年伟大的华德维创造的这份基业一朝毁掉的话，我真要绝望哩……"

"该死！"阿曼台从特·吕泼府第走出去时想道，"这丫头并不傻。"

特·夏洪戈先生是保王党，有名的"二百二十一个"里面的一分子。所以从七月革命以后，他就宣传效忠新王的主张，提倡仿照英国保守党与自由党对垒的办法来跟政府斗争。正统派并不接受这种主张，他们失败之后，不惜意见分歧，宁愿一无动静，听天由命。失去了自己本党的信任之后，特·夏洪戈先生在中间派眼中变成最适当的人选；他们宁可让他温和的主张得胜，不愿见一个共和党人把狂热者和爱国者的票数一齐抓去。特·夏洪戈先生在勃尚松是一个很受尊敬的人物，出身于一个老司法界的家庭；年收一万五千法郎的资产，谁见了都不会眼红，何况他还有一男三女。在这样的负担之下，一万五千法郎的岁收简直不算什么。可是一个父亲在这种情形中仍能廉洁自守，自然教选民们肃然起敬了。他们崇拜着议会道德的优美理想，其热烈的程度，不下于戏池里的观客叹赏台上所表现而自己很少实行的慈悲。特·夏洪戈夫人那时四十岁，被列为勃尚松美女之一。在国会开会期间,她省吃俭用的住在一所小田庄上,以便凑出那笔特·夏洪戈先生在巴黎使花的款子。到了冬天,她体体面面的每星期二招待一次宾客;但她很懂持家之道。年轻的特·夏洪戈二十二岁,跟另一个青年绅士,特·伏希尔先生来往得非常密切;这青年并不比阿曼台更有钱,和他是中学同学。他们一同到葛朗伐尔去散步,一同打猎;大家公认他们是形影不离的伙伴,邀请他们乡居时也把三个一齐请的。洛萨莉跟特·夏洪戈的两位女儿也是同样的密友,所以知道那三位青年彼此无话不谈。她心里想,倘若特·苏拉先生有什么冒失的举动,泄漏什么话,那一定有他两个好友的份。而特·伏希尔先生,和阿曼台一样已给自己的婚事打好主意:他想娶特·夏洪戈家的长女维克多亚。她有一个老姑母,答应给她一块岁入七千法郎的田产,再加十万法郎的现款做陪嫁。维克多亚是这位姑母的教女,最受宠爱。所以年轻的夏洪戈和伏希尔,自然会向特·夏洪戈先生说出亚尔培的用心对他的不利。但洛萨莉还嫌这一著棋子不够,便用左手写一封匿名信给当地州长,下面用"路易·斐列伯的一个朋友"做署名。信中揭穿亚尔培·特·萨伐吕司的秘密竞选计划,让州长感到一个保王党的演说家将来和裴里哀①勾结起来有何等危险,并且把律师两年来在勃尚松深谋远虑的布置和盘托出。州长是一个干练人物,天生是保王党的对头,一心忠于七月政府,一个教内政部长睡得着觉的人。他把匿名信读了,烧了,依着写信人的要求。

洛萨莉想教亚尔培选举失败,好留他在勃尚松多住五年。

那时候的选举实际是各党各派的斗争,为把握胜利起见,内阁在选择日期上用功夫。所以还要过三个月才实行选举。为一个等待选举等了一生的人,从召集选举社团的命令公布之日起,到

---

① 系当时名律师,小说家,正统派健将。

实际施行之日为止,仿佛一切的日常生活都告中止。因此洛萨莉懂得在此三个月中间还有多少余裕可用来对付亚尔培。她向玛丽爱德许愿(这是她以后自己讲出来的),将来把她和奚洛末一起雇用,教她把亚尔培寄到意大利去和意大利寄来的信,统统截留下来交给她。这个惊人的女子一面安排着她的计划,一面装着世界上最无邪的神气,绣着父亲的软鞋。她懂得无邪与坦白的神气对她如何有利,所以装得愈加无邪愈加坦白。

"洛萨莉倒变得可爱起来了。"特·华德维男爵夫人说。

选举前两个月光景,老蒲希先生家召集了一个会,出席的有指望承包亚西爱水管大桥的承揽商,有受过萨伐吕司好处而准备提他做候选人的葛拉奈先生,有诉讼代理人奚拉台,有《东方杂志》的印刷人,有商事裁判所主席。总之,这个集会包括二十七位外省人所说的"大头儿"。每个"大头儿"平均代表六票;但一经追问,六票便升到十票,因为人总爱夸张自己的势力。这二十七人中,一个是捧州长的,一个骑墙派的家伙,希望从政府方面替自己或亲属谋些好处。在这第一次的集会里,大家决定推萨伐龙律师做候选人,情况之热烈,在勃尚松是谁都不敢希望的。亚尔培在家等着阿弗莱·蒲希来带他去,一边跟非常关切他的雄心的特-葛朗赛神甫谈着话。亚尔培确认这位教士有极高明的政治手腕,教士也被这青年的请求感动了,很乐意在此生死关头的斗争里做他的参谋和向导。僧侣会方面不喜欢特·夏洪戈先生;因为他妻子的妹婿,法院院长,曾经在第一审时判决僧侣会败诉。

"您被出卖了,亲爱的孩子。"那个狡狯而可敬的神甫用着老教士惯用的那种柔和镇静的声音说。

"出卖了!……"他喊道,神甫的说话仿佛一支利箭直刺入这个情人的心窝。

"是谁干的，我也不知道。"神甫接着道，"州长得悉了您的计划，窥破了您的玄虚。如今我毫无意见可贡献。这类事情需要加以研究。至于今晚上，在这个集会里，您得挺身而出，准备接受人家的攻击。把您过去的生活一齐揭穿，这样之后，您的暴露真相，在勃尚松人心中可以减少许多作用。"

"噢！我本来就防这一著。"萨伐吕司声音异样的说。

"您当时不愿接受我的劝告，您曾有机会在特·吕泼府上露面，您不知那样可占得多少便宜……"

"什么便宜？"

"保王党员的一致，暂时的蠲除私见，暂时团结起来对付选举……总之是一百多票！再加上我们所谓的'教会票数'，固然您还不能就当选，但您凭着再选的机会已经是大局的主人翁了。在这情形中，再斡旋一下，事情便成功了……"

阿弗莱·蒲希兴高采烈的跑来报告预选会的决议，一进门，发现副主教和律师都冷冷的，镇静的，态度肃然。

"再见，神甫，您的事情等选举过后再彻底谈罢。"

律师跟特·葛朗赛神甫握手时暗中示意，然后搀着阿弗莱的胳膊出发。神甫望着这个野心家的脸色，那种庄严肃穆的神态，有如听见战场上第一声炮响的将军。教士举眼望着天，一边出门一边想："他当起教士来真是一个了不得的人物！"

雄辩不在法庭上。一个律师很少在庭上施展出真正的心力，要不然他几年之中就会精疲力尽。雄辩如今也难得在教堂的讲坛上；但在国会某些集会中间倒还遇得到，譬如逢着一个野心家孤注一掷的时候，受尽了毒箭而突然奋起的时候。但当一般优秀之士，临着千钧一发的成败关头，不得不开口的当儿，那的的确确有雄辩出现。故而在这次集会里，当亚尔培·萨伐龙感到必须造成他的一班党羽的时候，便把他的才气精力全部施展了出来。他郑重地步入客厅,既不张皇,也不骄矜,既不懦弱,也不畏怯,发觉三十多人在场也只做若无其事。会场上嘈杂的声音和刚才的决议,已把一部分人催眠,像跟着铃声就跑的绵羊似的。在蒲希先生想先来几句介绍,要他演说之前,亚尔培做着一个手势要大家静下来,和蒲希握了握手,似乎通知他突然发生了意外一般。

"刚才我年轻的朋友阿弗莱·蒲希来告诉我的消息,使我感到非常荣幸。但在诸位把决议作为定案以前。"律师又接下去说,"我认为应当对大家说明你们所推的候选人是怎样的人,使你们还来得及更改主张,倘若我的自述使你们良心上有何不安的话。"

这一段开场白使全场顿时寂静无声。有几位觉得这是光明磊落的举动。

于是亚尔培说明他过去的生涯,报出他的真姓名,叙述他王政时代的事业,到勃尚松以来的改头换面的做人方法,以及对于将来的志愿等等。这篇即席的演讲,据说,把在场的人听得凝神屏息。野心家从胸坎里灵魂里沸沸腾腾涌出来的这场滔滔雄辩,把这批利害关系那么分歧的人收服了。钦佩赞叹阻止了思索。大家只懂得一样事情,便是亚尔培心想灌入他们脑子里的事情。

为一个城市着想,挑出一个命中注定来控制全社会的人,岂不比一个光是投投票的机械家伙强得多?一个政治家带来的是一份权势,一个平庸而清廉的议员不过是一颗良心。普罗望斯[①]的光荣,就因它在一八三〇年上便识得了七月革命以来唯一的政治家米拉鲍,把他送到了巴黎。

被这场雄辩屈服之下,所有的听众都承认,这种才具在这个代表身上大可成为一种奇妙的政治工具。他们把亚尔培·萨伐龙看做萨伐吕司部长的前兆,而那个精明的候选人也猜透了听众的

---

① 系法国东南部诸州的总称。

打算，告诉他们一朝登台之后，他将首先为他们服务。

据那个唯一能批评萨伐吕司、而从此成为勃尚松干才之一的人说，这一次的披沥信念，宣布志愿，过去生涯和他的性格的自述，简直是手腕、情操、热诚的杰作，意味深长，引人入胜。这阵旋风把选举人包围了。从没有人获得类似的成功。不幸言语是一件贴身的武器，只有面对面时的直接作用。言语不曾把思想打败的时候，思想会把言语消灭的。如果当场投票，当然亚尔培的名字会从票匦里一跃而出！当时当地，他是胜利者。但他还得这样地在两个月之间天天打胜仗。离场的时候，亚尔培心中忐忑地跳着。勃尚松人已经对他鼓掌叫好，他所获得的成就，是把他过去生涯所能引起的毁谤预先遏止。勃尚松的商界已举了萨伐龙·特·萨伐吕司律师做候选人。阿弗莱·蒲希的热烈，起先颇有影响，慢慢地却变得不讨巧了。

州长对着这个浩大的声势害怕起来，开始计算他政府党的票数，设法和特·夏洪戈先生秘密磋商了一次，以便为了共同的利益有所联络。蒲希小组会的票数一天天的减少下去，亚尔培也莫名其妙。选举前一个月，亚尔培发觉仅有六十票上下。什么都抵挡不住州长从容不迫的布置。三四个手段巧妙的人对萨伐吕司的主顾们说："当了议员，他还能替你们的案子辩护，胜诉么？他还能给你们做参谋么？替你们订契约么？当调解么？如果你们不把他送进国会，只给他五年后可以进去的希望，岂不是还可有五年的功夫利用他？"这种计算对萨伐吕司尤其不利，因为有些商人的妻子已经对她们的丈夫说过这一套。一个狡黠的政府党人，对那般和亚西爱泉水及大桥问题有利害关系的人解释，说他们所需的支持要靠州公署，而非靠一个野心家，这等说辞他们听了委实有些心旌摇摇。多过一天，亚尔培就多一场败仗，虽然他一仗又一仗的天天指挥着，调兵遣将去作战，到处奔走，发动着言语与词藻的斗争。他不敢上副主教那儿去,副主教也不到他这儿来。亚尔培白天黑夜,浑身灼热,满脑子烧着火。终于,到了第一次肉搏的日子,到了举行所谓预选会的日期;那时可以检点一下票数,候选人们可以预测一下他们的命运,一般有眼光的凭这一天的结果能预知成败。这是竞选运动的一幕,没有群众参加的,可是惊心动魄的;那时的情绪即使没有像英国那样的肉体表现,其深刻的程度也正不相上下。解决这些事情的方式,英国人用的是拳打足踢,法国人用的是舌剑唇枪。我们的邻居来一场全武行,法国人却用深谋远虑的冷静计划,来决定他们的命运。这件政治行为的演出,恰恰跟两个民族的性格相反。急进党的候选人提出了;特·夏洪戈先生露面了;随后是亚尔培,被左派和夏洪戈小组会指为极端的右派,裴里哀的化身。政府也有它的候选者,一个被牺牲的人,专门用来搜集纯粹政府党的票数的。票数这样一分散之后,便不会有什么结果了。共和党候选人得二十票,政府党五十票,亚尔培七十票,特·夏洪戈六十七票。但那虚伪的州长教手下最忠实的三十票投在亚尔培的阵营里,去欺弄他的敌人。特·夏洪戈先生的票数,加上州公署方面实在的八十票,再由州长从左派方面拉过几票来,就可定夺选举的大局。当时缺席的有一百六十票,是特·葛朗赛神甫的同正统派的。预选会之于选举,有如最后排演之于正式上演,是世界上最大的骗局。亚尔培·萨伐吕司回到家里,神色不变,可是心如死灰。他费了心思,天才,或者说靠了运气,在此最后的十五天内收服了两个最忠实的人,一个是奚拉台的岳父,一个是非常机巧的老商人,特·葛朗赛神甫介绍的。这两个好汉替他当着间谍,面子上在敌人的阵营里装做亚尔培的死冤家。预选会终了时,他们托蒲希通知萨伐吕司,说他的票数内有三十票是敌人骗他的。亚尔培从刚刚搏过他命运的会场上回家时所感的痛苦,连上刑场的罪犯的痛苦也相形见绌。绝望之中的情人，不愿由任何人陪他回来。在十一点和半夜之间，他独自在街上走着。

早上一点钟，三天不曾睡觉的亚尔培，坐在藏书室中服尔德式的靠椅内，脸色惨白像要咽气似的，垂着两手，颓然沮丧的姿态像圣女玛特兰纳般动人。泪珠在长睫毛下打滚，那是只湿眼睛而不淌在面颊上的泪珠；思念把它们喝下了，心灵的火把它们烧干了！独自一人的时候，他可以哭了。于是他瞥见小亭下有一个白色的形象，使他想起法朗采斯加。

"三个月我没接到她的信了！她怎么了？我两个月不给她信，但我，预先通知她的。她病了么？噢！我的爱人！噢！我的生命！你会有知道我的痛苦的一天么？我的身体真是该死！是不是生了动脉瘤呀？"他这么想，因为他觉得心跳得那么厉害，以致脉搏的声响，在静寂中听来，好似细沙撒在一口大箱子上。

这时候，悄悄的三下弹指声在亚尔培的门上响起来，他立刻走去开门，一见副主教露着快乐和得意的神色，他几乎高兴得发狂。他抓住特·葛朗赛神甫，一声不响，把他搂在怀中，紧挝着，让脑袋倒在老人肩上。他又回复了儿童的脾气，哭得像当年知道法朗采斯加·索但里尼已结了婚的时候一样。他只对这位面露一线曙光的教士，暴露他的弱点。教士风采潇然，高旷无比，而且法眼慧心，亦复犀利无匹。

"原谅我，亲爱的神甫，但您正遇到成人的意志消灭而至性流露的时间，请您别把我看做一个庸俗的野心家。"

"是的，我知道。"神甫接着说，"您曾写过《爱情造成的野心家》！唉！我的孩子，我也是为了情场失意而在一七八六年二十二岁上当教士的。一七八八年我当了神甫。我已拒绝了三次主教职位，我愿老死在勃尚松。"

"您来瞧瞧她可好？"萨伐吕司嚷道，一边端着蜡烛把神甫领到华丽的小书斋内,把烛光照着阿琪奥洛公爵夫人的画像。

"这是一个天生统治别人的女子!"副主教说,他懂得亚尔培这样默默无言的推心置腹,是对他表示何等的感情。"但这额角颇有高傲之气,顽强执着,得罪了她是永远不肯饶赦的!这是天使长米歇尔,是管执行的天使,不屈不挠的天使……宁为玉碎,不为瓦全这两句话,便是这等天使型性格的铭赞。在这张脸上,有一股说不出的神明般的肃杀之气!……"

"您猜对了。"萨伐吕司叫道。"可是,亲爱的神甫;她主宰我的灵魂已经十二年多,而我从没一个对不起她的念头……"

"啊!要是您对上帝也这样虔诚的话?……"神甫天真地说。"现在且来谈谈您的事情。我为您已工作了十天。倘使您是一个真正的政治家,您这次定会听从我的劝告。如果您在我跟您说的时候就到了特-吕泼府上去,就不致到今日这步田地;但您还可以去,明天晚上我来替您介绍。露克赛田庄受威胁了,两天以内就得开庭……而选举还要三天以后举行。我们设法使投票事务所第一天上组织不成;我们将有好几次投票,您可以靠再选而成功……"

"用什么方法?"

"露克赛案胜诉之下,您可得到正统派的八十票,加上我有把握的三十票,总数是一百十。您在蒲希小组会至少还可有二十票,那末您统共可有一百三十。"

"哦!喂。"亚尔培说,"还缺七十五票呀……"

"不错。"教士说,"因为余下的票数都归了政府。但是,孩子,您可以有二百票,而州公署方面只有一百八十。"

"我可有二百票?……"亚尔培愕然站起,好比给一根弹簧抬起来似的。

"您还有特·夏洪戈先生的票数。"

"怎么会?"亚尔培说。

"您将娶西杜妮·特·夏洪戈小姐。"

"永远不!"

"您将娶西杜妮·特·夏洪戈小姐。"神甫冷冷地重复了一遍。

"可是您瞧?她是顽固执着的。"亚尔培指着法朗采斯加的肖像说。

"您将娶西杜妮·特·夏洪戈小姐。"神甫冷冷地说了第三遍。

这一次亚尔培明白了。在这桩对绝望的政治家终于露出一线希望的计划中,副主教不愿显出一些共谋的痕迹。再多说一句就会损害教士的尊严和诚实。

"明天您将在特·吕泼府上遇到特·夏洪戈夫人和她的第二位小姐,那时您将谢她对您的帮助,告诉她您的感激是无涯的,您将把身心一齐贡献给她,从此您的前途就是她家的前途,您是没有利害打算的,您有着坚强的自信,认为被任为国会议员就是一笔可观的陪嫁。您将跟特·夏洪戈夫人有一场争战,因为她一定要您答应一句。这一个晚上,我的孩子,便是您整个的前途。可是得知道,在这件事情里,我是没有份的。我,我只负责正统派那条路线,我替您收服了特·华德维夫人,这就代表了勃尚松全部的贵族。阿曼台·特·苏拉和伏希尔都将投您的票,同时给您带来了年轻的一辈,特·华德维夫人给您张罗了年老的一辈。至于我那方面的票数是绝对不会动摇的。"

"那末又是谁游说了特·夏洪戈夫人呢?"萨伐吕司问。

"别盘问我这个。"神甫回答。"有三个女儿要出嫁的特·夏洪戈先生,没有方法增加他的财产。即算伏希尔娶了那个没有陪嫁的长女,为了有担负嫁费的老姑母之故;其余两个又怎么办?

西杜妮十六岁,而您在您的野心里有着偌大一笔财富。某人对特·夏洪戈夫人说,与其打发她的丈夫到巴黎去虚耗金钱,毋宁把两个女儿嫁掉。这某人也者拉拢了特·夏洪戈夫人,特·夏洪戈夫人又拉拢了她的丈夫。"

"得了,亲爱的神甫,我懂得。一朝当了议员,我得替某人也者挣一笔家产,等到这笔家产可观的时候,我就可解除我的诺言。我不会忘掉您慈父般的恩惠,我的幸福都是您的赐与。天哪!我有什么功绩够得上这样真切的友谊呢?"

"您替僧侣会得了胜利呀。"副主教微笑着说。"现在大家得保守秘密,至死勿渝。我们得装做一无作为。万一人们知道我们预闻选举的话,那些格外凶狠的左派清教徒,会把我们一口生吞,我们中间意欲包办一切的自家人,会把我们骂得体无完肤。特·夏洪戈夫人全没想到这些事情的幕后有我在内。我只信任特·华德维夫人,我们可以相信她像相信我们自己一样。"

"将来我要把公爵夫人带来见您,请您祝福!"野心家叫道。

把老教士送走之后,亚尔培在权势的美梦中睡下了。

次日晚上九点,像大家可能想象到的,特·华德维男爵夫人的客厅里,挤满了临时召集的勃尚松贵族。大家谈着为了讨好特·吕泼家女儿之故,要破例参加选举的事情。他们知道,前任参事院咨议,最忠于王室长房的一个部长的秘书,要被介绍到这里来。特·夏洪戈夫人带着盛装的女儿西杜妮到场,至于大女儿,因为未婚夫已经毫无问题,也就不在装扮上用功夫了。这些小枝节在内地是很触目的。特·葛朗赛神甫探着他那张美妙的机灵的脸,从这一组到那一组,听着人家说话,好似什么都没有他的份,可是说些一针见血的话把问题归纳起来,支配着宾客们的谈话。

"倘使王室长房重新登台的话。"他对一个七十岁的退休的政治家说道,"又将行些什么政策呢?""孤零零的时候,裴里哀简直一筹莫展;但若有了六十票撑腰,他将随时随地跟政府为难,不知要给他掀倒多少内阁呢?""斐兹·詹姆斯公爵要当多罗士的议员了!""那您将使特·华德维先生打赢官司!""倘使你们投萨伐吕司的票,共和党人大概也要学你们的样,而不去拥护中间派呢!"他说的尽是这一类的话。

九点已到,亚尔培还没来。特·华德维夫人认为这种迟到是傲慢无礼的表现。

"亲爱的男爵夫人。"特·夏洪戈夫人说,"我们最好别把一些小枝节搅在这么一件重大的事情里。也许靴子上了油不就干……也许什么案子的接洽,把特·萨伐吕司先生耽误了。"

洛萨莉斜着眼对特·夏洪戈夫人睃了一眼。

"她对特·萨伐吕司先生好得很呢。"洛萨莉低声对她的母亲说。

"可是。"男爵夫人微笑着答道,"那是关系到西杜妮和特。萨伐吕司的婚约呀。"

洛萨莉突然向着面临花园的窗框走去。十点钟了,特+萨伐吕司先生还没出现,酝酿中的雷雨爆发了。有些客人玩起牌来,觉得这个局面简直受不了。一筹莫展的特·葛朗赛神甫走向洛萨莉躲着的那个窗框,大为错愕地听见她自言自语的说着:"他大概死了吧!"副主教走到花园里,后面跟着特·华德维先生和洛萨莉,他们三个一同走上小亭。亚尔培家门窗都关得紧紧的,灯火全无。

"奚洛末!"洛萨莉看见那仆人在院子里时喊道。特·葛朗赛神甫对洛萨莉睃了一眼。"您的主人往哪儿去了?"那时仆人已走到墙根。

"走了,搭着邮车!小姐。"

亚尔培·萨伐龙

"他完了。"特·葛朗赛神甫叫道,"再不然他是幸福了!"

洛萨莉得意扬扬的神气不曾遮盖得好,被只做若无其事的副主教瞧在眼里。

"洛萨莉在这件事情里能够干些什么勾当呢?"教士心里盘算着。

三人回到客厅,特·华德维先生报告了那古怪的、奇特的、令人出惊的消息,说亚尔培·萨伐龙·特·萨伐吕司搭着邮车动身了,原因不明。十一点半时,客厅里的人只剩十五位,其中有特·夏洪戈夫人,特·高特那神甫,也是一位副主教,四十左右年纪而极想升任主教的,还有两位特·夏洪戈小姐和伏希尔先生,特·葛朗赛神甫,洛萨莉,阿曼台-特·苏拉,和一个退职的法官,勃尚松高等社会里最有势力的人物之一,极希望亚尔培·萨伐吕司当选的。特·葛朗赛神甫坐在男爵夫人旁边,以便注视洛萨莉,往常她的脸色是惨白的,此刻却兴奋得通红。

"特·萨伐吕司先生可能遇到什么事啊?"特·夏洪戈夫人说。

这时候,一个穿制服的仆人在银盘里托着一封信送给特·葛朗赛神甫。

"不客气,请看信罢!"男爵夫人说。

副主教读着信,瞥见洛萨莉顿时面白如纸。

"她认得他的笔迹。"他从眼镜上面睃了她一眼之后想。他折好了信,冷冷地纳入袋里,不做一声。三分钟内,洛萨莉望了他三次,他全明白了。"她爱着亚尔培-特·萨伐吕司!"副主教想道。他站起身来,洛萨莉浑身一震;他行过礼,往着门走了几步,在第二间客室里被洛萨莉追上了,说道:

"特·葛朗赛神甫,这是亚尔培的信!"

"怎么您对他的笔迹那么熟悉,能够远远地辨认?"

这位沉溺在烦躁和愤怒的大湖里的姑娘，被他揭破之后，竟说出一句教神甫惊叹的话来。

"因为我爱他！他怎么了？"她停了一会说。

"他放弃了选举。"神甫回答。

洛萨莉把一根手指放在嘴唇上。

"我打听这个秘密好似打听一句心腹话似的。"她退回客厅之前又说，"倘使他放弃了选举，也就没有跟西杜妮结婚的事了！"

次日早晨，洛萨莉去做弥撒时，从玛丽爱德嘴里，探悉了促使亚尔培在危急存亡之秋悄然引退的一部分动机。

"小姐，昨天上午国家旅馆到了一位从巴黎来的老先生，坐着自己的车，驾着四匹马，前面坐着一个车夫和一个男仆。据眼看车子动身的奚洛末说，那准是位亲王或英国的勋爵。"

"车上有没有瓜棱式结顶的冠冕徽章①？"洛萨莉问。

"那不知道。"玛丽爱德回答说。"两点钟光景，他上萨伐吕司寓所来，投了一张名片，先生一看名片，据奚洛末说，立刻面无人色；随后他就叫请。因为他亲自锁上了门，所以这位老先生和律师之间说些什么话，无人得知；但他们一起大概有一小时；以后，律师陪着老先生出来，招呼他随带的当差进去。奚洛末看见这仆人出来的时候，捧着一个四尺长的大包，看模样是一张大油画。老先生手里拿着一大包纸张。律师的脸色比死还要难看，他平时是那么高傲那么尊严的，那时的神气真教人看了可怜……但他对老人的尊敬，差不离对王上一样。奚洛末和亚尔培·萨伐龙先生把这个老人一直送上车，四匹马都已齐齐整整地套好在那里。车子在三点钟上出发了。先生立即上州公署，从州公署到昂蒂莱先生那里，买了一辆故圣·维哀太太的破旧的旅行车，到驿

---

① 瓜棱式结顶的冠冕是亲王阶级的盾徽。

站去定了两匹马,说定六点钟准要。然后他回家收拾行李;当然也写了好几个条子;最后他跟奚拉台先生俩交代事务,奚拉台先生一直留到七点。奚洛末送了一个字条到蒲希先生家,本来约好上那边去用晚餐的。以后,在七点半,律师动身了,给了奚洛末三个月工资,教他另外找事。他把钥匙交给由他陪送回去的奚拉台先生,就在他家喝了口汤,因为奚拉台先生七点半还没吃夜饭。当萨伐龙先生上车时,简直像死人一般。奚洛末当然向主人行礼告别,听见他吩咐车夫说:'上日内瓦。'"

"奚洛末有没有向国家旅馆打听陌生人的姓名?"

"因为老先生只是过路,所以人家没有请他留名。随带的仆役,大概是奉了命令,装做不懂法语。"

"那末特·葛朗赛神甫深晚收到的信呢?"洛萨莉又问。

"这一定是奚拉台先生转送的;奚洛末说这位可怜的奚拉台先生,一向非常敬爱萨伐龙律师,也跟他一样的失魂落魄。房东迦拉小姐说,神秘莫测地来的人,神秘莫测地去了。"

洛萨莉自从听了这段叙述以后,老带着凝神壹志,深思默想的神气,谁都看得清清楚楚。萨伐龙律师的失踪在勃尚松所引起的议论,不在话下。人家说州长客气到不能再客气地给他当场签了一张往外国去的护照,因为他这样可以打发掉唯一的敌人。次日,特·夏洪戈先生以一百四十票的多数当选了。

"约翰两手空空的来了,两手空空的去了。"一个投票人得悉了亚尔培·萨伐龙出走的消息以后说。

勃尚松历来对外方人的偏见,像两年前对付共和党报纸的,从此又加强了一层。然后,过了十天光景,亚尔培·特·萨伐吕司的问题消灭了。只有三个人,代诉人奚拉台,副主教,洛萨莉,对这次的失踪担着严重的心事。奚拉台知道白发的外乡人是素但里尼亲王,因为他曾看到名片,告诉了副主教;但洛萨莉比他们俩知道更多,大约三个月以前就已得悉阿琪奥洛公爵的死讯。

一八三六年四月,谁也没接到亚尔培·特·萨伐吕司的信息,或听到有人提起他。奚洛末快跟玛丽爱德结婚了;但男爵夫人暗暗教她的女仆等着洛萨莉的婚事,把两桩婚礼同时举行。

"替洛萨莉完婚也是时候了。"男爵夫人有一天对丈夫说,"她已经十九岁,而且几个月来,她性情大变,教人害怕……"

"我不知道她是怎么回事。"男爵说。

"做父亲的不了解女儿的心事,做母亲的却猜得到。"男爵夫人说,"应当把她出嫁才是。"

"我也乐意呀。"男爵说,"我这方面,我给她露克赛的产业,好在法院已给我们和李赛乡公所调解妥当,在离维拉峰山麓三百公尺的地方划了界。我们在那边掘一条沟来承接山上的水,引导入湖。乡公所没有上诉,判决已经确定了。"

"您还没得知。"男爵夫人说,"这判决花了我给香多尼的三万法郎呢。这个乡下人除了钱什么都不理,神气似乎相信他案子必胜,所以敲了我们一笔好价钱,卖给我们一个太平。倘或您给了露克赛,您便一无所有了。"

"我没有什么需要。"男爵说,"我也快完了……"

"可是您胃口好得像吃人的魔鬼。"

"就为此呀:我吃也是白吃,两条腿越来越没劲了……"

"那是车床工作累了您。"男爵夫人说。

"我不知道。"男爵回答。

"我们把洛萨莉配给特·苏拉先生;倘若您给她露克赛,至少得保留居住权;我么,我在总账上给他们二万四千法郎的岁收。孩子们住在这里,想来也不致怎样清苦了……"

"不,露克赛我是预备整个儿给他们的。洛萨莉欢喜露克赛。"

"您待您的女儿好不古怪——也不问问我爱不爱露克赛？"

洛萨莉立刻就被叫了来，得悉她将在五月初旬跟阿曼台·特·苏拉先生结婚。

"谢谢您，母亲，还有您，父亲，想到我的婚事，但我不愿结婚，我跟着你们很幸福……"

"废话！"男爵夫人说，"你不喜欢特·苏拉先生就是了。"

"如果你们要知道我的真意的话，那末，我永远不嫁特·苏拉先生……"

"噢！一个十九岁姑娘嘴里的永远！……"男爵夫人冷笑着回答。

"特·华德维小姐嘴里的永远。"洛萨莉加重着语调接着说，"我想，父亲不至于不得我的同意就把我出嫁吧？"

"噢！我么，我不会的。"可怜的男爵温柔地望着女儿说。

"好罢！"男爵夫人斩钉截铁地说，胸中捺着一腔被女儿突然顶撞的怒火，"好罢，特·华德维先生，您去负责您女儿的婚事罢！洛萨莉，你去想一想：倘你不照我的意思结婚，那莫怪我在你将来出嫁的时候分文不给。"

特·华德维夫人跟特·华德维先生的不和，从他袒护女儿开场，越来越严重，甚至洛萨莉和她的父亲在特·吕泼府第里存身不住，不得不上露克赛去度那美妙的季节。于是勃尚松城里得悉特·华德维小姐干脆拒绝了特·苏拉伯爵。奚洛末和玛丽爱德结了婚，搬到露克赛来，预备日后顶补莫第尼哀的缺。男爵照着女儿的意思把庄子修葺过，改造过。这番工程花了六万法郎上下。洛萨莉父女俩又在建造一所花房，这些消息传到男爵夫人耳里时，她方才发觉女儿身上有着刁钻促狭的根子。男爵买了好几块外姓的田，和一处价值三万法郎的产业。人家对特·华德维夫人说，远离了她之后，洛萨莉显出当家小姐的样子，研究怎样可以增加露克赛的收入，学做男孩子家的模样，常常骑马；父亲被她哄得挺快活，不再抱怨身体不济了，人也胖起来，常常陪女儿出去玩。将近男爵夫人的圣名节的时候（她名叫路易士），副主教到露克赛来了，无疑是受了特·华德维夫人跟特·苏拉先生的嘱托，来替母女讲和的。

"洛萨莉那个小姑娘倒有她的那般蛮劲儿。"勃尚松城里有人说。

男爵夫人慷慨地付了露克赛的九万法郎开销，又给她丈夫每月一千法郎做露克赛的生活费，她不愿自己有甚理短的地方。父女俩也只想在八月十五那天回城，一直住到月底。副主教用过了晚饭，把洛萨莉带过一边，好谈她的婚姻问题，教她明白不能再指望亚尔培，他已经一年没有音信，说到此就被洛萨莉一个手势打断了。这个怪僻的姑娘搀着特·葛朗赛先生的胳膊，领他去坐在一张凳上，头顶上是一大片踯躅的浓荫，树隙间可以望见湖面。

"听我说，亲爱的神甫，我爱您像爱我的父亲一样，因为您对我的亚尔培那么恳挚，我应当对您承认，我犯了想做他妻子的罪，而他也应该做我的丈夫……您瞧！"

她从袋里摸出一份报纸授给神甫，指着五月二十五日翡冷翠一栏里的一段消息：

前任大使晓里安公爵的长公子，兰多雷公爵，和前索但里尼公主阿琪奥洛公爵夫人的婚礼，盛极一时。各方因庆贺新人而举行的节会，使翡冷翠顿形热闹。阿琪奥洛公爵夫人的产业是意大利最大的财富之一。因为已故的公爵把全部遗产都赠与了他的夫人。

"他所爱的人已经结婚。"她说,"我把他们分离了!"

"您?用什么方法?"神甫问。

洛萨莉正要回答,忽然一个身体掉下水去的声音,接着两个园丁大叫的声音,把她打断了;她站起来,一边跑一边嚷:"噢!爸爸……"她不见了男爵。

特·华德维先生以为在一小块花岗岩上瞥见一个介壳类化石的痕迹,一件可能驳斥某些地质学理论的事实,他踏在一堆石子上想去拿来,失掉了平衡,一翻身便滚到湖里去了:暗礁下面往往是湖水最深的所在。园丁们花了九牛二虎之力,在湖水打转的地方插下竿去想授给男爵抓住;临了,终究把他浑身淤泥的捞了起来,他已经在湖底陷得很深,再加拼命挣扎,愈加在泥中陷得深了。特·华德维先生晚饭吃得很饱,胃里已开始消化,可是中途停顿了。当他给脱下衣服,擦洗干净,放在床上时,情形显见很危险。两个当差立刻骑上马,一个上勃尚松,一个就最近的地方去请一个内科医生和一个外科医生。出事以后八小时,特·华德维夫人带着勃尚松最好的两个内外科医生赶到,发觉特·华德维先生已经无望,虽然李赛的医生做过很好的急救工作。恐怖在他脑里引起了渗血症,再加上中途停止的消化,把可怜的男爵断送了。

据特·华德维夫人说起来,男爵住在勃尚松是不会死的;她一边显然夸张着她的痛苦和惋惜,一边把这次的丧事归咎于女儿当初对她的别扭,所以把她看做仇敌。她称男爵为"她的亲爱的绵羊"!华德维家这个最后的子孙,给葬在露克赛湖中一个小岛屿上,男爵夫人替他用大理石立了一座哥特式的小纪念碑,和巴黎拉希公墓上的那些名人墓一样。

这件事情发生一个月以后,男爵夫人和女儿在特·吕泼府第里过着满怀恶意的静默生活。洛萨莉熬着极大的痛苦，面上一些不露：她责备自己送了父亲的命，疑心还有一桩祸事，在她心目中显得更大的，的的确确是她一手造成的；因为奚拉台和特·葛朗赛神甫都没接到一些有关亚尔培命运的消息。杳无音讯的静默使她毛骨悚然。在一次悔恨交迸，痛苦若狂的情形中，她觉得需要向副主教自首，揭穿她用着怎样的计谋，分离了法朗采斯加和亚尔培。那是简单不过的，但是骇人的计谋。她截留了亚尔培给公爵夫人的信，也截留了法朗采斯加给亚尔培的信。在那封信里，她通知爱人说丈夫病了，在服侍病人的期间，她不能再复他的信。因此当亚尔培忙着选举的时候，公爵夫人只给他两封信，一封告诉他阿琪奥洛公爵病势危急，一封报告她已身为寡妇，那是两封至诚而高洁的信，至今被洛萨莉保存着。洛萨莉费了几夜功夫，把亚尔培的笔迹摹仿得一模一样。她截留了忠实的情人的真信，换上三封假信；她交给老教士看的假信的草稿，把作恶的天才表现的那么完满，以致他为之憟然。洛萨莉装着亚尔培的口吻，字里行间，把公爵夫人准备好接受他背约悔盟的假消息。对于报告阿琪奥洛公爵死耗的那封信，洛萨莉回复一封报告亚尔培和洛萨莉即将结婚的信。她计算好使两封信参商，而果然参商了。那些信件是她费尽阴险恶毒的心思写的，竟把副主教骇住了，不觉看了两遍。接到最后一封信时，法朗采斯加中了那个要在情敌心中斩灭爱根的女子之计，愤慨之下，答复了这么简单的一句："您请便罢，永别了。"

"纯粹道德上的罪恶，非人间法网所及的罪恶，是最丑恶的，最卑鄙的。"特·葛朗赛神甫严厉地说，"上帝往往就在此世加以惩罚：就因为此，常有些令人不解的可怖的苦难。在一切埋藏在私生活中的秘密罪过中间，最不名誉的一桩是拆人的信，或是不合法地偷看。无论是谁，无论为了什么原因，一朝有了这种行为，他的清白便沾上永远不能磨灭的污点。一个青年侍卫，被人诬告之下，拿着一封内有处死他的命令的信，毫无邪念的上路，忽然受到上帝的保护，把他奇迹地救了性命，这件故事的悲壮动人，神灵不爽，您可曾感觉到？……我们说，奇迹地，您知道什么叫做奇迹？德性背后的那道灵光，和无邪的圣婴背后的灵光一样强烈。我和您说这些话，并没劝戒您的意思。"老教士用着非常悲哀的语调说，"可怜！我在这里不是一个听人忏悔的主教，您也不是跪在上帝面前，我只是一个受惊的朋友，担忧着您的刑罚。他怎么了，这可怜的亚尔培？他不曾自杀么？他镇静的外表下面藏着激烈非凡的性格。我懂得索但里尼老亲王，阿琪奥洛公爵夫人的父亲，是来讨回他女儿的信和肖像的。这便是落在亚尔培头上的晴天霹雳，他一定是去设法剖白的……但怎么十四个月之久，他没给一些信息？"

"噢！如果我嫁了他，他会那样的幸福……"

"幸福？……他不爱您。并且您也没有偌大的财产带给他。您的母亲恨透了您，您回答了她一句残忍刻毒的话，伤害了她而断送了您。"

"什么？"洛萨莉问。

"她昨天对您说，服从是补赎您罪愆的唯一的方法，她谈到阿曼台时又向您提及结婚的必要。'要是您这样喜欢他，您自己去嫁给他罢，母亲！'您有没有当她的面说过这样的话？有没有说过？"

"说过。"洛萨莉回答。

"那末，好，我识得她的脾气。"特·葛朗赛神甫接下去道，"不出几个月，她将成为特·苏拉伯爵夫人！当然她还要生孩子，把四万法郎的岁收送给特·苏拉先生；此外，她将给他许多利益，尽量在她的不动产里减少您的一份。她活着的时候，您就得过贫穷的生活,而她只有三十八岁!您全部的产业不过是露克赛的田地,以及您父亲的遗产清算之后所能剩下的一些,就是这个,也还得您母亲对露克赛的权利肯全部放弃!在物质利益上,您已把自己的生活弄得很糟;在情操方面,我认为尤其七颠八倒,不成体统……您不向您的母亲……"

洛萨莉恶狠狠地把脑袋扭了一下。但副主教依旧接着道:

"您不向母亲,不向宗教去请示,听他们在您心灵初次有所动作的时候就来点醒您,劝告您,领导您,您只顾独断独行,完全不识得人生而只听从激烈的热情!"

这篇那么明哲的谈话使洛萨莉听了害怕起来。

"那我应该怎么办呢?"她停了一会说。

"要补赎您的罪过,先得知道您罪过的范围。"神甫回答。

"那么我将写信给唯一能知道亚尔培生死下落的人,雷沃博·阿纳耿先生,巴黎的公证人,亚尔培从小的朋友。"

"除非为了剖白真相,您以后再勿写信。"副主教回答。"把真信假信一齐交给我,把一切细节向我供认出来,好似对您的忏悔师一样,然后再问我补赎您罪愆的方法,完全信任我。那时我看情形……因为第一,您应该让这可怜男人在他奉为神明的人面前,还他的清白。即使已经失掉幸福,亚尔培一定还坚持着要洗刷自己。"

洛萨莉答应特·葛朗赛神甫听从他的劝告去做,心里希望她收拾残局的结果,说不定能把亚尔培拉回来。

洛萨莉吐露秘密以后不久,雷沃博·阿纳耿先生的帮办到勃尚松来,拿着亚尔培的全权委托书,先去见奚拉台先生,请他把萨伐龙先生买下的房子出售。奚拉台为了对亚尔培的友谊,接受了这件差使。那位帮办卖掉了家具,卖得的款子刚好偿清亚尔培欠奚拉台的债务;因为神秘地出走的时候,奚拉台给了他五千法郎，并答应代他收取人欠的账，当奚拉台问起他所关切的那位英勇的战士的下落时，帮办回答说只有他的东家知道，并说亚尔培·特·萨伐吕司先生最后的一信，使公证人大为伤心。

副主教得了这个消息，便写信给雷沃博。下面是那位正直的公证人的复信。

致勃尚松教区副主教特·葛朗赛神甫

可怜！先生，没有人再能教亚尔培回到红尘中来：他已舍弃浊世。现在他是格勒诺勃附近大修院中的修士。这座修院的大门是生死的分界，这一点我刚才知道，而您是应该比我知道更清楚的。预料到我会寻访得去，亚尔培把院长请出来，挡住了我们所有的努力。我对这颗高尚的心有充分的认识，可以知道他是牺牲者，做了卑鄙的、我们看不见的阴谋的牺牲者；可是一切业已完成。阿琪奥洛公爵夫人，现在是兰多雷公爵夫人了，我觉得她也过于残忍。亚尔培赶到倍琪拉德时，她已不在那里，但她留下话，教他相信她在伦敦。从伦敦，亚尔培又转到拿波里，从拿波里又转到罗马，在那边她已跟兰多雷公爵订了婚。亚尔培终于遇到她时，是在翡冷翠，正当她举行婚礼的辰光。我们可怜的朋友当场晕倒在教堂里，而且从没，虽然他曾不顾生命的危险，也从没获得和这个女人解释的机会，不知她是怎样的心肠。七个月中间，亚尔培仆仆旅途，追逐着那个残忍的造物，老跟他玩着捉迷藏戏：他不知到哪儿去抓她，也不知怎样去抓她。可怜的朋友路过巴黎时，我曾见到他；如果您那时也像我一样见到他的话，您定会觉得对他一字都不能提到公爵夫人，他会发疯。倘若他知道犯的是什么罪，他可能想出辩白的方法；但诬蔑他结了婚！那又怎办？亚尔培是死了，对于世界，他的确死了。他但愿休息，那末我们希望在他自己投入的深沉的静默与祈祷中间，获得他另一种方式的幸福。您既然认得他，您定会替他叹息，也会替他的朋友们叹息！专此奉复……

一接到这封信，苦心的副主教立即写信给大修院院长，下面是亚尔培的复信。

亚尔培修士致特·葛朗赛神甫

在院长神甫刚才转达给我的说话中，我认出，亲爱的副主教，认出您温柔的灵魂和不老的心。我心坎中对尘世的最后一个愿望，给您猜着了：教那摧残我那么厉害的女子明白我的情操！但院长让我自由利用您的提议，要知道我的意念是否坚决；当他看见我决意与世永诀的时候，他慈祥地对我说出了他的意见。倘我对回俗的诱惑表示让步的话，修士的资格就要被取消。那一定是靠了神明的恩宠；但内心的争斗，纵使为时不久，其剧烈和残酷并没因之而减少分毫。这不足以使您明白我决不再回到人间了么？所以那犯了多少罪过的人要求我宽恕，我是完完全全、毫无遗憾地同意的。我将祈求上帝宽恕这位小姐，像我宽恕她一样，同时我也为兰多雷公爵夫人祈福。啊！死亡也罢，一个单相思的女子也罢，所谓命运的打击也罢，我们岂不该永远听命于上帝？苦难在某些灵魂中辟出一片无垠的荒漠，在荒漠里响亮着上帝的声音。此世生活和彼世生活的关系，我已认识太晚，因为我已心力交瘁。既不能为战斗的教会服务，我便把行将熄灭的生命的残灰余烬，献在殿堂脚下。这是我最后一次写信了。为了您，那么爱我而我也那么爱的您，我才破了进圣·勒吕诺修院时举世皆忘的戒律。您也将特别在我的祈祷之中。

修士　亚尔培
一八三六年十一月

"也许这样倒是最圆满的解决。"特·葛朗赛神甫心里想。

当他把这封信交给洛萨莉，她在宽恕她的段落上虔诚地亲吻时，他对她说："那么！现在您对他已经绝望了，愿不愿跟您母亲讲和，嫁给特·苏拉伯爵？"

"那要亚尔培命令我才行。"她回答。

"您明明看见不可能再跟他商量了。院长不会答应的。"

"要是我去见他呢？"

"大修院是什么客都不见的。何况是女子，除了法国王后以外，谁都不能进去。"神甫说。"因此您再没理由不嫁特·苏拉先生。"

"我不愿造成母亲的苦难。"洛萨莉回答。

"你这个撒旦！"副主教嚷道。

这年冬季将尽的时候，善良的特·葛朗赛神甫死了。从此在特·华德维夫人和女儿之间，再没这个朋友替两个刚强如铁的人物折冲。副主教所预料的事情实现了。一八三七年八月，特·华德维夫人嫁了特·苏拉伯爵，在巴黎举行婚礼；上巴黎结婚是听着洛萨莉的怂恿，她这时待母亲很好了。特·华德维夫人当真相信女儿的好意；但洛萨莉的想到巴黎去，无非想找一个残酷的复仇机会来快意一下：她一心一念要磨折她的情敌来替亚尔培报复。

特·华德维小姐所受的监护给解除了，并且她不久就要满二十一岁。她的母亲为跟她清账起见，放弃了露克赛的权利；而女儿靠了父亲遗产的清算，也不再要母亲贴她生活费。洛萨莉且鼓励母亲去嫁特·苏拉伯爵，在财产上让他沾些利益。

"让我们各管各的自由罢。"她对母亲说。

特·苏拉伯爵夫人正在疑虑女儿的用意，对这番落落大方的处置更是奇怪起来；她在总账上划出六千法郎的岁收赠与洛萨莉，使自己良心上好交待。因为特·苏拉伯爵夫人有着四万八千法朗的田地进款，而且她也无法割让这笔利益来剥削洛萨莉的名分，所以特·华德维小姐还是一百八十万法郎的一头好亲事：露克赛略加整顿之下，除了居住的便利，租金，存款之外，可有每年二万法郎的收获。所以洛萨莉母女俩很快学会了巴黎的腔派和时髦，容容易易的跨进了上流社会。一百八十万法郎！这几个绣在洛萨莉胸衣上的大字，为特·苏拉伯爵夫人倒是一把金钥匙，比她装腔作势的以特·吕泼姓氏自豪，比她不得当的高傲，甚至比她转弯抹角攀认的亲戚都更有用。

一八三八年二月，被好几个青年人追得很热心的洛萨莉，把她来到巴黎的计划实现了。她一心要遇见兰多雷公爵夫人，瞧一瞧这个奇妙的女人，把她抛在天长地久的恨海里。所以洛萨莉想尽方法装扮，调情，以便和公爵夫人站在并肩的地位。初次的会面，是在一八四〇年起一年一度的捐募王室恩俸的舞会上。一个青年人受着洛萨莉的指使，过去对公爵夫人指着洛萨莉说："瞧这个了不起的女子，一个强项无匹的人物！她把一个前程远大的男人，亚尔培·特·萨伐吕司送进了大修院，断送了一生。那便是特·华德维小姐，勃尚松那个有名的独养女儿……"

公爵夫人面色惨白，洛萨莉奋激地和她交换了一眼，这种目光在女人之间是比男人们决斗的枪子更致命的。法朗采斯加·索但里尼，猜疑到亚尔培的无辜，马上退出了舞会。突然被丢下的青年，全没知道他怎样的伤害了美丽的公爵夫人。

如果您愿意多知道些关于亚尔培的事情，请您下星期二到歌剧院舞会中来，手执金盏花为号。

洛萨莉送去的这张匿名字条，把可怜的公爵夫人诱来了，洛萨莉交给她亚尔培全部的信，还有副主教写给雷沃博·阿纳耿的，雷沃博回复来的，以及她自己向特·葛朗赛神甫告白的信。

"我不愿一个人受苦，因为我们俩曾经一样的残酷！"她对她的情敌说。

洛萨莉把公爵夫人俊美的脸上骇愕的神色玩味过后，遛走了，从此不再在交际场中露面，随着母亲回到了勃尚松。

特·华德维小姐独自住在露克赛田庄上，骑马，打猎，每年拒绝两三头亲事，冬季上勃尚松去四五次，一心开垦着她的田地，被认为一个古怪得出奇的人物。她变成了东部名人之一。

特·苏拉夫人生了两个孩子，一男一女；她年轻了，但年轻的特·苏拉大大地变老了。

"我的财产使我花了很高的代价。"特·苏拉对年轻的夏洪戈说，"不幸得很，非跟虔婆结婚，就不能彻底认识虔婆！"

特·华德维小姐的所作所为，真配得上奇女子的称号。人们说："她有她的疯癫！"她每年去瞻仰一次大修院的高墙。也许她想学曾叔祖的样，跳进修院围墙去找她的丈夫，好似当年的华德维跳出修院围墙来恢复他的自由。

一八四一年，她离开勃尚松，据人家说是为结婚去的，但至今无人知道这次旅行的真正原因；回来时的模样使她从此见不得人。由于特·葛朗赛神甫曾经暗示过的那种不测，她在洛阿河上坐着轮船，汽锅爆炸之下，特·华德维小姐大遭蹂躏，失去了右臂和左腿；脸上留着丑恶的疤痕，剥夺了她的美貌；她的身体给可怕地毁伤过后，很少日子没有痛楚。总之，她现在再也不出露克赛庄子的门，常年过着诵经礼拜的生活。

一八四二年五月　巴黎
一九四四年二月　译竣